名家散文自选集

散文就是闹素人谈心

眼观六路

秦　岭／著

民主与建设出版社

① 1989 年秦岭在故乡甘肃天水
② 2006 年秦岭在德国柏林
③ 2011 年秦岭在全国作代会上唱《甘肃花儿》
④ 2012 年秦岭与央视主持人朱军对话
⑤ 《坡上青青草》（秦岭画）

2011 年秦岭在台湾日月潭

务必眼观六路

　　说不准是多心了吧，散文在我眼里像小说的后花园，无论开花还是长草，都不惊不乍地在篱笆的另一边。散文的眉眼比小说要难揣摩一些，可她的气息仿佛被篱笆筛过了，更具撩拨的意味。好在散文可以怀揣自由和警惕感受世界，于是我给这个集子取名《眼观六路》。

　　在某次以散文为主题的"中国文学论坛"上，我发言的题目是《散文是文学的形意拳》。我不是搞武术的，但对南拳北腿也略知二三。散文与小说最大的区别在于有形有意，或者无形无意。无论有与无，你都不能小觑它的根基和来路。就像一个女人的肚子，你如果单纯地理解为丰腴，必然短视了些，说不定里面窝着个娃儿呢。我这样唠叨的本意，仍想说明眼观六路不像做B超那么简单。咱都不是孙悟空，女人们也都不是铁扇公主。你纵有本事钻进一位心仪的女人肚子里去，她未必会分娩你，说不准一气之下把你流产了。这个世界唯独不缺的是人，何况与阵痛无关的人。

在拳术上，形意拳最讲求眼观六路。小说似在聚一点而为之发力，有高压锅蒸米饭的意思。散文则完全是大地上散养的买卖，它自由到洒脱、随性、不羁、宣泄、放逐的程度，随手拈来，皆是内心与世界的一次双向旅程。所谓旅程，最基本的是要抬头看天，低头看地，中间看自己与世界的关联。抬头低头，都是为了守候中间那一大截念想和渴望。不记得从何时起，我的一些散文渐次被纳入全国各类年度散文选本，被作为省市乃至全国高考、中考、联考试卷中的阅读分析题。不是说凭此就能证明自己的散文得尺了，进步了；也不是说这样的散文是俏了，还是壮了，它至少让我感知到自己内心某种柔软的信息在期刊、选本的编辑那里，在千万学子那里，完成了一次饶有趣味的分享，一如篝火与烤全羊。这种分享因为受众的特殊和不同，或多或少让我感动了一下子。仅此，已经够了。咱没有蛇吞象的胃口。咱的胃里，该五谷时五谷，该清茶时清茶，当然也不排除偶尔来点小酒。不一定非得吃好的，吃真的就可以了。这世界，为食品安全把门的人比草鸡还多，可你真信了他们，草鸡会乐死你的。眼观六路时，得自个儿留点神儿。

散文最是柳暗花明的。我欣赏同行们或通透或含蓄的抒发，但我也有坚决不认账的一面，比如才情的巫气和情绪的瘴气。当然，与自己的小说一样，我也始终对自己的散文存疑，我尚能努力的就是眼观六路。至于散文的六路具体是什么，我这里也是一笔糊涂账。只晓得散文是个大世界，而真正的世界面对散文，它又非常小，只不过是一堆文字。就像我，站着是我，蹲着也不是别人。至于别人是谁？姑且算作你吧。

好像啰唆了些，写这类东西，还是欲言又止了好。

算自序了吧。

2017年3月26日

于天津观海庐

眼观六路

第1辑

第 1 辑

旗 袍

如若说，旗袍是女人的梦，那么，旗袍是男人的什么？

邂逅旗袍，竟是在西部老家。少年时偷攀一位亲戚家堆放杂物的阁楼，在诸多劫后余生的尘封藏书中，一册与"破四旧"时代大相径庭的民国老照片扑入眼帘，照片上的女子面如满月，高髻如云，身着短袖凤仙领大红丝绸装，如意斜襟，祥条盘扣，高开叉，胸前是中国传统水墨画描绘的花卉图案……难以回味我当时的惊愕。早先的女人，原来是可以这样惊艳的。当时并不知道，这件让女性真正成为女人的衣裳，有一个陌生而温情的名字——旗袍。

分明是岁月阴霾中的惊鸿一瞥，让我身在人间，却不知今夕何夕。亲戚家在民国初年，尚属书香门庭。那个遥远年代的文化传统与时代的交锋，被一件旗袍折射得今昔错位，大美阻隔。读初中时，港台影视、歌曲呼应着20世纪30年代老电影《马路天使》的所谓"靡靡之音"，以流行和穿越的力量，再次把一颗少年的心撩拨得一塌糊涂。"天涯呀海角

\觅呀觅知音……"我首先记住了演唱者的旗袍，然后才记住了那位叫周璇的女人。终于有机会明白，在旧照片般泛黄的岁月里，那样的女人在遥远的上海滩曾经百花争艳，比如周璇、宋美龄、阮玲玉、林徽因、张爱玲……在历史的斗转星移和世事轮回中，旗袍原来犹如出墙的红杏，一度在东南亚和港澳台的大观园里常开不败，比如邓丽君，比如夏梦，比如张曼玉，比如……

我那时就想，旗袍——她若不是我在天涯海角觅得的知音，我何曾能够在这高山隔音、流水断梦的尘世，伯牙与子期般的相遇。我认准了，大凡丝滑如水、温润如玉的绫罗绸缎，一定是为旗袍而生，为女人而存，为美丽而死的。旗袍一定懂得，她在一个少年的内心，正在情深深地生根，意绵绵地发芽，雨蒙蒙地开花。

少年时的屋檐下，一个小雨淅淅沥沥的午后，小花狗半醒半眠。我听见女孩子们聊旗袍："旗袍，有圆襟、直襟、方襟、琵琶襟……"

复古的时尚忽如一夜春风来，千树万树梨花开。某个太阳雨的时节，小城的青石小径上，常常有穿着旗袍的女人，右手搭一把油纸伞，左手拎一绣包，款款而行，亭亭玉立。举手投足间，美目顾盼时，仿佛是一种对接，对接这片古老大地上曾经的"蒹葭苍苍，白露为霜"；仿佛是一次牵手，牵手那曾经的"所谓伊人，在水一方"。旗袍，由此让越来越多的女子变成了典雅高贵、风情万种的女人。那一刻，旗袍是女人的明眸，女人是旗袍的皓齿；旗袍是女人的肌肤，女人是旗袍的内心。据说旗袍是分京派和海派的，而代表江南的海派尤甚，我恍惚自问，这是江南吗？尽管故乡曾被称作陇上江南的，明知这是自勉自慰，却放飞了我无尽的遐想，真正的江南，该当是怎样一件精美绝伦的旗袍呀。

那个小雨初霁的季节，我在巴黎、柏林、布鲁塞尔的街头看到了许多身穿旗袍的倩影，既有亚洲女子，也有欧洲女子；既有耄耋之年的老妇，也有蓓蕾初绽的姑娘。我恍惚自问，这是故乡，还是异乡？这是中国的表情，还是世界的容颜？

没人猜得透我对旗袍前世的追索和今生的眷恋，一如对美的追问。有人说，旗袍源自满族旗人的长袍，也有人说源自先秦两汉时代的深衣，还有人说是20世纪20年代满族旗服与西方时装联姻演化的结晶。我却暗暗倾向于后者，不光因为"中华民国"政府于1929年把旗袍确定为国家礼服之一，重要的是搜遍古代历朝诗词歌赋，除了耳熟能详的诸如"云想衣裳花想容""虹裳霞帔步摇冠""绣罗衣裳照暮春"等千古绝唱，找不到任何有关旗袍的只言片语。吸引我的，仍然是民国年间的两首小诗，一首是戴望舒的《雨巷》，另一首是卞之琳的《断章》。让我无法自解的是两首诗照样未曾提到旗袍，可我偏偏从"撑着油纸伞，独自\彷徨在悠长、悠长\又寂寥的雨巷\我希望逢着\一个丁香一样的\结着愁怨的姑娘"中读到了旗袍，从"你站在桥上看风景\看风景的人在楼上看你"中读到了旗袍。可不是，那份让人爱怜的忧郁，那份摄人心魄的妩媚，那份梨花带雨的羞涩，那份恬淡孤傲的高贵，不就是一件件旗袍的质地、一个个女人的美丽吗？人间还有什么，能让你想到如此踏莎行般的杏花烟雨，如此蝶恋花般的风花雪月，如此醉花阴般的暗香盈袖呢？当旗袍和女人融为一体，你分得清哪是仙境？哪是人间？

这些年应邀参加过一些与旗袍有关的文艺活动，比如"旗袍晚会""旗袍秀""旗袍季"……不一而足。那次与某女主持人同时受邀担当文艺赛事评委，主持人的旗袍上绣着几朵典雅的百合，立时让旗袍的文化外延拓展了许多。其时美女如云，旗袍如瀑，宛如水色潋滟，百花朝露。独有一女子身着欧式真丝双绉长裙。她芳容出众，身材曼妙，却未能入围。"秦老师，能告诉我失分的理由吗？"她问我。

我反问："你怎么理解旗袍与生活？"

小女子修长的睫毛上顿时挂上了晶晶的亮，那是一滴女性的泪，但不是女人的泪。她的目光久久凝视着头顶会标上彰显赛事主题的三个字："中国风。"她会在中西方文化的交汇、链接处寻找到答案吗？

真的不用我提醒，当旗袍成为国家级非物质文化遗产，当旗袍与中国女人一起在各种国际会议、赛事、活动中频频亮相，当旗袍被世界公认为服饰文化的经典，那么，旗袍在寻常百姓家意味着什么呢？有人回答我："家和"。这是个非常了不起的答案。"家和万事兴"，容易让我们想到一个民族的走向和命运。小女子如若参透了这一点，当旗袍加身，她便是一个文化的奁匣，奁匣里，是满满一桌历史、时代、生活的盛宴。

小女子轻轻告诉我："我看到老师旗袍上的百合了。"老师，指那位主持人。也许她已经明白，该百合时，为什么不是芍药，该长城时，为什么不是埃菲尔铁塔，该云时，为什么不是雨。

每当烟花三月或是稍晚些时候，我都要到江南去，尽管不再年少，可每当置身江南桂花、丁香的氤氲与芬芳，那白墙灰瓦之间的古巷，那夜半钟声的客船，那梅雨拂柳的枫桥，分明便是旗袍的一凹一凸，一袖一襟，以至于下榻江南的某个夜晚，梦见一家古色古香的丝绸店门口，有一位打伞的旗袍女人，一脸幽怨地朝我眺望，如一曲老家的民谣。门口，有一束花，还有一只小花狗。一切，是那么熟悉，熟悉如旗袍上一个小小的祥扣，是直角扣，花扣，还是琵琶扣。

谁愿在这样的梦中醒来呢？那分明就是家嘛。

2017年1月7日于天津观海庐

（载《海口日报》2017年作家专栏"百家笔会"）

和田古丽

让我，让我怎么说你呢？你呀你呀，你这和田美女。

美女在时下几乎成为一个油腻的畅销词汇，我却如履薄冰。说句不怕嫌酸的话，作为男人，美女该是典藏在心里最温婉处才是，怎忍得挂在嘴边？掉了，咽了，怎一个心疼得了！维吾尔族朋友告诉我："新疆人把美女叫古丽。古丽是花朵的意思。称对方古丽，她会对你莞尔一笑。"在内地，说哪位女子长得像新疆人，必指美丽。

那天在乌鲁木齐的国际大巴扎，眼见得古丽们如绚烂的云彩，衣袂飘飘，翩然过往，让你故作深沉控制目光也难。有作家提醒我："其实，新疆最美的古丽都集中在和田，去了，要小心着！别忘了归途。"我笑而不答。我不知道我这笑里，能包住内心，可能包住一个以美丽为标志的世界？

就这样与和田美女相遇在南疆。在这夏日的昆仑山下，塔克拉玛干沙漠的边缘，茂密的白杨树为大地笼上一抹斑驳的、清凉的碎屑般浓荫。我们几个作家相约到了街上。那一刻，大家的目光里其实锁定了心里的审美。一切，不用寻觅，扑面而来的美丽，已经让你感受到了一个有关另一种女人的世界。此刻，不由想起维吾尔族古典史诗《乌古斯可汗的传说》中有关新疆姑娘的文字：

> ……
> 她是个非常漂亮的姑娘
> 她的眼睛比蓝天还蓝，
> 头发好似流水，
> 牙齿好比珍珠
> ……

只有这样的世界，才能如此地涵养着绝色的美丽。商场里、大街上、宾馆里的和田美女，或徜徉散步，或驾驶小车，或在沙发上品咖啡。当美丽成为千古的约定，就成为一种习惯。于是，看不出和田美女有什么矜持之意。白皙的肌肤和高高的鼻梁让美丽显得自信而挺拔，妙曼的身姿走出一种西域肢体性感的神话。目光相遇，她决不回避，她自信蓝色目光里海洋一样的包容性，每一束光芒，都是一段动人的传说。只许你去品，去读，去观赏。作为一个雄性的男人，你无法动任何邪念。和田美女习惯了在美丽中徜徉，更注重对美丽的创造，那满世界闪烁的缤纷、流动的绚丽，源自她们身上不同花色的小花帽、多种款式的艾得莱斯绸宽袖连衣裙、各色图案的金丝绒对襟绣花小坎肩，以及质地精良、细腻的丝巾、纱巾。而对耳环、耳坠、项链、手镯、戒指等饰物的讲究，更是在乎精致精巧，美轮美奂，即便是一枚小小的胸针，都显得玲珑别致，风情万种。

"哇哇——"这婴儿的啼鸣，往往出自和田少妇的怀抱。蓝天白云之下，不少和田少妇抱着亲爱的宝贝儿，昂首走过。这是内地城市很少见到的审美元素：美丽，性感，母性、生命，自豪；烟雨红尘，返璞归真，生活质地。物质社会难得一见的高贵，典雅，清纯，因了和田美女的缘故，一下子把喧嚣的内地与桃花源般的西域区别开来。

好一个和田！竟是这般的雍容华贵，连人间烟火也是如此的仪态万方，尽显风华。

据说，这里曾经是传说中的伊甸园。是吗？我宁可认为是。

一种流质的、活泼的西域之韵，从美女们的身材、回眸和步履中水一样流淌开来，环绕了我们，一呼一吸间，和田，像一块透明、温婉的玉。

怪不得，这里是和田玉的产地。玉龙喀什河里到处都有捡拾和田玉的姑娘。姑娘啊！你到底在寻找玉呢，还是在寻找自己？贵为玉中之玉，和田玉不是那么好捡的，河滩上缤纷的艾得莱斯绸缎裙子，像一丛丛盛开的花儿，姑娘就是花心，这花心，就是稀世罕见的美玉。

我明白，捡玉，其实是美丽的一次集会。玉龙喀什河的河滩，一定蜿蜒着千古以来的美丽。往东，那里是楼兰美女的诞生地，往西的公格尔山北侧，是香妃墓。我想，曾让乾隆老儿迷恋的南疆美女香妃之香，一定是当时燕赵大地没有的沙枣花儿的香，或者，是红枣花儿的香，反正，是新疆之香。我无由地讨厌乾隆，牵手一场，却搞得香妃命运不济。我不是皇上，只能罢罢罢了！香妃有知，终会懂得，皇宫纵有万般好，倘不如民间的书生如我秦岭者，最是懂得知疼知痒，怜香惜玉。

"疆女不外嫁"。答案就在传唱不息的歌词里：新疆是个好地方。

这里的天和眼睛一样是纯蓝的，云和心灵一样是洁白的，草原和胸怀一样是广阔的。牛羊懂得天山是家，生命懂得绿洲是宝。这样的珍惜，珍爱，待在钢筋水泥、喧嚣嘈杂中的内地都市人，糊涂如你者他者，可懂？

初到和田的当晚，华灯初上。我们一行在著名哈萨克族作家艾克拜尔·米吉提的引领下，前往和田最大的广场——团结广场感受这里繁华的夜市。我们惊讶于广场上和田美女的歌唱和舞姿，那是我欣赏到的人间最自由、最大方、最质朴、最动人的艺术。"红蜡烛移桃叶起，紫罗衫动拓枝来，鼓吹残拍腰身软，汗透罗衣雨点花。"这是当年西域美女在长安城里表演龟兹舞时，我们汉民族的著名文人白居易留下的诗句。诗句留下了，古丽们像"冰山上的来客"一样走了，回到了新疆。而今，我们循迹而来。今夜月光下的歌舞，比当年皇宫里的表演更要丰富：人与人，老与少，男与女，夫与妻，母与子……

两天后一个月高风清的夜晚，我从民丰采风返回和田，再次去了夜市。这次不是结伴，是独往。喜欢一个人的感觉，慢慢走，用我自己的眼睛，只这一双，看我最爱看的。很遗憾，子夜时分，风云突变，和田典型的扬沙雷雨天气像怪兽一样从天而降，由地而生。古丽们用丝帕蒙了脸，却极有秩序地在视野里消失，一个个的，进入家的港湾。那里，必定有强健的臂膀，像雄鹰的翅膀一样张开。

阳光总在风雨后，我相信，明天的和田古丽们，将会以新的面貌出现。美，是需要洗礼的。所以，美在这里，鲜活灵动。

离开和田的那个午后，太阳的紫外线很强。我在宾馆门口的白杨树阴凉下，拎着相机，让目光放纵。"嘎——"一辆时尚的女式摩托车停在了我旁边，像一团红色火焰。车上的古丽，长裙花帽，彩珠点缀，玫瑰色的丝帕束起了黑色的秀发，大眼睛像清澈的湖水，高高的鼻梁下，唇红如樱。人与车，协调俊洒，曲线玲珑。她对我莞尔一笑，洁白的牙齿像启开了一个秘密。那一瞬间，突然想起王洛宾的《在那遥远的地方》的歌词："我愿她拿着细细的皮鞭，不断轻轻打在我身上……"

她手里，独缺的是那根多情的皮鞭。即便有，她该打谁？

我说："古丽，我给你照张相可以吗？"

古丽继续微笑，轻轻摆摆手，用生生的汉语说："不可以的。"

"为什么呢？"

"我老公会打疼我的。"

我乐了，她也乐了。我进了宾馆，她启动摩托车，徐徐的，停到了我刚才的荫凉下。原来，她是以绅士的风度，等待一片荫凉。

注定了，和田美女的皮鞭不可能轻轻地打在我身上。无缘感受那种疼痛的美丽，是疼的另一种。

2011年7月6日于天津书房

（载《光明日报》2011年11月16日，《中国作家》2011年第10期）

一枚戒指在布鲁塞尔等我

　　她就这么等我，一枚精美的戒指，在布鲁塞尔的凯旋门广场。

　　不像故事。没有构成故事的内核，倒像一个传说，分明是。

　　六月欧洲的乡村，荡漾着梦一样的绿海碧波，而城市的风韵，更像是古色古香的老盆景，那种气息分明与生俱来而非人为营造。位于比利时的布鲁塞尔的凯旋门广场，人头攒动，喧嚣如潮，起初并没引起我太大的兴致。论凯旋门，法国巴黎的凯旋门早已掠尽风光；论广场，走过的几个城市——柏林、法兰克福、海牙、阿姆斯特丹几乎都有堪称壮阔典雅的广场，布鲁塞尔人显然习惯了美学意义上的景观移植，包括那天喧闹的民间歌舞表演，我觉得更兼有中国社火的意味，这让我的行走，渐渐有了品茗的心境，也或多或少有把玩之趣。

　　这枚戒指，她就这样来了，一如从大地冒出来，春天里萌芽的那种，在细碎的沙砾上静悄悄地期待着，我几乎能感受到她轻颤的翅翼和轻微的呼吸。在缓缓流动的人流中，真是让我难以置信。此刻，比利时特色的"社火"正在表演着。锣鼓喧天，热闹非凡。来自世界各地的游客都围着社火中的"恐龙""怪兽"尽情地狂欢。欧洲的大小广场都铺有一层细柔的沙砾，恍如海滩，感觉像夏威夷的那种，足够让人忘乎所以。

有谁知道，沙砾中会有一枚精致的戒指呢？

不是我发现了她，纯粹是她闯入了我的眼帘——这枚大概是阿拉伯人遗失的戒指。或许，是一种默契。我心怦然，我无意用触摸戒指主人的不慎和焦虑来满足自己的好奇和得意，归根到底，我从来没有捡拾遗品的习惯。

但是，我惊奇地发现在正午太阳的折射下，戒指金色的光芒像礼花一样绽放着，很美！这样的绽放由于角度的关系，戒指和我的眼睛构成了一条线段的两个端点，她的光芒和我的目光分明有一种融汇、重合的力量，不是谁的目光能够构成支流。她更像一只扇动着长长睫毛的眼睛，美丽的眼睛，迷人的眼睛，聪慧的眼睛。此刻，我是唯一走进她视野的一个男人，而且是万里之遥的亚洲男人。只能是唯一的，否则，就没有了她此刻的存在，她或许早已属于某个白人，黑人或者是棕色人。

我捡起了她，因为不是做贼，所以我大大方方捧在手心，并平举在阳光下，立时，我的手掌变成了神奇的海市蜃楼，戒指成为下榻在皇宫里的公主，夏风为之环绕，阳光为之驻足。许多欧洲人的目光被吸引过来了，好奇的，惊喜的，羡慕的。我领教过这种眼光，那是在世界钻石之都——阿姆斯特丹，面对琳琅满目的钻石和钻戒，人们的目光像烙铁一样滚烫，置身其中，我感觉高温的酷暑提前来临。我忘了当时是怎样想的，反正一扬手，戒指像一颗不起眼的小石子，从我手中飞出，"扑"地一声击中远处的沙砾，翻了个个儿，蜷缩在了那里。我突然就感到了意外，一是刚才那绽放的光芒瞬间消失得无影无踪；二是脱手的一刹那，我发现上边镌刻有精美的阿拉伯文字。

很多人都不知所措地愣在那里，谁也没好意思去捡她。他们只是目睹了我扔掉戒指的全过程，我似乎就是这个故事全程的主人公，在我之前到底发生过什么，他们一无所知，包括我自己。我听见他们用英语，或者法语嘟哝着什么，大概是"怎么会这样"的意思吧。

那一瞬间，我倒希望戒指的主人真的会从天而降，在喜极而泣中团圆，与我一起完成一个拾金不昧的故事，这样的故事尽管平淡无奇，却也是最为理想的结局。但我知道这是天真的臆想，这里是欧洲而不是阿拉伯，即便是在阿拉伯，掉到地球丛林中的陨石还能循着早已泯灭的轨迹回到浩渺太空的故园吗？一如匆匆来到布鲁塞尔的我，岂止是一个过客？在目光的丛林里，我赶紧又把她捡了回来。当时的感觉，自己像布鲁塞尔广场上那个尿童像的原形——小于连，但又不完全是，不仅仅是童心。万千人群中，我宁可相信和她的邂逅是一种偶然，而那镂刻在戒指上的我一点都看不懂的阿拉伯文字，迅速对接了我心灵深处最神圣、高洁、柔软、温热、崇敬的部位。阿拉伯在我的想象中，更多的是诞生在干净沙漠中的故事和传说，遥远如梦，近在心灵。我的心一下变得温暖起来，那一瞬间，我想到了上帝。

她是在等我吗？我问自己，如果不是我，她在等谁呢？

有个阿拉伯的传说，记不得是谁讲给我的了，很早。有个年轻人在朝圣的路上，捡到了一枚价值连城的戒指。这枚戒指本来会带给他吉祥和幸福的，遗憾的是他不再勤劳，每天守在路上等待第二枚、第三枚……等了一生，等来的是庄园的荒芜和日子的落寞。我当然不会指望第二枚戒指扑入我视野的机缘，我的念想其实很单纯，她那绮丽的光芒和神秘的阿拉伯文字，只是在我这里有了归宿。

我把她带回了国内，好像是搁到了楼上书架的某个位置。在我从欧洲带回来的所有物品中，她是那么小，她的到来是那么轻而易举，后来几番调整藏书，全然忘记了戒指的事儿，这符合我粗疏的脾性。某次，外国语学院的一个教授来访，我突然想起戒指上的阿拉伯文字，于是决心把她找到，请教授翻译一下，结果找遍书房，折腾得我满头大汗，终未果。教授说："本来是很单纯的一件事儿，为什么非要搞清戒指上的内容呢？"

一想也是，从此告诫自己不再惦念，但每走进书房，感觉到处都是她的眼睛。

2006年11月于天津

（载《兰州晨报》2009年11月20日）

巴黎圣母院的鸟群

　　如果有谁说巴黎圣母院像屹立在塞纳河中心的鸟岛，恐怕难觅和应之声。首次去巴黎圣母院，我竟被那飞织入网的鸟儿吸引，也许并非偶然。

　　生在广袤的中国西部田园，就有理由见识人间各种各样的鸟儿，至于与鸟儿在生命的形式和内容中有什么样的默契，确未曾深入探究。我平静的步履轻轻跨过巴黎塞纳河上古老的石拱桥的时候，坐落于西岱岛上的巴黎圣母院那高大、庄严、肃穆、雄浑的英姿已经像一滴温热的泪珠儿，饱含在我的眼帘之中了。有鸟儿亲昵地落在了我的肩头，我认得出，竟是在中国随处可见的麻雀，我感动得近乎有潮雾弥漫眼眶，灵魂在瞬间似乎得到某种净化和宽恕。从麻雀歪着脑袋注视我的眼神里，我读到了一种兄弟姐妹间才有的信任和亲近，我甚至可以说，小精灵那张娇小的毛茸茸的脸，是洋溢着微笑的，浅而细的那种。

　　巴黎圣母院有四个门，我靠近的是东门，从阿尔卑斯山那边过来的阳光正温和地普照着这里。东门前的广场很大，铺满匀称而细柔的沙子。从这里西望高耸入云的巴黎圣母院教堂，目及处，应该是最佳的景致，巨大的拱形门四周布满了雕像，重重叠叠，多为描述圣经中的人物，大门正中间的雕塑主题则是著名的"最后的审判"。左右两边各有一门，左侧大门上的雕塑表现的是圣母玛利亚的事迹，右侧则是圣母之母——圣安娜的故事。成千上万的来自世界各地的人，从这里安静地走进去，把心放下来，把情放下来，把所有的一切都放下来，在做弥撒、听圣乐中寻求希冀和超度。我想，再狂躁、粗俗的人来到这里，心情都会像幽静的田园，胸中的所有喧嚣和躁动都会尘埃一样落定。

　　然而我惊讶地发现，每一处的雕塑群，几乎成为鸟儿的乐园。鸟儿的喧闹和信徒们的安静形成幽默的反差。信徒们不会不知道鸟儿的脾性，为此早就对鸟儿熟视无睹了，而鸟儿真正洞察得到人们此时此刻的心理世界吗？成千上万的鸟儿，在这里自由飞翔、嬉闹、生活：或群起群落，或结伴双飞，或独身游走，或聚散信步。广场的细沙里，你会冷不丁发现游泳一样抖动着翅膀的麻雀，干净的沙砾像塞纳河里晶亮的水珠一样，沿着太阳的光线在翅膀的羽毛表面一滴一滴地滑落，也许，这里有鸟儿和谐的家庭，浪漫的爱情，美好的憧憬什么的……它们传递给我们的所有信息都是祥和而充满生机的，甚至可以感知，我们的神经系统和它们在生理上有某种切合与链接，因为它们时不时地就落在我们的肩上，我们能感觉到小小的爪子——不，是小小的手，承载它们身体的分量。巴黎圣母院，使我十分严肃地想到了一个十分普通的话题：人与自然的关系与命运问题。在这里，在这世界驰名的天主教堂，在这法国最负盛名的古代胜迹。

这其实正是人类渴望的那种无忧无虑的自由生活。其实我太明白，对于人类来说，自由世界在某种程度上只不过是一种渴望，或者说梦想而已。欧洲已经够发达、够自由、够富庶、够民主了，加上这里旖旎的风光和和谐的人文环境，生活在欧洲的人们，使动不动就爱幻想一番的中国人很容易想到天堂。

我在想，如果这个承载着我们人类的星球上到处都是天堂的时候，还会有教堂吗？譬如巴黎圣母院，它还是鸟儿的天堂吗？

毕竟是向往，巴黎圣母院使我们的向往变得具体而实在起来，这座世界建筑史上最伟大的石头建筑，这首被誉为由巨大的石头组成的交响乐，反映了人们对美好生活的追求与向往。我被法国人的智慧所折服了，一如被巴黎圣母院的宗教圣光所感染。在这里，我的心情像鸟儿一样，我看见天是蓝的，云是白的，水是清的，人们的脸是真实的。

而事实上，欧洲大地和全球所有的地方一样，从来就没有平安过。就在几年前，相邻不远的东欧巴尔干地区，来自北美洲的一个高度文明的国家——美国和另一个同样高度文明的欧洲国家——英国携起手来，用现代科学制造的炮火把十多万人送进了地狱。以杀戮为主要形式的战争本来就是人类不属于文明物种的最主要的标志，而近现代战争竟也含带了文明和人性色彩，譬如在那场东欧战争中，对屹立了几百年的教堂还是怯于矫正到瞄准镜中的，这是不是就算屠刀下的文明呢？

其实，成全的不是人类的生命，而是人类创造的精美建筑艺术的寿命，还有，那就是成全了作为鸟儿的世外桃源般的日子，譬如麻雀。我意识到，作为鸟儿天敌的人类，在巴黎圣母院的圣光之中，表现出来的是作为人心灵和精神层面中最真善美的那部分。人类本来是降服不了鸟类的，而人类天性中的这小部分，竟那么轻易地就感化了鸟类，把人类当作自己生命范畴中的芸芸众生，它们没见过人类拿着屠刀的样子。

只可惜，真善美只是人类道德与文明中的一小部分，而不是全部，当真善美成为人类道德与文明的全部的时候，鸟儿啊，我该称呼你什么？于是，我懂得了宗教的伟大感召力和生命力。我走进圣母院内，我能感觉到我的目光纯净如孩童的目光。一楼大厅右侧安放一排排烛台，数十支白烛辉映使院内洋溢着柔和的气氛。座席前设有讲台，讲台后面置放三座雕像，左、右雕像是国王路易十三及路易十四，两人目光齐望着中央的圣母哀子像，耶稣横卧于圣母膝上，圣母神情十分哀伤……在这里，我的心情十分地复杂起来，我在想一个简单的问题：圣母如果不哀伤，该多好啊！我没有到三楼去，我知道那里是最顶层，也就是雨果笔下《巴黎圣母院》中描述的钟楼，从钟楼可以俯瞰巴黎如诗画般的美景，远眺欧洲古典及现代感的建筑物，欣赏塞纳河上风光，那里，一定会有一艘艘观光船载着来自世界各地的游客穿梭游驶于塞纳河上，美丽的浪花挟裹着人们开心的笑声。想是这么想着，脚步并没有挪动，面对圣母哀伤的表情，我的脚仿佛生了根。

要我说，面对圣洁的巴黎圣母院教堂，各色人等人性中最美好、最精华的世界毫无保留地袒露着，连鸟儿都能看见的，天主就更看得见。在这里，连麻雀都从骨子里确认人类本不是它们的天敌，我理解了麻雀飞到我肩头的微笑。

走出巴黎圣母院的时候，光线很好。有位大胡子的老人用一条腿支撑着身子，另一条腿则屈搭在栏杆上，肩、膝、头部都落满了麻雀，一拨麻雀飞走了，另一拨麻雀又来，原来是老人和鸟儿一起进餐。我用数码相机摄下这个镜头的时候，竟真的分不清老人和鸟儿的眼神到底有什么区别。

2007年2月24日晚匆匆于天津

（载《飞天》杂志2008年第9期）

洪堡大学的倒影

　　当旷世之躯以太普通的姿态在喧嚣的背后平静地行走，那背影往往会使庸常者的目光变得无知和幼稚起来，一如中国传统武侠传奇中貌不惊人、甚至看似弱不禁风的耄耋老者，往往出其不意地拥有足可以笑傲江湖的绝技，令所有的挑战者刮目。位于柏林市繁华的菩提树下大街的洪堡大学，不到半小时就使我们这些在国内或多或少受过所谓高等教育的机关从业者拘谨、矜持起来，论城府尽管不至于面面相觑，但尴尬的滋味还是品尝到了。我们在洪堡大学的课堂教学式培训只有短短的两天半，我们不可能看到它的全貌，我们仅仅看到了它的背影，背影拖得太长，像没在天际的银河，盛满万千星斗；又像是一望无际的原野，谁知原野的尽头，还有何等瑰丽的奇葩和彩霞？

　　现在想来仍然有些忍俊不禁。下了大巴，我们尚在左顾右盼寻找洪堡大学的校门，始知脚下的碎石路面便是洪堡大学校园的中心地带——这是一所没有校门的大学。这种从容的闯入使我突然就领教了洪堡大学平实的姿态和民间式的幽默。院系的分布广而散。中午我们走出主楼，才知道除了外办、计算机中心以及最大的阶梯教室在主楼，人文学科的院系则分布在主楼的附近，而享誉世界的数学与自然科学系却搬到了远在柏林东南角落的阿德勒斯霍夫，一些系、图书馆、展览馆、研究机构竟然分散在菩提树下大街的两边，湮没在我们误断为商业用的门脸房里。就是在这川流不息的车辆和人流中，不断产生着震惊人类的伟大思想和著名创造。走在街道与校园共有的空间，一群群肤色各异的人，或休闲，或匆匆地行走，你根本难以辨得哪些是路人，哪些是学子。这里没有警察，甚至连保安都没有见到，学校与社会的交织、融合显得从容而和谐，一如柏林六月的雨，不经意而来，不经意而去。这使我想起国内的高校，几乎东西南北中都有钢筋水泥浇筑起来的宛如城堡的校门，被警察和保安警惕如网的目光笼罩。于是乎，同行者喟然："这就是现代大学之母？"

教授兼翻译陈先生给我们这群来自共产党国家的无产者介绍这所学校的时候，仿佛在有意探询、印证我们的灵魂和信仰，因为他是先从曾就读过这里的马克思、恩格斯说起的。我们的心一下沉寂和肃穆下来，我们何曾仅仅来到了一所世界一流的学府，我们的角色已经变成了无比虔诚的朝圣者。我们的目光开始变得小心翼翼，甚至能听到自己的脉搏不均匀的跳动，气氛顿时肃穆地有些让人感到呼吸困难。就其实马克思、恩格斯仅仅是这所高校里的两颗星星，使这所高校光芒四射的，是马克思、恩格斯之前有古人，马克思、恩格斯之后有来者的群星荟萃而成的星河，许多历史哲人、文化名流和科学巨子都与这所学府有着很深的渊源，曾在此任教的有物理学家爱因斯坦、普朗克，哲学家费希特、谢林、黑格尔、叔本华，神学家施莱马赫，法学家萨维尼都……曾在此就读过的有欧洲议会主席舒曼、哲学家费尔巴哈、著名诗人海涅、铁血宰相俾斯麦、作家库尔特·图霍尔斯基等。这里先后产生过29位在化学、医学、物理和文学等领域的诺贝尔奖得主，世界上第一个诺贝尔化学奖获得者就出自这里。我想，来这里的人，应该是有勇气与科学、与思想、与高贵的魂灵对话的，而我和我的游伴们能吗？我为这个问题感到深深的不安和恐惧。我不知道在这样一所蜚声世界的大学接受培训是不是一种值得骄傲和自豪的事情，因为我实在难以判断我的培训所得是否有愧于先哲的期冀，是否有悖于洪堡的精神？于是我想起国内高校那颇显官场色彩的级别，似乎知名度越高就得享受诸如省部级、地厅级等等什么级的。按照国内的规则，洪堡大学当授何级？这个问题似乎过于幼稚或者简单，但是答案却不是谁都能回答的，这问题就不是深刻与否的问题，而是有些饶有趣味了。

　　我意识到了进入洪堡大学的贸然和轻率。之前对于欧洲的名校，也就平庸地记住了牛津、剑桥等为数不多的一些。奔赴欧洲前，出于学习考察需要，不以为然地了解了一些洪堡大学的皮毛，于是知道学校所在地是原先的海因里希王子宫，目前共有11个学院、200多个专业或科系，学生近4万人。1810年，普鲁士教育大臣、著名学者和教育改革家威廉·冯·洪堡主持成立了这所大学，他提出"学术自由""教学与研究相结合"的办校方针影响深远，直到今日仍是全世界大学所尊崇的教育思想，特别是美国历史上曾经以洪堡大学为榜样，对高等教育进行了系列改革，促进了美国高等院校学术自由、学术自治、学术中立传统的形成，被全世界公认为是学以致用的样板。如今，历史的回望和现实的感受杂糅在我的大脑中，顿时生出了百倍的热量与温度，冥冥之中似乎明白了洪堡大学为什么被誉为德意志现代文明的摇篮；为什么有勇气颠覆了传统大学模式，树立了现代大学的完美典范；为什么在二次世界大战之前，这里曾经是世界学术的中心。其实答案早就明摆着，譬如这里的校训："哲学家只是用不同的方式解释世界，而重要的在于改变世界。"

此训其实可以作为答案的，这样的答案足使我哑然。

校训其实是马克思的名言，镌刻在主楼大厅正面的墙壁上。我们上楼下楼都得经过这里，每次走过，仿佛穿越着时间的隧道，与一位历史老人靠近、再靠近。在这里，我们几乎都留了影。柏林的正午大雨如注，大厅的光线显得暗淡而迷离。镜光灯在不停地闪耀，伟人的文字在刺眼的镜光里熠熠生辉。我的目光久久地注视着这几行鎏金的德文，眼前闪过儿时在老家甘肃的乡村看过的连环画：马克思、恩格斯两位伟人，并肩走在莱茵河畔，天空密布着沉重如铅块的乌云，闪电豁开云层，犹如一把闪亮的利剑……耳边隐隐传来柏林上空的闷雷，我们仿佛在谛听历史伟人那关于全人类无产者生存与革命的旷世宣言，似乎在感受着伟大先驱在斗争的前沿蹀步的背影，我们的灵魂似乎被投放到信仰和意志的天平上接受考问……我当然不是思想家，我从来没有奢望我有限的智慧里可有思想的因子。但是我是崇尚思想的，这至少使我的世界观在逐渐成熟起来，而今身处这个思想家的摇篮里，让自己浅薄的思维和思想家曾经拥有的空间融合在一起，陡然感觉到自己像一个犯了错误的学生。

说起来洪堡大学已经有近200年的历史，那一栋栋因风吹雨打而显得破旧的古老建筑似乎在向人们讲述着发生在它们身上的一个个堪称经典的故事。与经典故事相悖的是我们参观过的所有的教室都显得简朴而平实，桌椅板凳也很简单，不像国内某些大学的所谓硬件建设，竞相攀比，装扮豪奢。教授使用的所谓现代化设备竟然是早在20世纪80年代就在中国城市学校淘汰了的普通幻灯机。这对我来说是个堪称经典的幽默。这其实是一种我们永远体会不到的姿态和境界，正因如此，除了洪堡大学的创立者威廉·冯·洪堡被塑之成像供后人瞻仰外，没有一个洪堡巨子像中国佛龛中的神位似的被供奉于最招人眼目的地方，即便是那些功高盖世的29名诺贝尔奖获得者的相框，也只是分两排集中悬挂在并不起眼的楼道里，似乎只是为了证明，他们曾经是这里的教师或者学生。窄小的楼道一下就被我们这群黄皮肤、黑头发的东方人塞满了。给我们讲课的黑格尔教授幽默地说："洪堡大学的楼道里很少有如此堵塞的现象，看看，你们让我们的老师和学生吃惊了。"我这才注意到，许多准备穿过楼道的异国师生，疑惑地看我们一眼，就礼貌而又自觉地绕开我们，从两边的楼梯口上楼或者下楼。他们当然是要吃惊的，他们时时刻刻在感受着前人目光的热望和注视，无时不在这纵横交错的目光里汲取人生的启迪和意志的修炼。而我们呢，在万里之外的国度，只是感知到被阳光拖过来的一截影子，而今到了影子的源头，却有难以望其项背的窘迫和尴尬。这其中的道理或者答案是什么呢？是差距。面对差距，我们就得承受目光的狐疑，尽管这样的目光被礼貌装饰得无可挑剔。

在课外，我们与黑格尔的交谈中，多次谈到在世界经济一体化的今天，洪堡大学和中国高等院校的交流与合作问题，后来我才知道，几乎所有的华夏儿女在和德国各界的接触中，都要了解与中国某些领域的合作与交流问题。这让我感动，我觉得这已经不是下意识，而是一种责任、良知的发现和流露，这使我们在更深层次上理解了祖国这个概念。原来，早在国难当头的民国初年，许多抱负远大的中华学子就已经和洪堡大学结下了不解之缘，仅在1946年到1985年间，洪堡大学先后向国际上150位杰出人物颁发名誉博士证书，其中包括中国的周恩来和郭沫若。周恩来曾于1922年2月由法国迁居德国柏林在洪堡大学勤工俭学，同去的还有后来成为新中国第一任驻日内瓦的总领事温朋久。北京大学第一任校长蔡元培先生留德期间，广泛吸取了德国洪堡大学古典大学思想，丰富了北大的办学理念。另外，罗家伦、溥心畬、陈康、王淦昌、赵九章、陈寅恪、章伯钧等人都在此深造过。他们后来都成为中国某些学界、学科领域开山鼻祖和泰斗式的非凡人物，他们对中国的特殊贡献几乎囊括了中国政治、经济、文化生活的大部分领域，他们当中一些人的经典学说、鸿篇巨制，也曾成为、今后也是我辈探求学海的引路明灯。幽默的是，近些年洪堡毕业的中国留学生不在少数，却鲜有与前人比肩者。我在思考，面对前人树立的灯塔，我辈有无资格在茫茫大海上航行？即便是一叶扁舟，我们思想和灵魂里到底能够承载些什么，如果负载前人的精神，那么到底能负载多少。

从洪堡大学出来，适才初晴的天空又布满了阴云。我接到几个从国内打来的电话，始知大陆高考狼烟四起，征战犹酣，如火如荼。陈教授说："在德国人看来，成才的标志是创造。"言下之意显然触及了国内的高考制度和人才选拔机制问题。有一个趣闻，德国的所有大学拒收国内外的"高考状元"，招生时都采取高考分数、平时成绩及考生的综合素质三者合一综合选拔制度。具体来说，除了高中学业成绩和毕业成绩外，学生的领导才能、外语水平、打工经验、社区服务的经历、荣誉奖状等，都是校方录取时考虑的因素。这使我想起德国人才学研究学家威尔尼茨教授所说："人才的成长与发展是德、识、才、学诸因素的综合效应，任何一个因素的缺失，都会成为学生成才道路上的障碍，甚至是致命的障碍。"而此时此刻，祖国大陆各省市的教育部门、各所重点或者名牌大学、所有的考生和家长，都怀着上帝般的虔诚和期冀，在企盼着国家级、省区级、地市级、县乡级"高考状元"的诞生……

又下雨了，我和陈教授共同搭着一把细花伞。我们久久地回眸，洪堡大学在雨中像一位江边独钓的老人，朴实无华的蓑笠和简单的钓杆儿都在告诉我们，背影的前面，是怎样一副尊容。

2006年8月

乌兰察那个布

曾迎面撞上过一个话题："叔叔，您知道一种叫乌兰察的布吗？"这是邻里小女孩的好奇。我倏然一愣，乖乖回应："不知道。"

直至后来到了乌兰察布，我似乎仍然没明白这就是传说中的那块布。多年来，我曾一度埋汰过对我的故乡甘肃认识不足的远道客人，似乎偌大的甘肃除了千里河西走廊的漫漫黄沙和陇东高原的千层黄土，全然不知秦岭一带的天水、陇南本是珠垒玉砌的。而今我换作乌兰察布的客人，竟也自陷其辙，生生的，错把乌兰察布当做一片荒丘枯漠了。小车经过冀北层层叠叠的沟壑、丘陵之后，突然仿佛就不是车了，是船，它像船一样划入的这片塞上绿色汪洋，便是乌兰察布。我获知了这样的比喻：建在玄武岩上的园林。

我登时哑然。我首先需要解决的困惑是：既然这个城市的绿与周边的绿连成了一片大布，那么，这布的边边角角在哪里？因为再继续朝四周辐射，便是她怀抱里的杜尔伯特、辉腾锡勒、乌兰哈达三大草原了。关于草原之美，历代文人墨客佳句如潮，轮不到我画蛇添足。可让我意外的是，杜尔伯特草原是中国"神舟"系列飞船的回归地，辉腾锡勒草原是世界上保存最完好的高山草甸草原，乌兰哈达草原是国内著名的火山草原。作为一个对草原有着特殊情结的人，我不知道世界上还有哪座城市同时拥有这么多的草原，而且被历史和时代注入了如此丰富的人文元素。有趣的是，"神舟"从我老家甘肃酒泉升空，从内蒙古乌兰察布降落，这让我的造访，便有了冥冥中循迹觅踪的意味。那一刻，我真不知道乌兰察布在我眼里到底是熟悉了，还是陌生了？主人王玉水问我："作家老弟，你在想啥？"

我说："一块布。"

"布？"

"是，乌兰察布。"他愣了一下，继而心照不宣地乐了。"那，你怎样看待这里的绿？"

这是一个容易上当的问题，只有傻子才会脱口"沙漠绿洲"四个字，可要是说成"草原绿洲"，岂不有合并同类项之嫌？我只好把深沉装到底："这布，怎么就叫乌兰察布呢？"

马，定要骑一回的。打马辉腾锡勒草原的时候，我遇到一位中年牧人，牧人手里并没有羊鞭，而是一把马头琴，他悠闲地把身子斜倚在一段古城墙的残垣断壁上。琴声浑厚而悠扬。

洁白的羊群在阳光下徜徉，像点缀在画布上的云朵。在这前不着村、后不着店的阴山一隅，我问他："你家离这里远吗？"

"也就五十公里吧。"他的回答轻描淡写。

五十公里，如果使用现代交通工具，也就几支烟工夫，可对一个牧人……牧人一眼看穿我的心思，开口道："你以为我是苏武牧羊啊？！"我这才知晓。牧人家住乌兰察布市，拥有花园洋房，提前办了退休，如今把放牧当成人生一大快事。他的羊舍在草原。羊舍前，停着一辆漂亮的小车。

我想到了时下公园里安静如石头般的垂钓者——垂钓和放牧，二者之间异曲同工的妙处，谁能解得？而我，却不小心变成了这片土地的考生。一块布，在考一位裁缝。也许与出生在羲皇故里有关，我对这里的史前文化遗存有着天生的敏感，比如，沉睡了近万年的旧石器打造场、星罗棋布的古人类洞穴遗址以及神奇的岩画、不同时代的长城遗址。在与岱海毗邻的一处古文化遗址，王玉水时不时捡起一块块破碎的陶片："看看，你说说是五千年？还是六千年？"

所幸，喧嚣的时代未能腾出手以大开发的名义叨扰到这些历史遗存。多数遗址除了简单、粗糙的标识，仍保持着原始的形态，给人非常通彻的现场感。我不好判断眼前的史前文明与甘肃的大地湾文化之间是否有某种必然的联系，可是很快，一个实在太熟悉的文化符号，一瞬间击中了我，它其实是一个人：李广。

一位蒙古族人告诉我："李广，是我们这里的保护神。"

又是来自甘肃的信息。汉文景时，曾担任过陇西、北地、代郡、云中、右北平等军事要塞太守的甘肃天水人李广被封为雁门将军，多次屯兵乌兰察布，把匈奴驱逐到大漠以北。可到了王莽时代，匈奴最终还是沦陷了乌兰察布，而那时的李广早已含恨自杀多年，魂归故里。此刻，远处的蒙古包里传来了马头琴的声音，这样的琴声分明是饱含某种信息的。一股强大的气流突然从我胸中喷涌而出，那是只有甘肃人才有的冲动，是吼，我吼出的是秦腔：

"我叫叫一声飞将军……"

马头琴和秦腔肯定是不对称的，可恰恰在这样的不对称里，我像站在大布中央的银针，有了飞针走线的欲望，是缝领子？还是接袖口，反而不由我了。

山下，各种各样的洋芋花儿旺极了。我说："甘肃有个定西地区，那里被誉为马铃薯之乡。"可王玉水笑了。这是乌兰察布式的笑，像隐藏在布匹上的一道涟漪。我这才注意到，高速公路一侧矗立着一个大型广告牌，上书：中国薯都。老王告诉我，乌兰察布、定西和威宁为了争"马铃薯之都"，曾在中国食品行业上演了一场硝烟弥漫的"三国演义"。

我开怀大笑。没人知道我的笑声里有替定西抱不平的意味，可脚下这五万四千平方公里的大地太容易让我想到故乡，但的确又不是故乡，他和我记忆中的粗布、棉布、绸布不一样，人家叫乌兰察布。

（载《人民日报》2017年6月5日）

大地湾的声音

一种声音，炊烟一样从东半球西部的一个湾里袅袅升起，让我想到地球是个发音的陶罐。谁晓得大地上到底有多少个湾？但故乡天水秦安县的大地湾，却像陶罐上仰面朝天的一个吹孔，"哇呜——哇呜——"，一响，便是8000年的薪火相传，像一个山高水长的诺言。

"听哇呜吧，你会晓得天是圆的，地是方的。"老人们说。

于是我蒙昧的童年懂得了迷恋窗花外的一米阳光，它从天上来，从东走到西，从早走到晚，日子就在早晚之间静静地安放在大地上，有热炕、米酒、小道、屋檐水，还有牛羊。哇呜声传四方，先人用嘴，我也用嘴。吹响的是一种鸡蛋大小的陶器，有两孔的，多孔的。8000年后的倒数第某个年头，我在欧洲欣赏一场来自中国的民乐演奏，轮到一首古曲时，一种古朴、苍凉、浑厚、悲怆、悠长的旋律，像天籁之音从混声中分离出来，扇动着神秘的翅膀，在异乡低空飞翔。五湖四海的观众顷刻归于沉静。我哑然，这传说中的埙音，不就是现实中的哇呜声吗？

现代文明对埙的解释是：中国最古老的一种吹奏乐器，约有七八千年的历史，八音之中，埙独占土音。我内心已经固执地反驳了：哇呜，它就叫哇呜！但我曾经并不晓得，这就是来自大地湾的声音，我更不晓得这种声音伴随着新石器时代先人们的步履，翻关山，趟渭河，再伴着黄河的涛声进入中原，把伏羲一画开天、女娲抟土造人的传奇变成人类文明的宣示。老人们早就说过的："大地，就是一把土，我们是土做的，哇呜也是土做的，它就是大地的声音。"我咋会懂这样的哲学呢？我只是母亲的一次创造，尚不晓得地有多久，天有多长。

"秦安的货郎担来啦——"

当年——20世纪七八十年代吧，村口常有这样的信息。伴随这信息的，必然是老人和娃娃的对话：

"给娃儿换一个哇呜，用两个麻钱。"

"我给爷爷吹一个啥曲儿呢？"

"吹啥，算啥。非得要吹个啥，那还叫哇呜吗？"

这么说着，漫山遍野的哇呜声已经荡开去，像风一样掀起黄土高坡的层层涟漪。吹哇呜的娃娃像大地的旗手，挺立风中，梦想和日子此起彼伏。我不晓得还有哪个年代的娃娃能像我的童年时代那样人手拥有一个或多个乐器：埙、胡笛、二胡……假如你看到一个娃娃的腮帮子鼓满了全世界的风，那就是我。如果不是我，便是你。大地拥有我和你，就像我和你拥有大地。

8000年光景水一样过去了，一个堪称个例的故乡水落石出。20世纪80年代进城或赶集时，亲眼看到一些人在距离我们村十几公里外的西山坪、师赵村一带空旷的田野里深挖细剖，后来方知他们是中科院考古队的专家。他们努力的结果不亚于引发了世界文明史上的一枚炸弹：这里的史前人类部落遗址，与毗邻百里的大地湾彼此呼应。大地湾的信息就这样朝我扑面而来，据说，20世纪50年代某个普通的早晨，与阳光一起散落在大地湾一带农民矮墙上、茅坑边、牛棚里、炉灶旁的各种彩陶盆、灰陶罐以及地埂下悄然入梦的碎陶片儿，瞬间把甘肃省文管会专家的眼球撞成了血与泪的花瓣雨……一个石破天惊的结论诞生了：大地湾文化上开中原仰韶文化之先河，下启陇上马家窑、齐家文化之滥觞，早于陕西的半坡文化一千多年。2007年的那个夏天，一个不知深浅的青年人满怀狐疑地靠近了大地湾，始知大地湾遗址仅仅发掘了总面积的1.34%，却已经宣告了诸多中国之最：最早的旱作农作物标本、彩陶、文字雏形、宫殿式建筑、"混凝土"地面、绘画……而那98.66%的大地至今长醉不醒，湮没于骡子的铃铛、庄稼的私语和崖畔上的鸡啼。青年在猜想，假如它有朝一日彻底醒来，一湾的呼吸，会是超越八千年、上万年的肺活量吗？那该是怎样的一次发声亮嗓。

青年人迟到了，因为年轻。当他突然明白先祖在语言和文字尚未形成的蒙昧时代，不得不用诸如"哇呜"这样的象声词代替各种称谓时，一滴清泪飘落大地，成了一个湾，除了我，没人晓得这个咸咸的湾有多大。因为那个青年人就是我。和人文始祖诞生于同一个故乡，是我此生最大的传奇；和先祖遗踪的天日重现如此偶然地邂逅于同一个时代，也让我途经人间的意义，成了一个谜。

"哇呜——"，这来自秦安县五营乡大地湾的泥土之音，是在诉说吗？证明吗？启蒙吗？当传说中的伏羲、女娲时代，以接近历史的名义与大地湾的文化根脉链接时，我分明看到启肇文明的火光在渭水流域奔跑，开天辟地的石斧在关陇之巅舞蹈，包罗万象的八卦在天水城头闪耀。天水作为伏羲、女娲故里的定义，是一个多么惊世骇俗的古老事件。巧合也好，吻合也罢，永远不变的是大地湾的声音，以风的名义传递着洪荒分娩文明的喘息，传递着原始之血"汩汩"的流淌声，传递着一个时代存在的秘密。站在传说中伏羲演绎八卦的卦台山上眺望现实的大地湾，代表天的乾、代表地的坤、代表水的坎、代表火的离、代表雷的震、代表山的艮、代表风的巽、代表沼泽的兑等神秘符号飞舞而来，而我等又怎能走出视野的局限和思想的混沌？女娲抟土造人时，动了多大脑子啊！她没忘给我们的脑袋上捏了两个湾，一只是耳朵，另外一只也是耳朵。谛听，是为了期待我们茅塞顿开，大路四方。

先祖洞穴中传出的一种声音，曾惊着了当年的考古队员：

"这是啥声音？"

"哇呜。"农民回答。

"哇呜是啥？"

"风。"

"风？"

"风在拉家常，笑一阵，哭一阵。"

雷声在天庭，水声在沟壑，火声在森林。有谁，能在天地间找出第二种比风更为持久、旷远、亲近的声音。冥冥中，我似乎悟出了一点儿，伏羲、女娲兄妹何以择风为姓。大地湾的一些地方，自古以来是叫风台、风谷、风茔的。自古到底有多古，一曲哇呜，就晓得了。从茹毛饮血到刀耕火种，从世事混沌到男耕女织，所有的悲欢离合、喜怒哀乐，在生命的一段段曲谱、一支支歌谣里。东汉许慎云："苞牺氏（伏羲）所作弦乐也。"西晋王嘉《拾遗记》云："苞牺氏（伏羲）灼土为埙。"先秦史官《世本》云："女娲作笙簧也。"于是有人问我："埙、筝、琴、笙这些人类早期乐器，为什么会和天水有关？"我没有心思参与讨论，因为我发现，历史进入21世纪的今天，哇呜基本在民间消失了。几次回故乡，我问村口的娃娃："吹过哇呜吗？"

"没有。"

娃娃反问："啥叫哇呜啊？"

"那……晓得埚吗？"

"不晓得，这个字咋写？"

一段往事，突然撞上心头。当年有个小伙伴的哇呜吹得最好，他所有的哇呜都存放在一个彩陶罐里。据他爷爷讲，彩陶罐连同哇呜是他爷爷的爷爷的爷爷在一场山洪过后捡来的，谁晓得祖祖辈辈吹了几百年还是几千年？到了改革开放时代，盗墓贼来了，文物贩子来了，更可怕的是各种各样的文明人来了……

"不吹了，哪有闲心啊，人人都跟日子玩命呢。"

八千年的声音，就这样在发展与速朽、进步与断裂的全球化时代沦陷于另一种洪荒。都在往前奔，没人等待灵魂跟上来。不久前，我在北京的一场高雅音乐会上再次听到了埚音，顿时毛发直竖。抬望眼，文明的大幕被闪亮的银钩束起，我却不知今夕何夕。有人喟叹："伏羲、女娲时代与炎帝、黄帝时代之间长达三千年人类生存谱系留下的巨大空白和盲区，到底是怎么回事？"我报以苦笑。这世间最不堪回首的，恰恰就是哭比笑多的往事。何止三千年，就是三百年前、三十年前的历史真相，我们到底揭开了多少？毫无疑问，岁月必将把我们打造成未来八千年的祖宗，后人对我们的考察，是否如我们般幸运地以大地为背景倾听一种声音，我没有勇气妄论。尽管，我们总爱被一些美丽的梦想簇拥。

我不希望大地湾的声音成为这个时代虚伪的怀念，我宁愿历史永远活在传说里，传说远比历史真诚得多，与八卦一样不朽。一旦哇呜响起，我们就晓得，大地，是一个大大的湾，无论祖先多么古老，后人多么年轻，都是四世同堂。"哇呜——哇呜——"，炊烟升起，一定是起火做饭了。

我学着祖先的样子选择了东迁，到了大地的另一个湾。每次返乡，都要在旅游商店里买一个复制的哇呜。其实，我一直想从博物馆搞一个真的，和祖先一起吹，在大地上，朝下一个八千年。

2014年7月于天津观海庐

（载《飞天》杂志2014年第10期）

日子里的黄河

"日子，就是一担水。"从黄河儿女的这句口头禅里，我闻到了烟火味儿。

小时候，我不懂。"黄河远上白云间"，那滔滔的黄河水，该是多少担水啊！把黄河与日子联系起来，我总是想到扁担、木桶和黄土高坡上的羊肠小道。一位长满花白胡子的老人说："其实，咱和黄河天天见哩，咱都是女娲蘸着黄河水抟着黄土造出来的，都是黄河的娃哩。"

至今想来，这句话几乎涵盖了哲学、宗教、艺术的所有意味。中国的乡村，到处都有龙王庙。求水的日子里，成千上万的人高举火把，在苍天之下、大地之上跪成一种无与伦比的虔诚和渴望。在红烛的火焰和紫香的缭绕中，庄重、慈祥、平静的水龙王，俯瞰众生，目光里蓄满了母亲才有的表情，她身上倾注了芸芸众生对河流的崇拜和念想，她是龙，也是水。当一担水挑回家，炊烟袅袅升起，日子里所有的滋味儿都有了。喝一口黄河水，一种宗教般的庄严，在我内心驻留、伸展、蔓延。

当明白一切祈福都是为了日子，我顿悟古代诗人"君不见，黄河之水天上来"的绝唱，不光是一种情怀，也不光是一种浪漫。

我有理由文学地断言，黄河的文化源头早已超越了地理意义上的故乡——青藏高原巴颜喀拉山北麓的约古宗列盆地，天下黄河"九十九道弯"的文化空间，同样超越了黄河5464公里身长所辐射的疆域。黄河用数百万年的耐心和胸襟，轻轻拥揽了西北、中原、华北几十万平方公里的土地之后，天下苍生，尽在她温情的怀抱里。

沿着黄河走，我发现黄河对人类精神的浸润和人类心灵对黄河心悦诚服的接纳，早已成为一种无与伦比的双向力量，让我感受到了黄河文明"创世"和"维世"的巨大景观。我去过山顶洞人、蓝田人等古人类遗址，当时的先祖们已经懂得给逝者佩上殉葬的饰品，用来抚慰灵魂。我同样去过与文明初肇有关的大地湾遗址、大汶口遗址、龙山遗址，目击之处，尽显先祖们的图腾和崇拜，他们以各种各样的符号，表达着人与自然、人与生命、人与万物之间千丝万缕的联系。黄河儿女们在万古涛声中，时刻保持着清醒的头脑：敬天法祖。自古至今，这片土地上到底诞生了多少灿若群星的先驱贤达、明君良臣，恐怕难以统计。我没有能力追溯历史，但我有能力仰望星空。

假如百万年前中国西部的地质变化没有为黄河的诞生提供可能，那么，谁来给我们提供一担水的意义？黄河流域的掌心里，到底还有多少超越5000年的华夏文明遗存，至少当下无从得知。受认识的局限，我们姑且屈从传统定论，封顶到5000年。也许，我们真的只是领受了黄河文明的一角，置身历经千年风霜的殿堂和古柏，耳闻经久不息的钟声，我们只知道，历史刚刚从史前向殷商走来，从秦汉向唐宋走来，从明清向当下走来。"奔流到海不复回"。黄河似乎时刻在提醒：勿回首，向前走，只要把握好日子，你理想中的前面，就在前面不远的前面，等你。

荀子曰："不积小流，无以成江海。"一条又一条黄河的支流，跨越时空，奔流不息。每一条支流都是每一担水的合计，都是去黄河那里"赶集"。在黄河沿岸的乡村，你侧耳谛听，一定能听到这样的声音："滴答，滴答，滴答。"那是屋檐水的声音，也是黄河的声音，更是父老乡亲血管里的声音。它最终在华北汇入苍茫的大海，带去的，是这片土地的表情。

少年时代，我曾一度迷恋西方哲学，但有一位外国朋友告诉我："我不敢轻视中国哲学，因为有一条河，它叫黄河，是一首叫哲学的诗。"诗？我的耳畔，顿时响起先秦以来黄河两岸的低吟浅唱："坎坎伐檀兮，置之河之干兮"……"所谓伊人，在水一方"……"劝君更尽一杯酒，西出阳关无故人"……

　　每一句艺术的经典，都是日子的投影。在我心灵崖畔的视野里，古人和今人的艺术联系、传承、根脉如此的密不可分。那史前人类遗址中陶罐、陶瓶、陶盆上镌刻、描绘的符号，那用简单的线条、笔画对河流、鱼虾、白云、牲畜、狩猎、祭祀的表达，那云冈石窟、龙门石窟、敦煌石窟、麦积山石窟中的雕塑、壁画……那一刀又一刀，一笔又一笔，一画又一画，分明是一支支反复吟咏的民谣，民谣里蓄满了所有关于日子的歌。这些歌，伴随着黄河的涛声，经久不息。当艺术融入人们的日子，那不就是一曲几千年的黄河大合唱吗？

　　一直在想，在中国，堪与黄河比肩的河流不在少数，可是，每当中华民族处于生死存亡的十字路口，为什么人们首先想到的是黄河？"风在吼，马在叫，黄河在咆哮，河西山岗万丈高，河东河北高粱熟了……"也许，社会学家给出的答案是母亲，哲学家给出的是精神，政治家给出的是人民，美学家给出的是气质，历史学家给出的是传统……一位民间的风水师却这样回答我："风水。"我的理解是，黄河流域的气候、土壤与地貌，体现了农耕文明更多的特征，"河东河北"密不透风的高粱，既给黄河儿女以日子，同时也为黄河儿女抗击外来侵略提供了天然屏障。"黄河在咆哮"，那是对敌人的怒吼，也是对儿女的唤醒。

毋庸讳言，近百年来，中国东南沿海地区创造时代文明的步伐要远远比黄河流域快得多，这得益于现代工业、海洋文明的进步与发展。"源头不会变，风水轮流转"。这不光是一个哲学问题，还是一个历史问题，也是一个生态问题。变与不变之间，人与自然的作用力，可以海枯石烂，也可以沧海桑田。

我们一定不会忘记这样一段歌词："我的故乡并不美，低矮的草房苦涩的井水，一条时常干涸的小河，依恋在小村周围……"我在黄河流域考察农村饮水现状的时候，再次看到了农民肩膀上的一担水，那，还是我小时候见过的清冽的水吗？那分明是稠泥浆。有个不争的事实是黄河瘦了，近几十年来，曾频频断流。一条条排污管道，像罪恶的大炮一样伸向黄河。

"保卫黄河！"半个世纪前的黄河儿女面对列强发出的呐喊，犹在耳畔，只是如今黄河的敌人隐藏在哪里呢？要我说，就在我们自己的日子里。信不信，一担水的日子里，什么都看得出来。

30年前，黄河两岸流行着一首叫《黄河源头》的歌，其中的歌词是：

黄河的源头在哪里？

在牧马汉子的酒壶里。

黄河的源头在哪里？

在擀毡姑娘的歌喉里。

……

多像我的一个梦啊！梦中，我变成了那位牧马的汉子，手里拎着酒壶，沿着黄河行走，马蹄悦耳。不远的擀毡房里，有一位美丽的姑娘，在为我歌唱……

就这样策马而去，不愿醒来。

2015年1月初稿，9月再改于天津观海庐

（载《人民日报》2015年11月25日"大地"副刊，此作多次被省市高考、中考、高中联考、模考试卷"阅读分析"采用）

渭河是一碗汤

　　当我相信它是一碗汤时我已离开了它，却从此有了故乡。

　　"他要了五分钱的一碗汤面，喝了两碗面汤，吃了他妈给他烙的馍。"这是初中时从课文《梁生宝买稻种》里读到的一段话，一种感同身受的强大气息吸附了我，但随之而来的文字仿佛又把我推开："渭河春汛的鸣哨声，在人们不知不觉中增高起来了。"罢了！活该自作多情，像这种与河流有关的信息，怎会与我有关呢？儿时远离河流的干旱之苦，让我对形同传说的河流天生敏感。第一次知晓，传说中的渭河，原来真是在人间的。

　　始知渭河，源自少时读《山海经》："夸父与日逐走，入日，渴，欲得饮。饮于河、渭，河、渭不足，北饮大泽。"河，指黄河；渭，指渭河。渭河居然与黄河齐名，该有多长，有多大啊！

　　我忍不住向一位学长求证："渭河，离我们这里远吗？"

　　"远着哩，真正的渭河在陕西，那是大地方，能不远嘛！

外边很大，咱这里很小。"

"那……陕西在哪里？"

"没去过。"学长反问，"你以为课本里的渭河就是咱这里的渭河啊？"

逻辑似乎是陕西、甘肃各有一条渭河，两者本不相干。尽管这样的答疑明显带有对我的不屑，却让我意外获知，甘肃原来也是有渭河的，这让我宿命地感到自己作为甘肃人的局限和迟到。后来在天水读师范，得悉不少甘谷、武山、北道的同学家在渭河之畔，这让我好奇得不行。陕西的渭河无缘一见，"家门口"的渭河无论如何要一睹真容的，不为梁生宝，为自己。1987年，我和甘谷同学李文灏相约去十几公里外的北道看新落成的渭河大桥，我没有告诉他我内心的秘密：我的目标不是桥，是一条河——渭河。

"家门口"的渭河果然很大，比故乡山脚下的藉河大多了。我问李文灏："这条河流向哪里？"

"大海。"

这样苍白的答案，他也说得出口。百川归大海，海再大，岂能大过期待与内心？

"我指的是下一站。"

人间就一条渭河，它的根系，它的枝干之始，它的血脉之源，不仅在甘肃，就连发源地也在天水眼皮子底下的渭源县，渭源渭源，可不就是渭河的源头嘛！而我们村子距离渭河的直线距离，不到20公里。当再次重温渭河两岸有关伏羲女娲、轩辕神农、秦皇汉武的种种传说、典故、民谣时，渭河突然变得更加陌生了，就像失散多年的爷俩突然路遇，更多的是惶恐和局促。原来世界并不大，别人拥有的太阳，也在我们东边的山头升起，别人拥有的月亮，也照样在我们树梢挂着。

　　仿佛一觉醒来，我在渭河的远与近、大与小和它与生俱来的神秘里流连忘返。难道渭河刚刚从渭源鸟鼠山奔涌而出，就是这等818公里的长度、13万多平方公里的流域面积，并横穿800里秦川从潼关扑入黄河吗？非也！500万年前，如今的渭河流经之地，居然是黄河古道，黄河从兰州向东，经鸟鼠山继而东行。从新生代开始，造山运动让秦岭抬升为陇中屏障，迫使黄河一个华丽转身蜿蜒北上，经贺兰山、阴山由晋北顺桑干河入大海。再后来，由于内蒙古乌兰察布地区隆起，黄河转而南下直奔潼关。一位地理学家告诉我，黄河、长江的源头拥有很多天然内流湖泊和高原冰川，万千支流多有涵养水源。而渭河不是，作为黄河最大的支流，它的源头恰恰在"定西苦甲天下"的西部最干旱地区，它一路走来，途经甘、宁、陕三省的80多个干旱区县，拾荒似的玩命汇集从沟壑崖畔之下眼泪一样的110多条支流，而这些支流大都不是地下水，而是从天而降的星星点点的雨水，他们伴随着季节而来，伴随着闪电与雷声而来，伴随着大地的渴望与喘息而来……

我信了这句老话：所谓"黄河之水天上来"，实质上是"渭河之水天上来"。

沧海桑田，没人知道黄河到底改道多少次，但渭河始终伴它风雨同舟，一往情深，像搭在黄河肩头的一袋面。

"其实，渭河就是一碗汤，喝上，啥都有了；喝不上，啥都没了。"

关中农民的这句话，似曾相识，我又一次想到了梁生宝。

一条河，一碗汤，真的不用过多解释其中的含义，看看农耕以来渭河流域的灌溉情况，至少一半的答案在这里了。汉武帝时期修建的龙首渠，从地下贯通如今的澄城和大荔，使四万余公顷的盐碱地得到灌溉，年产量增加十倍以上，被誉为中国历史上的第一条地下渠，成为世界水利史上的首创。而截至20世纪末，关中地区类似性质的灌溉工程，万亩以上的灌区近110个，自西向东基本连成了一片。皇天后土，有一口水，就有一株苗，就有一缕炊烟，就有一碗汤，就有生生不息的生命的指望。

有生命，就有创造。在甘肃的渭源、陇西、武山、甘谷、天水一带，到处都是马家窑文化、齐家文化、仰韶文化遗址；在陕西的宝鸡、咸阳、西安、渭南、潼关一带，半坡遗址、炎帝陵、黄帝陵、秦陵、乾陵、秦始皇兵马俑星罗棋布……渭河给我们提供的强大信息量到底被我们捕捉、寻找、获知、理解了多少？它像谜一样存在，也像谜一样不在。那样的年代，我不在，我爷爷也不在，但我爷爷的先祖爷爷一定在的。还能说啥呢，那些河流的子孙，一代代地没了，走了，先是一抔黄土，再后来，了无踪迹，就像这世间他们根本没来过，也没留下任何的蛛丝马迹——我好想说错了，他们留下了我，我们。

渭河流到如今，早已瘦了，皮包骨的样子，到底相当于过往的几分之几和几十分之几，我没了解过。当风光一时的"八水绕长安"的曼妙景致只能在梦中去感受时，当"宋代从岐陇以西的渭河上游采伐和贩运的木材，联成木筏，浮渭而下"的壮观只能从史料中寻觅时，现实的渭河，会让你肝肠寸断。

"渭河干了，咱就没汤喝了。"一位陕西农民告诉我。

这些年，一个汉字紧紧攥紧了我这颗单薄的心，这个字叫"济"。"引滦济津"是因为天津没水了；"引黄济津"是因为滦河没水了；"引长济黄"是因为黄河没水了，"引汉济渭""引洮济渭"是因为渭河没水了……我去过被认为是史无前例的"引汉济渭"工程现场，高超的现代工业技术把莽莽秦岭山脉从根部洞穿并延伸98公里，然后利用200公里的管网，把长江的最大支流——汉江水一分为二引入关中平原，汇入渭河……应约撰文，我迟难下笔，后来想到的标题竟是两个字——血管。

血，与其说受之于父母，不如说，受之于一碗汤。

大地苍茫，耳边仿佛传来故乡的声音："娃，喝汤来——"

2015年9月2日与天津观海庐

（载《人民日报》2015年10月19"大地"副刊，此作多次被省市高中模考"阅读分析"采用）

河豚岛

　　自认为走遍中国的你，是否去过这么一个城市，它被誉为河豚岛。

　　如若这是个抢答题，倒是我不幸贸然留下了按键记录。北国料峭的三月，文坛名宿从维熙老先生建议我随一个采风团去扬中看看。扬中？我所有旅行的记忆里没有任何关于它的雪泥鸿爪，于是误判为李白式的"烟花三月下扬州"。可是，从老却吟出苏轼的诗"正是河豚欲上时"。

　　一路南下，朋友的短信紧追不舍："非得要去冒这个险吗？"

　　当然指品尝河豚。一个号称西北狼的大男人，我如果非得纠结"拼死吃河豚"的典故，非得探究扬中被誉为河豚岛的前世今生，非得追问那些为了一张馋嘴殒命天涯的一个个悲壮实例难免矫情了。平时行走江河湖海，遍尝美味，唯独没有对河豚下箸，这次直闯扬中，分明就是偏向虎山行了。在内心，扬中即便不像蛇岛、狼屿、虎山那么可怖，而河豚纵然也是经过江南名厨特殊处理过的，但是为了一张犯贱的嘴，却要扛着一条命去，发毛是难免的。好在，下箸之前，先入为主的岛上风情，多少稀释了心理的云遮雾罩。这里四面环江，仿佛万里长江一路轻歌曼舞之后，在苏南大地突然一个华丽转身，以扬子江的名义打了个美丽的蝴蝶结。这个结，就是河豚岛了。放眼时下，城里人羡慕乡下，乡下人渴望城里，却往往苦于时尚与田园不能兼得，而河豚岛不大，也不小，水陆面积方圆300多平方公里。岛上有江，江上又田，田中有城，城中有乡，乡中有你，你中有我。大厦、楼阁、花园、工厂、小车点缀在纵横的阡陌之间，你根本分不清这是城市的田园，还是田园的城市。脑海里冒出一个文题——河豚岛记。本想随兴吟来，疑有攀附桃花源之嫌，只好忍了。

"下辈子来这里，城里人当了，乡下人当了，还赚一个岛。今番，先为河豚一死再说。"忘了这是谁的感言。记着又如何？它已属公共话题。

上桌了，是河豚。主人率先执箸，口气凝重庄严："按惯例，我先尝第一口，半小时后若无碍，诸位可饕餮也！"明知这是戏法，却做足了"风萧萧兮易水寒，壮士一去兮不复还"的慷慨与悲壮，有此担当与大爱，男女纷纷举箸，人人俨然荆轲附体，眼中的河豚，当然就是秦王了。河豚吃法可谓五花八门：清蒸河豚、红烧河豚、生涮河豚、煲汤河豚……神秘、刺激、传奇笼罩了我，骨子里分明在较劲儿："呔！本秦岭何惧也哉！"

扬中人把河豚之美概括为：咮鲜甜，肉肥嫩，汁浓醇。在我看来，河豚纵有千般之好、万般之香，前人有了"正是河豚欲上时"，我纵是满腹经纶，也不好画蛇添足了，何况同行的王宗仁、徐坤、叶延滨、范小青、叶兆言、黄蓓佳多是感悟人间美食的老手。酒过三巡，满桌杯盘少有进展，唯独河豚早已皮尽、肉无、汤干，就那盘子，光可见底，如猫舔过一般。吃出这等傻样儿，倘若苏轼在世，不知是否捻须窃笑，引出戏言。大家谈到一段逸事，说是20年前从维熙率团莅临河豚岛，灵感迸发，欣然挥就美文《学一回苏东坡》。千年一学，今人仿古，成就一段佳话，至今被扬中人津津乐道，惹得各路文人墨客纷至沓来，风卷残云之后，吟诗作赋，字句之间，尽显河豚美味。主人问我感受，我冒出的竟是："饕餮之后，我成了一条好汉。"

文人充好汉，自信与风雅就无端地荡漾了。是夜，岛上一弯明月，江边一片蛙声。我信步走进渔家，与大缸里游弋的河豚默默对视。五六条河豚游来游去，自由自在，渐渐的，所有河豚的肚子鼓了起来，越鼓越大，一个个变成了膨胀的圆球，雪白的腹肌一如凝脂白玉。记得有道河豚菜，是叫西施玉的。

"欲把河豚比西子"。江南人的文化思维，难免让我心猿意马。突然，耳边传来一句嫩嫩的童音：

"叔叔，它是被你撑大的，你在它肚子里享福呢。只是，你不知道。"

我怔了一下："何以见得？"

"我爸爸是打鱼的，他说，吃河豚，被河豚吃，才有了河豚岛。"

只言片语，意思却深不见底，耐人寻味。而孩子的父亲——河豚岛的主人正躺在两棵竹子之间的吊床上，享受着明月、香茶、油菜花、车载音乐带来的惬意。我不大懂得苏南话，但有一句是辩得的，主人说："日子嘛，冒点险，才有滋味了。"

听到这里，感觉河豚岛已不仅是一个岛了。河豚从大海与江河之间洄游的神秘性，它体内那蕴蓄的剧毒，它与万千鱼类的同与不同，早已与扬中人构成了一种关系，我一时无法总结这种关系到底是什么，但这种关系形成的生活链、经济链、文化链、精神链一定腌制进了扬中人的日子，融入了扬中人的性格和血脉。儿时翻画报，记住了一幅当年解放军横渡长江天堑的老照片《我送亲人过大江》，今番才知照片中那位划桨的大辫子姑娘，就是当年岛上的渔家女颜红英。河豚再凶，岂能凶过枪林弹雨？19岁的渔家女，硬是一桨又一桨，把解放军送上了火光冲天的对岸……

我宁可认为，河豚文化就是扬中的胎记。环游全岛，看到很多建筑、雕塑、服饰、工艺品、路标上均有关于河豚的种种符号，我不再大惊小怪。河豚岛分明就是河豚的化身，而河豚分明就是河豚岛的灵魂。当一方水土的文化，看得，吃得，喝得，思得，悟得，这样的美无疑充满了蛊惑，笼罩了神秘，遍布了传奇，再有，弥散着一种凡俗日子的娇艳和悲壮。在岛上，你无论身处何地，都有一个巨大的闯入者让你的目光回避也难。你闯入河豚岛，它同时就闯入了你，它便是矗立于扬中园博园的60多米高的中华河豚塔。它威风凛凛，金光闪闪。它飞翔的定式，既是一种宣示，又像一种挑战。它居高临下、唯我独尊的姿态全然拥有了普天之下所有河豚的世界。身临其下，每个人似乎被这个世界淹没于人间烟火。

"适才品得河豚真味，而河豚岛已经把我们一口吞了。"有位学者感慨。

此话，只有我能品出别样的风味，因为他们都不是那对扬中父子的听众。我在想，河豚并非扬中独有，可是，从今以后，河豚岛之外的河豚，我可吃得下？一句打油诗突然从脑海里鱼跃而出："扬中城里有扬中，河豚岛外无河豚。"

这样的句子，我必须自恋地认可。江边回眸，金灿灿的油菜花让河豚岛一枝独秀，而周边的镇江、扬州、常州、泰州反而成忠实的绿叶了。倒是一条横幅让我乐而开笑，上书"烟花三月下扬中"。这就算不得扬中人的幽默了。人家李白夸扬州，你用得着沾那荤腥吗？又不是英雄气短，人家有人家的烟花，你家有你家的河豚嘛！他日再来河豚岛，谁要再拿"烟花三月"诱我，我用不着拿苏轼拼李白，用打油诗轻轻一挡就够了，除非你肩膀上扛的不是一张嘴。

北上返乡，从老电询感受，我答："扬中城里有扬中，河豚岛外无河豚。"

从老惊问："妙！哪个朝代？何人所作？"

我答："今朝，无名氏。"

2015年5月4日于天津观海庐

（载《"名作家看扬中"作品集》2015年版）

诗情钱塘江

"曲尽船头谁执扇，水墨钱塘万卷山。"

看官，这诗好不好，唯独我是不好评价的。我甚至不能说清楚它与历代迁客骚人留在江南的诗词歌赋有什么联系，只是相信那一定是作者真情实感一刹那的迸发。我从来不会盲从各路方家对一方山水的吟咏，只服从内心的审美。

这是那个叫秦岭的我，站在烟花三月的钱塘江边，随口的吟咏。沧海桑田，吴越不复。我不能像历代江南才子那样书童相伴，执扇画舫，品茗作赋，但我一定是带着与李白、王维、杜牧同样的心境到了这里。那一刻，桐庐、富江、淳安一带阴晴变幻，时而像烟雨蒙蒙的泼墨写意，时而像拨云见日的工笔白描。如天鹅般徜徉在江面的画舫，满载两岸油菜花沁人心脾的芬芳，以上中下游钱塘江、富春江、新安江、兰江的名义，给我传递着一个诗情画意的信息：君不见，一江春水，真当妙处！

写小说的我，就这样被江南山水弄成了半个诗人。在我眼里，从浙江的杭州湾到安徽的黄山地区，钱塘江就像一棵摇曳多姿的江南翠竹，而富春江、新安江、兰江等大大小小的支流仿佛钱塘江主干上的一节又一节，一枝又一枝，节节相通，枝枝呼应。同与不同，异与不异，无关区域图谱和地理诠释，只关乎大自然诗意的畅想。后悔的一点，是之前在杭州召开的关于钱塘江文化的座谈会上，我当着各路专家的面，抛出了一个现在看来有些单薄的观点：在中国丰厚的江河文化大观园里，钱塘江文化相对于北国黄河、渭河、塔里木河，显得面目不清，略显边缘。有些专家认可了我这一观点，现在看来，至少七成是江南人对我这个西北人的包容。我成长于渭水之畔的沟壑梁峁，老祖宗口授心传的文化秘籍，犹在耳畔：

"渭水边，伏羲爷一画开天，混沌初开，换了人间。"

"轩辕帝出关陇，东行，开中原，华夏始。东夷、南蛮渐变……"

"……"

恰恰，今年的第一场春雨，是在杭州的子夜感受到的，空气中隐隐传递着来自西湖特有的气息，当晚，就有两个朋友被这气息吸引了去，他们一定是去寻找早春西湖的表情吧。杭州的朋友告诉我，江南人把钱塘江谓之美女，西湖呢？那是美女头上的一枝花儿。而我文化思维的局限在于每每提起江南，西湖必然主题先行、先入为主地控制了我的脑屏，钱塘江何也？姑且忽略不计。让一束花遮蔽了美女的容颜，让我这个被称作才子的男人，反思之下，折扇无语。没有钱塘，何有西湖？毗邻的阁楼上，传来金嗓子周璇的原声："浮云散，明月照人来……"与少年时听过的一模一样，而此番懂时，我已到中年。像我这等比许官人还要傻儿成的读书人，活该没有像白素贞一样修炼千年的多情女子看我几眼。这样的夜里，我幡然醒悟，我童年乃至少年时代的太早的文化记忆，原来多与钱塘有关的，秦腔剧目《白蛇传》《卧薪尝胆》几乎家喻户晓，陕甘秦腔名家马友仙的一曲"览不尽西湖景色秀，春情荡漾在心头……"，我吟唱至今。而明代先贤黄公望的《富春山居图》，让我少时就知道江南有个富春江。此番，舟行钱塘，直至富春江与兰江交汇处，我时时吟起的竟也是秦腔中的江南。

这就是江南文化的魔力，他让偏居西北一隅的我，梦中有个江南。

认识上何以有如此的反差？那是我忽视了八千里路云和月的今昔与过往。大河上下，不论上，还是下，唯有万古岁月传递给后人的那些包罗万象的、琳琅满目的人类文明的面目和质地，才是真的。纵是北国南国，纵是渭河钱塘，即便海枯石烂，万劫不复，而文明永远不灭，涛声依然如旧。无须感叹被西方称作祖师爷的中国，因何在五千年文明之后的今天，又不得不回头学习西方先进的东西。所谓河东河西，30年一个模样，世事的造化，我辈岂能分得天南地北。面对江河，我们只不过是他的子孙。历史长河中，华夏文明始于西，成于中，胜于东。如今的东西部差距，何其大矣！江浙大地在某些领域的引领地位，你可以说是机遇，也可以说是注定，亦可以说是时势与环境，过程如流水，最终要看的，是它流出什么样子。

其中的秘籍，唯有叩问江河。

卧薪尝胆，诞生在这里的一个普通成语，让我参透了江南人的脾性。就像在柔情的江南，鲁迅的骨头却是硬的。

像寻梦。七年前，我曾在与灵隐寺毗邻的中国作家创作基地休养，其时才子才女多人，终日读书、听琴、写作，抒情于钱塘的山水之间，也曾去绍兴感受王羲之的《兰亭序》，感受陆游的"钗头凤"和鲁迅笔下的"三味书屋"。而这次，心境全然不同。感觉是与梦撞上了。在富阳的傍晚，东道主递上手机，却是一段录音，播放器里传出了一片蛙声。他说："惊蛰后，第一片蛙声，得录下来。昨晚上录的。"我惊了一下，立即想到了两个词：情怀，敏锐。江南为何多才子，有这样一片蛙声，还用再寻找答案吗？

"风烟俱净，天山共色。从流飘荡，任意东西。"古人的概括，今人总是难以企及。我想，一定与物质世界的我们未曾修炼到"结庐在人境"的心态有关。到我这里，真的不想啰唆钱塘江到底是怎么回事了，大凡具备人文情怀诸君，凡读过

《山海经》的莫不了然于心。无非长达668公里、流域面积达5.56平方公里的钱塘江是浙江省第一大河，孕育了源远流长的越文化；无非钱塘江大潮是世界著名的大潮之一，古人所谓"钱塘一望浪波连，顷刻狂澜横眼前"，让我笔下再也难以重复钱塘的雄浑壮美。此番，我们溯流而上，又顺流而下。在三江交汇的梅城镇，我登上了岸边的古城墙。历史，就在那样一个江雾弥漫的正午，严严实实地包围了我们；在桐庐，我们登上了严子陵钓台，重温了当年"严陵问古"的感人故事，在这样一个追名逐利的物质世界，拜访严公，我内心的波澜，如山下的富春江，一桨下去，涟漪绵绵。于是乎，当我们走进被一望无际的油菜花环绕的龙门古镇凭吊三国故人孙权的时候，一时不知今夕何夕。遗憾的是，我没有去成"子胥渡"。伍子胥的命运，曾影响过我少年时代对历史的判断和认知，老人家为了躲避楚平王的追杀，四处逃难，最终，是富春江掩护了他。历史可以成全一段佳话，也可铸就一段悲剧。历史无论成与败，却让富春江不光是一条江了，它的每一滴水，都折射着记忆的魅力，流散着历史的光华，此岸与彼岸，让古人与今人面面相对，时空一瞬，历史和现实，都在这同一条船上。

"怀古桐庐江中月，犹照浮华半思量。"当然，又是我的自吟自叹。以倒映富春江的明月为鉴，我在浮华中思量啥？唯有自问内心。我的内心，阴晴圆缺，遍布阳光，也充满沧桑。

　　一种陌生又熟悉的气场，源自富阳市庙山坞黄公望结庐处。这里青山交叠，翠竹如瀑，山溪潺潺，静鸟深鸣，一条弯弯的石子曲径，在竹影中忽近忽远，忽浅忽深。黄公望就是在这里隐居七年，创作了堪与《清明上河图》媲美的《富春山居图》，而《富春山居图》与作者一样多舛的命运，构成了中国绘画史里史外的几多传奇，其中到底蕴含了多少历史密码和文化流转，我不愿重复昨天的故事。要说的是，临出山，我从小径一旁被春草掩埋的枯枝腐叶中随手捡了一根树枝。树枝一米多长，我不知道是何树种，也不知道它何时从树梢掉到大地，它的生命一定在古老之后，被哪个历史阶段的风吹落大地的，或者，被当下某一天的风挟裹到了大地。再有，说不定是被一只途经的鸟儿，压断而落，而那只傻傻的鸟儿，早已事不关己地飞到另一个世界……这里的残木腐土，一定见证了黄公望结庐处的历史，听惯了富春江水的快乐与呜咽。那一瞬间，我想到了我位于天津的书房，书房不大，位居海河之畔的原意大利租界区，与袁世凯、冯国璋旧居为邻，我的许多小说都是在那里写的。京城学界名士王彬谓之观海庐，此名至今沿用。同样一个庐，却是此庐彼庐。同样的江河，却是富春江与海河。同样的人间，却是北国与江南。

　　我毫不犹豫地把那根隐隐有些发潮的枝条带到了富阳宾

馆。受行李容积所限，我忍痛把枝条拦腰折断，这才带到了天津，又用透明胶布悉心缠裹护理伤口，与一根来自新疆塔里木河畔的胡杨放在一起。那里摆放着我从世界各地捡来的寻常之物，我的许多朋友喜好收藏奇珍古玩，而我的书房，多为一文不值的普通石头、羽毛、树枝什么的。我的雅，是那么普通。但你倘要用万贯美玉交易其中一个石头，我死活不肯的。

富春江与塔里木河在我的书房相见了，这样的意义，可能只属于我自己，别人不屑于分享。有学者来访，一番参悟之后，执意要拿走一颗石头，我只说："喝酒吧。"

下榻杭州、绍兴、桐庐、富阳的每一个夜里，我都要只身出门，把自己像古玩一样安放在一排竹林中，或者一个石凳上，静静的，吸一会儿香烟。在富阳的子夜，我在富春江边坐了足有一个小时，返回宾馆的时候，又一次登上空无一人的鹳山，拜谒了郁达夫故居前那个石头做的故人雕塑，我劝慰郁达夫："先生，是历史，让你死得诡异。但你不会有什么遗憾的，富春江和历史，已经成就了你。历史和当下，是不矛盾的。但我不知道，当下，将从怎样的路径，进入历史。"

郁达夫没有说话，我只好轻轻地说："再见。"

说是再见，但我却无法立即与这方水土告别，我惊讶地发现，钱塘江不光链接了我儿时有关江南文化的记忆，这里的许多碑文、文献居然与我的故乡陇上天水的人文信息有关。且不提诞生于天水的人文始祖伏羲女娲的创世之功给这里的大禹文化带来怎样的影响，唐代天水籍诗人李白的一首《梦游天姥吟留别》，让这里的天姥山名扬古今；唐代天水籍大儒权德舆在这里留下了名篇《早发杭州泛富春江寄陆三十一公佐》；明代时期曾任苏州知府的天水籍文宗胡缵宗，在江南大地留下了"海不扬波"等墨迹，并为唐伯虎题写墓碑……

"区区此人间，所向皆樊笼。唯应杯中物，醒醉为穷通……"是夜，我细细品味着权德舆留在富春江边的文字，一阵风过来，才知道自己也是喝了酒的。

官居要津之士，在经历了人间沧桑之后，面对一江春水，竟是这番的慨叹。何以窥得人间樊笼之小？我想，一定因为富春江之大。此大，何其之大啊！它像是一本书，把一页一页的世界折叠了起来，零山碎水，构成了万般的主题与段落。据载，当年谢灵运、李白、杜牧、孟浩然、范仲淹、陆游等1000多位先贤先后行舟江面，留下诗作2000多篇，此山此水，此文此人，此诗此歌，云蒸霞蔚，这是富春江何等的向心力！有心的地方，人人都要来的。

诗云："一盅世事钱塘浪，万里江河饮故乡。"这又是我的感悟了。

此行，我们是个团队。作别杭州的当天，我选择留下来。

车站，我朝北归的朋友们挥一挥手。恐怕谁也不晓得，我到底要带走哪片云彩。

2015年4月1日于天津观海庐

（载《江河》杂志2015年第4期）

依稀太白是故园

初会太白山，一呼一吸间像是阔别太久的一次重返。

过了渭水，司机说："太白山，一百个人有一百种印象。"一句凡俗之语，却暗藏了不得的追问：你的印象会是什么？我心中难免主题先行地在预设太白山的印象：会是秦岭终南山脉主峰高达3771.2米的高度吗？会是古诗中"朝辞盛夏酷暑天，夜宿严冬伴雪眠。春花秋叶铺满路，四时原在一瞬间"的包容吗？会是道教三十六洞天之德元洞天的神示吗？会是重峦叠嶂中那"十里一寺，五里一庙"的指引吗？……夜宿太白山下的汤峪镇，身子浸润在玉液琼浆般的温泉，两种感受却让我暗吃一惊——踏实，安然。

对于一个习惯了在大地上奔走的行者，此种感受颇感意外。

没有关陇之外的任何一个去处，像太白山那样让我有置身故园的感觉。本是一次"百名作家走进太白山"的活动，泱泱百人，何其大观，但坐在同一饭桌上的却是之前早已熟知的名震文坛的多位关中人杰。评论家李国平说："秦岭，你注定在我们这一桌。"一句注定，让我无意识地把蹩脚的普通话变成了陕甘话。短短两天，如影随形的不是平日里常见的京津同仁，而是来自关陇的师友。夜浴温泉回到宾馆，发现手机上诸多短信，均来自三秦大地的种种约定。我给陕西作协的掌门陈忠实打了电话："这次到太白山，感觉到家了。"

陈忠实说："你和别人不一样，到了太白山，不能装客人嘛。"

更像一次久违的探亲了！"日暮乡关何处是。"太白山的暮色，深重如秦腔的牌子曲，曲中弥散着羊肉泡馍和臊子面的色香。

咋会装客人呢？一实在，动力就被慵懒偷袭。就我的脾性，逢着名山奇峰，纵是积雪如盖，大雨滂沱，也要拼力攀登临顶望远的。这次冲锋的目标，毫无疑问是太白山的最高峰——拔仙台了。同行的各路文友无不摩拳擦掌，信誓旦旦。乘缆车，再往上，徒步攀登，太白万象愈加蔚为大观。稀有的冷杉林，在风雪中展示着独有的姿态。飞舞的雪花在稀薄的空气中像一只只挑战的眼睛——这是我今年见到的第一场雪。"太白积雪六月天"乃"关中八景"之一，果然名不虚传。眼看着到了一个叫天圆地方的去处，谁也不愿继续攀登了——我也不免落俗。眺望尚在云霄的拔仙台，慵懒抱紧了我的腿脚，这才发现我已经不是当年的那个我了。骨子里的挑战欲望，丝线般抽尽，一挽，成了故园端阳的荷包。

这种慵懒生动可爱，一如儿时那只习惯了在屋檐下享受日头的懒猫，让我们内心最随性、率真的部分释放了出来。半山的停车场，我们几个从天南海北走到一起的天水文友——王若冰、王族、苏敏和我，盘踞车内，用谝闲传的方式，恣意挥霍着长达两个多小时的宝贵时光。我们的话题过滤了历史和时代，聚焦故园的另一个世界，比如神，比如鬼，比如当下阴间鬼界老百姓的社会问题……说是村里不久前仙逝的某人，在关陇古道遇着本村历史上的早逝者，家常话必然是离不开的：

"都好着哩吧？"

"好着哩，刚去伏羲爷那里喝了一杯万年烧酒。"

"娃乖着哩吗？"

"乖着哩，请了家教，语文是姜子牙，体育是飞将军李广。"

"放心了！都是乡人，没麻达。"

……

那一刻，山鸣谷应，分明的兼葭苍苍，分明的在水一方。

邻座的北京、广东、福建作家听得如入云里雾里，似懂非懂。他们用不着懂，就像我们的满嘴方言，既然方的，就没必要圆。一如拾级上下，似乎不是为高度，而是为宽度，是父亲的脊背和胸膛才有的那种。

中午在半山腰就餐，方知陕西作家冯积岐在找我，他说："秦岭你多吃些小吃，回到天津，你就吃不到了。"分明是老家人的口气和爱怜。这老汉有大作，曰《村子》，早年是披览了的。村子，我小说中无法绕开的文化元素。我告诉来自吉林的王双龙："我和你们东北人不一样，这次，我是进村了。"说这话的时候，是在汤峪镇的宾馆。窗外，炊烟袅袅，树桠枝上有野雀子"嘎嘎嘎"地扯家常。我饶有趣味地瞅着野雀子扇动尾翼的模样儿，似闻童年的陶埙、柳笛、鞭哨悠悠。这小家伙，一定是我家房后槐树上的那只吧，又见面了。

十年前在天津重返文坛时，一转身，让秦岭二字成为我的文化标识，如今看来真是无畏如牛犊。儿时在天水坐井观天，竟不知自己就是莽莽大秦岭臂弯里一个孩子。18岁那阵第一次出门东行，至宝鸡，顺河谷南下，山势突然变得陡峭巍峨，顶天立地，生平第一次被秦岭震慑得目瞪口呆。后来移居华北平原，毫不犹豫地在自己作品题目下加注了"秦岭"二字——这次太白山之行，陡然一惊，原来20多年前的那次行走，竟是懵懵懂懂地投进了太白山的怀抱。那个青涩的少年，是去接受太白山的醍醐灌顶吗？

初会原是重逢，记忆带着叮咚之音，像来自村口的老井。

关中自古人文荟萃，如今更是在华夏独领风骚。然而，太白山豁朗处一块巨大花岗岩影壁上镌刻的洋洋千言的《大秦岭》，却并非出自土著关中文人之手，作者是本次同行的故园诗者王若冰，在外人看来，必当是个有意思的文化事件。我想，其中的奥妙不光因为秦地天水是关中文化的重要渊源，也不光因为王若冰是首倡秦岭乃中华民族父亲山的关陇乡贤吧。在场的陇东诗人高凯朝我开玩笑："秦岭，这个《大秦岭》应该由你来写。"玩笑是开玄乎了，我权当高凯在抖开一种关系：太白山和故园之间，故园和太白山之间。

必然还要来的。故园诗人李白在唐代留下了这样的诗句："太白与我语，为我开天关。"

老大哥诗句中的"我"，当是故园的老老小小。

2013年11月22日于天津观海庐

（载《天津日报》2014年1月9日）

烟铺樱桃

久居津门，经常会收到来自故乡天水的特产。

于是，在不同的季节，我身边的天津卫们都能在第一时间与我共享来自故乡的种种滋味儿。这些年，大家品尝最多的要算樱桃了——烟铺樱桃。

"味道好像不一样，但一时说不出来。"为什么非得说出来？如果一定要说烟铺樱桃个大、形正、色绝、味美、肉厚，岂不俗了。人间最是有滋味儿的东西，往往只可意会的，意会比言传，要可靠些。

人间四月天，故乡的电话翩然而至："来烟铺看樱桃花海吧，万亩呢，整个的罗玉沟，盈盈的白。"我无法想象偏距城郊罗玉沟的小村，怎样被万亩的樱桃花海簇拥，也无法判断如此壮阔、绵延的乡野花事，对于生活在钢筋水泥丛林中的城市人是怎样一种意味。身居千里之外的渤海之滨，我的目光只能通过网络图片在烟铺徜徉。这是航拍镜头下的烟铺之春：坡上坡下，崖前崖后，烟铺的世界被一种纯粹的白轻轻笼罩着，那是一种与众不同的白，像雪，但不是绵密型而是飘洒型的；像云，但不是堆积型而是卷层型的；像洁白的羊群，但不是拥堵型而是悠闲型的。山梁在花海中时凸时无，如岛似礁；曲径在花海中时隐时现，如龙似蛇……我倏然一惊，这是烟铺的樱桃花海吗？它分明是浩渺无边的人间烟火，轻轻地，漠漠地，漾来漾去，漾出一个烟铺，一道罗玉沟。

"樱桃好吃树难栽。"难的，其实是日子。儿时在故乡，樱桃比珍珠难觅，外婆家的后院奇迹般长着一棵樱桃，四月亮花，五月挂果。在那清贫的岁月里，外婆常常用一个小盅盛得三四个，作为招待上宾的美味。乡野的花事，多是做酸菜的苦菜花。苦菜，如今是物质社会里诗意盎然的一种生活调剂，但它的本质容颜，却是清苦岁月的全程记录。据故乡的朋友讲，当年的许多荒山秃岭，如今都变成了花果山：苹果、梨、桃、山楂、樱桃……说到这里，朋友的口气转了个弯儿："苦菜花儿，也开得欢呢！"

这话是有味道的，我当然听得出来，樱桃的甜和苦菜的酸，都在日子里。

小小樱桃，能让一个普通小村在市场社会换了人间，许多人引以为奇，但在我看来，奇在烟铺，就不为奇了。村口，那块立于1963年的石碑上的文字依然醒目，"烟铺村遗址"。这样的标识，没心没肺的人永远不会懂得。中国的老村何止千万，但能够留下史前文明的原始村落你到底见识了多少？七八千年前母系氏族的先人们选择在这里居住，一定比我们更明白这里的水土、阳光、风雨与生存、生活是什么样的联系，一定比我们更清醒狩猎之后的种植业，在茹毛饮血之后对大地的选择、判断与定位。几千年来，多少村落在生存的逻辑中香消玉殒，烟消云散，而表面上与其他村落没有任何迥异的烟铺，三尺黄土之下的陶罐、陶瓶等原始信息和人类文明的密码，却依然存在，烟铺的烟火，依然存在。天水人告诉我，每当樱桃花事正浓或硕果累累的时节，常有各类艺术家们要到烟铺去写生作画、吟诗作赋。我想，当烟铺的樱桃落在画布上，掉进诗丛里，聪明的作者一定会想到那些陶罐，几千年前的先人们，也是选择了烟铺，并把对大自然的美好记忆，变成了陶罐上的各种图案和文字。

我不知道人间还有哪里的樱桃，让你能找到穿越时空的力量。你如果真的懂得人间，懂得日子，懂得岁月，不妨从天水城北侧绕道进入罗玉沟，置身一花一草，感受山鸣谷应。你或许早在几千年之前就有了。或者，你只在几千前之后才会诞生。你会判断：我来这里是为樱桃，还是为烟铺？

烟铺，一"烟"，一"铺"。天水诸县，每隔十里，多有以"铺"字辅助命名的古驿站，如十里铺、三十里铺、五十里铺，到了这里，成烟铺了。你不得不承认烟铺是一种证明，其现实性和象征性直逼你想象的极限。樱桃在烟铺，无论土著、移栽还是引进，无论红灯、美早、早红、巨红……只要拥有了烟铺户籍，那就是不一样的樱桃了。

有件事，记着的。我曾收到一位故乡读者用纸箱寄来的烟铺樱桃，由于包装不专业，樱桃挤压成了粘稠的泥汤。寄件人附信曰："秦先生，如果樱桃吃不成，但一定能闻到味儿的。"

一句话，烟铺樱桃的芬芳，立即把我轻轻合拢。打开时，方知在异乡。

2015年4月9日匆匆于天津观海庐

（此作被天津市区县高考、中考模拟试卷"阅读分析"采用）

塔里木三章

一只蜥蜴

进入"死亡之海"塔克拉玛干，世界像是一把火烧没了。

只有万古的太阳火炬高擎，大漠像是灰烬，成为太阳最大的战利品。通往塔中油田的沙漠公路拦腰束绑了这份庞大的战利品，像亘古未有的俘获。司机是位维吾尔族大哥，他告诉我，这里地表温度最高达70℃，昼夜温差达40℃以上。大概连太阳也不会想到，沙漠之上可作参照的，除了自己，还有一类直立行走的动物，他们有一个专有名词——石油人。

无人区——石油人，构成一个矛盾的概念。矛盾，永远是对立的。

偏偏就撞上了另外一个物种，你会想到是蜥蜴吗？

这是在塔中油田的南缘。一只蜥蜴像是从地球上冒出来，瞬间打乱了我们对大漠的思维阵脚。与内陆的蜥蜴比，它实在太小，肌肤与沙砾同色，像沙漠公路两侧的骆驼刺、沙拐柳、红柳幻化而成的精灵。稍不留意，你不会认为有一种运动的沙砾其实就是蜥蜴。它身手敏捷，在身后细绵的沙漠上留下一道道生命的轨迹。如书法家一笔下去，水潭里顿生一丝丝、一抹抹奇异瑰丽的云岚。如果不是循着这种轨迹，我会疏忽一种源头：生命。蜥蜴直奔我们丢弃的西瓜皮儿。

"唉！生活在这鬼地方，真是个小可怜儿。"有人感慨。

是小可怜吗？小小的蜥蜴，却让太阳和大漠的狰狞与狂妄彻底失败。

唯一见到的所谓绿洲，其实是钻塔耸立的塔中油田。现代化的作业区和生活区，被高高的白杨树和婆娑的红柳环绕，像一个内陆常见的工业小镇。这里已建成7个油田区块、121口生产井以及14座集输和处理场站，有近百名职工从事石油生产。风从沙丘上漫过，音乐、歌声和机器的轰鸣声从油田那边传来，断断续续，零零碎碎。在茫茫大漠里，那只是一隅，或者，一个小点，最后，你完全可以忽略塔中油田的存在，老远望去，它只有寸许，像一只小小的蜥蜴。

再远去一些，回首，塔中油田由影影绰绰变得似有似无，最后，不见了，它是沙砾中最微小的一粒。

陪同我们的库尔勒作家李佩红给我们介绍，这里的石油工人已经是第三代、第四代了。有的来自东北丰饶的黑土地，有的来自江南水乡。他们认准了石油，于是义无反顾；他们认准了大漠，于是义无反顾。他们认准了属于自己的一条路，于是义无反顾。

蜥蜴如果不是认准了什么，他会选择沙漠吗？

某一年，有位老一代石油人返回上海探亲，原计划好好与亲人聚个一年半载，美美享受黄浦江畔的诗情画意。可是，老人惊讶地发现，他已经不习惯大都市的车水马龙和灯红酒绿，难以适应钢筋丛林构筑的现代生活。不到一周，依然要求返回库尔勒，返回塔里木。

上海的亲人无法理解他："沙漠的日子，把您变了。"

他说："感觉上海已经不是我的了，我也不是上海的了。沙漠无路可走，但有我的路。"

夜宿古龟兹国所在地的库车县，外出漫步，我与一位懂汉语的维吾尔族大哥聊起这件事，他说："这有啥奇怪的，老人如果带一只沙漠的蜥蜴去，准死。"

回到天津家里，楼外的墙壁上爬满壁虎——这是蜥蜴的一种。它们要比我在沙漠里见到的蜥蜴大好几倍。它们轻盈地捕捉飞虫，像一种生命的游戏，身后却干干净净，没有一丝一毫的痕迹。

一位大娘正在熟练地做煎饼果子，蓝色的火焰来自脚下硕大的燃气罐儿。开关被大娘旋到了极限，火焰奔腾着，像大漠上的蜥蜴，在环绕着一块西瓜皮手舞足蹈。

我问："您知道这燃气是从哪里来的吗？"

大娘怔住了。我的追问没有继续。

一只母狼

狼的天敌，是狗。

小时候，老家甘肃的乡村，多半人家里养狗。即便如此，常有圈养的羊被狼叼了去。狼善于声东击西，往往是一只狼把狗引出村，大股的狼再趁虚而入。它们也有败露的时候，撤退不及，会被群狗撕咬地粉身碎骨。

位于克孜尔乡境内的一位石油人告诉我："都说普世，都说和谐。空洞的说教面对大漠戈壁，只不过是一张白纸。在这里当个石油人，能洞晓不少天机。"

对这样的夸饰之言，我当然不以为然。我自认为深谙哲学，比如，我发现这里的天太像天，这里地却不像地，一时引发了我对自然法则的诸多思考。

这里的绝大部分地区与世隔绝。怪异、嶙峋、恐怖的山形地貌，让魔鬼城的传说贴近了现实。这里是我国目前发现的最大的天然气整装气田，西气东输的主源头——克拉2气田就在这里，钻井工程一直深入到几千米以下的白垩系地层。

气田含气面积47平方公里，天然气储量2506.10亿立方米，可连续开采50年。工程的实施，从根本上改变了中国能源消耗结构。长达4000公里的输气管道途径甘肃、陕西、河南、安徽、江苏、上海等多个省市。输送到长江三角洲的天然气，相当于替代了2000多万吨标准煤，减少了100多万吨有害物的排放……

乍一听，似乎像天上掉下的馅饼。

"这里是我们真正的前线。"石油人说。"什么叫前线？""打仗的地方。枪林弹雨，冲锋陷阵；不是你死，就是我活。"一个叫"健人沟"的地方，就是用石油人中死难者的名字命名的。

"出了石油作业区，你们每经过一寸土地，说不定就是第一位踏上这片土地的人。"

这让我想到了布满环形山的月球。很可惜，我与美丽的嫦娥无关。设身处地，莫名地悲壮，我的大漠之行，难道是一段不和谐的传说吗？

我骨子里有挑战的基因。黎明，我踩着第一缕晨曦，斗胆钻进魔鬼城晨练。这里的地形瞬息万变，让人眼花缭乱。脚下的砂岩虚虚实实，一不小心就踩出一个一尺深的大坑。"一个人不能轻易进去，如果是阴天，没有太阳当参照，几十米外就能让一个人迷失方向。逢着风沙天气，一抬脚，那就是另一个世界。"我全然忘却了石油人对我的告诫。在距离作业区不远的管理区，我见到了几条警犬：高大，剽悍，健硕，威猛。

据说这是纯种的德国货，我却本能地想到了狼——狗的对立面。

当生命成为彼此的禁区，当弱肉强食成为生物界残酷的法则，当我们的社会因为利益而存在颠扑不破的敌我矛盾，当这个世界无时无处不在的对立面让统一成为一种奢侈。狼与狗，很容易让我洞晓这个社会的某种关系。有趣的联想，让我情不自禁地乐而开笑。

"我们养这些警犬，倒不是防狼。沙漠戈壁上的狼再可怕，只能退避三舍。这些警犬，主要是为了防备恐怖袭击。一旦发生不测，大半个中国的燃气，就瞬间断了供应，后果可想而知。"石油人告诉我。

然而，光天化日之下，狼还是来过了。是一只母狼。

敏锐的警犬狂吠了起来，这是一种罕见的狂吠。它们一定在训练中与各种狼有过种种的搏斗，并撕裂狼的躯体，把它们的血肉吃得一点不剩。天性和本能，让它们的狂吠充满一股严霜般的燥气和灼热的杀气。

据说那是一只瘦骨嶙峋大漠母狼，从它的骨架子不难判断，它曾经拥有过肌肉的饱满和性情的锐利。它如今变得饱经风霜，像一位绝望的母亲。狼的出现，让那天正在作业的石油人大吃一惊。没有一个人提议对母狼进行攻击——曾经，一只蚊子潇洒大方地叮了石油人的胳膊，石油人并没有拍死这个小玩意儿。在这个鬼不下蛋的地方，多一个生命，终归比少一个生命好。在几十双石油人目光的注视下，这只母狼从魔鬼城里缓慢地走出来，走出来，穿过戈壁公路，旁若无人地靠近了一个地方——天哪！石油人们看傻了。

母狼的方向是明确的，它正朝警犬靠近。几只警犬的眼睛一眨也不眨地紧盯着它们与生俱来的天敌。石油人纳闷：难道这是母狼慷慨赴死的一种方式？

警犬的狂吠戛然而止，空气像紧绷的弓弦，一触，即万箭穿心。

母狼走进了狗群，警犬自觉地给母狼让开了道儿。母狼径直靠近警犬的食槽，先是尝了一口，回头扫视了一眼警犬们莫可名状的目光，然后贪婪地吃起来。吃饱了，母狼欲转身离开，警犬们再次闪开了道儿。母狼站在魔鬼城的高处，朝上苍发出一生中最为壮观的嗥叫："呜哇——哇呜——"

长达一个月内，母狼几乎天天都要来。每次，都相安无事。

一个月后，母狼无缘无故地消失了。警犬们显得狂躁不安，情绪不稳，狂吠了好几天。谁都无法解释母狼为什么无缘无故地来，又无缘无故地去。一连好几天，石油人傻傻地注视着魔鬼城——那个母狼经常现身的地方。他们无缘无故地盼望着，盼望着，像盼望一个风和日丽的季节。

回到天津，我把这个故事讲给一位德高望重的学者听。学者说："这是传说吧，你小子哄谁呢？"

我只好重新开讲：在一个遥远的地方，有一只母狼……

学者笑了："你小子才40多岁，是不是在给孙子讲童话啊！"

我戛然而止。我知道，我不是爷爷，对方也不是孙子。

一只老猫

满天星斗，大漠黄沙。时空在这里是另一种样子。

在位于塔里木盆地"锅底儿"的塔中油田，视野里是一种和我类似的动物，他们统一着装，上下火红——"我们是特种人"。石油人说。

早上晨练，我选择了作业区前面一条笔直的公路。据说，在沙漠上修这样一段像模像样的公路，成本是内地的几十倍。公路两旁的白杨树和红柳丛中，到处可闻"咕咕咕"的流水声，那是成百上千个水龙头，一刻不停地给这些生命提供最基本的营养——这只是漫漫522公里塔里木沙漠公路的一个小小缩影。塔里木沙漠公路是目前世界流动性沙漠中最长的等级公路，它像一根漫长的医用氧气管，让一个气若游丝的躯体，有了生命的律动。

"一旦断水，这些植物几天内就会成为木乃伊。"石油人告诉我。

新一轮太阳尚未洗劫大漠，昏暗的公路上仅我一人，以自己的方式行走。然而，总有一个影子跟着我，黑魆魆的。它不是我自己的影子，像鬼！

我走，它也走；我停，它也停。我心悬一线。定睛观察，这个家伙大脑袋，身子瘦长，毛发稀疏，四条腿夸张地支撑着略显窄瘪的身子。它会是什么呢？像小狗吧？不像；像狼崽吧，也不是；像狐狸吧，更不可能。我以人类最基本的常识判断：它在伺机攻击我？

我车转身，握紧的拳头蓄满了杀伤力。我辨不清对方的目光，但作为动物的直觉，它一定感受到了我眼中的警惕、设防和尖锐。在我的逼视下，它轻轻摇了一下脑袋，腰肩一摆，转身离去。

"其实它是我们饲养的一只猫。"石油人说，"在它眼里，人类都穿着红色工作服的。你们内地来的人西装革履，它是把你当稀罕物种呢。"这是一只从几百里外的库尔勒孔雀河畔带来的猫。同一窝猫，留在库尔勒的猫长得硕壮健美，而进了塔中的这只，却长成了四不像，据说与这里的水土有直接的关系。但它机灵、聪明、敏锐、善良，是石油人的开心宝贝。

一只没有谈过恋爱的猫，注定不会有儿子，不会有孙子。它安详地生活在塔中油田的边边角角，让某个空间有了一种可视的存在。存在与不存在，是致命的现实逻辑。一只猫，足以构成塔中石油人眼里的动物世界。

"四不像的，岂止一只老猫啊！"一位石油人感慨。

塔中石油人的家大都在库尔勒。按规定，丈夫们每工作一段时期，就有返回库尔勒与妻儿共享天伦之乐的机会，但有些丈夫们宁可选择待在油田。他们怕回家，怕被当作客人，而不是妻子的丈夫，孩子的爸爸，父母的儿子，岳父母的女婿……男人每返回库尔勒一次，工作繁重的妻子千方百计陪伴丈夫、两边的父母舍弃一切迎来送往、天真烂漫的儿子贪恋父亲而疏于学习……某个分别的夜晚，妻子潸然泪下："你，还……还不如不来……"

"你说说，我们石油人像啥？"石油人问我。

"……"我知道意思了，但我没敢说出来：像……那只猫。

在克拉2气田，我注意到了一个细节，每当我对着险峰怪岩随口吟出一个具象层面的名称，他们会立即在本子上记录下来，这让我警惕中多了审美的审慎与变通，我让表征酷似鬼门关、骷髅寨、血盆屿、狼牙谷、断魂坡的地貌，脱口变成了南天门、雄鸡岭、美人浴、金银塘、蓬莱阁……

石油人对我的记录是另一种追问，就像我面对那只老猫。

同样是在克拉2气田，石油人带我游"西湖"。他们在魔鬼城一隅修筑了彼此相连的三个小坝，然后把经过工业处理的生活污水排放到这里，逐坝进行自然过滤。在堤坝周围遍植从库车、轮台一带运来芦苇及水草。我来这里的那天，三个小坝碧波荡漾，蓝天白云倒映其中。修长的芦苇，摇曳出一种别样的风情。各种野鸭、水鸟卿卿我我，自由嬉戏。小坝把大自然丰富、饱满的一面发挥得淋漓尽致。石油人捧着饭盒蹲在这里就餐，会有这样的对话：

"哈，又多了一只野鸭。"

"一定是从千里路上飞来的，它去哪里不行，偏要奔咱们来。"

"我的影子在水里呢。"

"一个人，变成了两个人。"

……

塔中一定也有这样的"西湖"。我只是没有见到。我只看到那只老猫。我们离开塔中油田的时候，那只猫从红柳丛中蹿出来。

老猫只是"喵唔"地叫了一声，又叫了一声。

老猫就那样蹲在沙丘上，一动也不动。

2014年1月于天津观海庐

（载《中国作家》杂志2014年第7期）

血　管

血管里，只是血吗——血水，我服了创造这个名词的古人。

人类的智慧，好像还无法测知一个人全身的血管到底有多长。

但这条主动脉却即将要诞生了，98.3公里。这还不包括它导入病躯后必将链接的蛛网一样的、累计超过200公里的毛细血管。这生命之血，要输往哪里？

这是一个号称三秦大地的、因高度贫血而羸弱不堪的躯体。这一代的秦人们汇聚了方方面面的科研力量和民间智慧、动员成千上万的人力和几百亿的财力，试图花四五年的时间，异想天开地编织一片水网，以输血的方式，让古老的关中大地在死亡线上返老还童，浴火重生。具体构想是：从长江最大的支流汉江调水15亿立方米，穿越秦岭山脉进入黄河最大的支流渭河，以解关中之危。

所谓引汉济渭，说穿了，就是引汉济人，救济渭河两岸的芸芸众生。

在西安，一位据说是亿万富翁的老板让我感慨的时候，他正端起脸盆，像古老的卖油翁一样，把洗过头的水轻轻注入一个塑料桶里。"这水，还可用来冲马桶"。与身份极不相称的细节，让我怦然心动。

一滴水，在关中汉子这里获得了尊严。

多年前，我曾有过一次行走全国考察饮水安全的经历，感受三秦大地的干涸，是我日程的重点。被古老的渭河冲击而成的关中大平原，历史上曾经河道遍布，水网如织。稻花飘香的渭河两岸，豪放的秦腔、老腔、眉户与陕西特色的渔歌、民谣交汇在一起，构成了古老而又独特的关中风情。有一种说法，所谓天府之国的美誉，最早不是针对四川而是针对关中的。而今，陕西人似乎早已丧失了争这个名分的文化自信。曾经名扬海内外的"八水绕长安"景观，疑似一个杜撰的、干涩的传说。旱魔长驱直入到1995年，大地龟裂，小麦绝收。西安、咸阳等十多个城市的不少企业因工业用水不足而被迫停产。"娃儿，你要记着，妈妈，是因水而死的。"这是渭北高原一位因长期饮用塬上的苦咸水而百病缠成的农妇自杀前的遗言。

年轻的母亲死了，陕西之死，还会远吗？

假设——有一天古城西安、咸阳、宝鸡、潼关齐刷刷从地球上消失并成为未来人们凭吊的古人类遗址……因这个假设而骂我的人，一定不会明白，在岁月中消失殆尽的楼兰、北庭、龟兹、高昌、米兰、且末、尼雅、庞贝、亚特兰蒂斯等古城，那种死亡的气息和幻灭的景象，距离我们是近？还是远。

火把，燃烧的火把。亢奋或羸弱的火把像火龙一样在山川蜿蜒喘息。这是关中父老乡亲求雨、祭天、拜水龙王的场面。成千上万的民众跪倒在地，干裂的嘴唇亲吻大地。也许，那尊贵的一吻，楼兰最懂，亚特兰蒂斯最懂。

古人云："民以食为天。"今人又延伸了一步："食以水为先。"2014年，传说中的引汉济渭工程终于上马。这是怎样的现场呢？从秦岭北麓的周至县到秦岭南麓的洋县，成千上万的施工人员在几百公里的崇山峻岭中，开辟了大大小小上百个战场：开山、筑路、打洞、架桥、拆迁、重建……当生存与渴望、抗争与悲壮构成了人类命运的交响曲，当改造与维护、攻克与重铸构成了人类突围与环保的人性乐章。沉睡了几十亿年的大山仿佛睁开了惺忪而又期待的眼睛，苍茫的原始森林敞开怀抱接纳了这些戴着头盔的不速之客，各种奇珍异兽好奇地打量着由挖掘机、卷扬机、钻探机、运输车构成的钢铁洪流……

地球的一隅，喧嚣着，颤栗着，亢奋着，期待着。

一位刚刚走出隧洞的民工，急不可耐地摘下头盔，扬头就吼："山丹丹的那个开花哟，红艳艳——"。

谁能告诉我，证明这种红色的除了血，还有什么？

　　当多年以后，发生在这里的一切故事尘埃落定，汉水，这条比长江、黄河的诞生还要早七亿年的古老血脉，这个曾孕育过牛郎织女、嫦娥奔月的神话温床，从此将梅开二度，一支各表：一者，继续汇入滚滚长江东逝水；另一者，北上投入黄河的怀抱，奔流到海不复回。

　　我先后靠近了位于汉江中游的黄金峡水利枢纽和位于汉江支流——子午河下游的三河口水利枢纽工地，走进了位于秦岭主脊段的1号洞、3号洞。有位工程师告诉我，输水隧洞分两大部分进行施工，其中42.7公里采用钻爆发施工，主脊段39.1公里采用世界最先进的TMB掘进机施工，沿线布设10条支洞。主洞加上支洞，超过120公里，其中隧洞的最大埋深达2012米，均位居世界第二，而施工的综合难度位居世界第一，这还不包括超长隧洞面临的长距离通风、涌水、岩爆、高温、地热等世界级难题。"常言道：'一桥飞架南北'，我们这叫'一洞卧底南北'。"工程师说，"一旦竣工，可与老祖宗在四川建设的都江堰、在广西建设的灵渠媲美，因为它史无前例。"

　　我们进入隧洞纵深的方式，是乘坐施工专用大巴，从支洞到主洞直至秦岭山脉的心脏，整整行驶了半个多小时。这是施工人员一寸、一寸、又一寸"抠"出来的世界：潮湿、阴暗，各种机械的轰鸣声震耳欲聋，与洞外构成了两重天。洞壁犬牙交错，洞底遍地泥泞。山体涌水形成的溪流、深潭随处可见。

在作业区，工人们正在紧张施工，泥水、汗水、油渍包裹了他们，只剩一双双明亮的眼睛。纵横交织的铁丝护网紧紧贴着岩壁，兜住了层层叠叠的碎石。"咔嚓——哗啦——哐——"。一种怪异、恐怖的声音不绝入耳，随之而来是飞瀑一样的碎末，从护网中筛下来，袈裟一样罩在了我们身上。

"这就是人们谈虎色变的岩爆。"技术员告诉我。

"尽管防护技术先进了，减少了岩爆造成的伤害，但是，岩爆状态下的施工，仍然是生命与死神的博弈。"技术员介绍情况的时候，表情像沙场上的墓碑。"我们每个人，都是带着祈祷进入隧洞的。"

无语，只剩下紧张的呼吸。那一刻，洞外，半个世纪以来修建的铁路、公路正在承载着现代交通工具，把南来北往的人类送往目的地。凡是选择火车、汽车南下川、云、贵或者北上陕、甘、豫的人，每穿越某个隧洞、跨越某段桥梁，一定能看到窗外的一片片坟茔。每一个坟茔的下面，都长眠着一个曾经生龙活虎的生命，他们一定是某位妈妈的孩子，某位妻子的丈夫，某位少女的心上人……

"这个，你拿走吧！"同行的靳兄随手从头顶的护网里掏出一块石头。

其实是一块岩爆形成的石头碎片，巴掌那么大。

"它是石头，也是命。可是，为了我们的生存，它离开了大山。"

在人迹罕至的黄金峡，我久久在河滩伫立。这里将成为未来120米以下的水底世界。我这才知道，全线水利工程的实施，将有4个乡镇、98公里等级公路、11座桥梁被淹没，1万多户农民将离开祖祖辈辈生活的土地，搬迁异乡。不被淹与被淹、常住与搬迁，是一个生存的逻辑。为了活着，或者，怎样活得更好。

最终能够诠释生命秘籍的，其实是人与自然。

当大自然决定了万物的命运，那么，所有的活着与死亡，有什么本质上的区别呢？那一刻，秦岭南麓的日头已经很毒，开工前的汉江水一如既往地蜿蜒东流，被山洪冲到河滩的各种树木、橡子和羚羊、狼、狐狸的尸体，无声地演绎着大自然的变数和生命的无常。有一只狐狸，它显然死去很久，但美丽的双眼依然睁着，它有一身棕色的被毛，与耳梢、尾梢的纯白构成一幅悲壮的图画。它多么像我的获奖小说《女人和狐狸的一个上午》中的那只狐狸啊！我从乱石堆里搂了一团淤积的衰草，抖开来，轻轻苫住了它的尸体和容颜……

血水。你会认为这样的诠释是作家的浪漫和矫情吗？料想你没这个胆，你一定知道你体内70%以上的东西，不是骨与肉，而是水。人类躯体里遍布的水网，就像大地、山峦、平川遍布的河流、小溪与山泉。当你把一杯水一饮而尽，大自然的血已经在你体内大河奔流。

离开西安那天，偶然看到一位女士正在指责小保姆："三令五申，你就是不听，你保留洗衣服的脏水干吗？咱缺这点水钱吗？"

在女士看来，水是有价的，而且还是廉价的。她一定习惯了社会保障体制带给她生活的安逸、实惠和生命的红利。我问她："您知道引汉济渭吗？"

"没听过，是刚到的美国大片吗？"

我想说是，也想说不是。但最终什么也没说，在是与不是之间，还真找不到合适的答案。在她眼里，我是一个考试不及格的学生。或者，是不经意的一滴水。

飞机把我送到了万米高空。俯瞰大地，黄昏中的秦岭山脉像一根长长的扁担，一头挑着汉水，一头挑着渭河。撒落在崇山峻岭中的几十处忽明忽暗的光亮，一定就是施工现场了。光亮静止着，也奔跑着，像一个个求雨、祭天、拜水的火把。

那是充血的表情，如吼秦腔时面色如枣的陕西冷娃。

2015年6月26日于天津观海庐

（载《中国水利》杂志2015年第14期）

抚摸柏林墙

　　我用东方男人的手抚摸柏林墙的时候，正值一个阵雨初歇的人间六月天，其时我的腿伤尚未痊愈，步履难免蹒跚，柏林墙使我同病相怜地抚摸到了一种伤口的感觉，这是一个早已流尽了最后一滴殷红鲜血的伤口，我所有的掌纹只是感受到了雨水、露珠和世人手掌的汗液混合的潮湿，隐隐有一抹类似眼泪的酸咸窜出墙体的砖缝和斑驳的漆皮，随风扑打着我的鼻翼，恍然想起明代陈子龙《晚秋郊外杂咏》中的两句"独坐孤亭晚，昏鸦满废丘"。时令乃夏，因何以秋？不由喟然：这就是我想象中的柏林墙吗？回头对接那穿透云层的罅隙直扑雄伟恢宏的勃兰登堡门的阳光，凝望那6根实实在在的陶立式擎天圆柱，聆听跨越200多年的建筑艺术绝唱，始知我轻抚下的柏林墙早已睁开斑驳松惺睡眼，在温情而无奈地感知着我这个东方人的初访和呼吸。

　　据知，柏林墙仅存3处遗址供游人参观。我现在所看到的这段柏林墙，距离象征德国历史上分裂与统一的勃兰登堡门不远，被幽默地称作"1公里东边画廊"。现在，艺术家的作品已被破坏得看不出原貌，倒显现出了涂鸦的意味。在路面上，一条蜿蜒的痕迹赫然扑入我的眼帘——原来的墙基未被沥青覆盖。那里还有一块嵌进路面的铜条，上面刻着"柏林墙1961—1989"。从宾馆前往洪堡大学学习的时候，竟然往返四次路过这里。据华人导游小云讲，这里是最完整的柏林墙，这个解释让我哑然。既然是保留下的一段，怎么能叫完整的柏林墙呢？充其量是其中的一段，在这个世界上，残缺和完整永远是相对的，逻辑上的概念万不可悖解。难以抹去的是1989年冬日的青春记忆，通过电视，我亲眼看到那道钢筋水泥的高墙在举世瞩目中次第倒下，墙两边等待已久的人们踩踏着残垣断壁朝对方冲去，互不相识的人们脸上淌着泪，热烈地拥抱……从那时起，我就认为，柏林墙永远和残缺联系在一起了。历史在这里成为一个巨大的伤口，而完整的只是看不见、摸不着的被岁月堆积而成的过程。过程构成了历史，而历史哪有过程从容、镇定啊！它往往气喘吁吁、伤痕累累。

其实飞机由法兰克福降落在柏林的时候，我充满期待的目光就在潮湿的空气中开始寻觅，感性和理智始终在提醒我在寻觅什么，仿佛在迎合着前世的一个许愿，又仿佛是在为一个论点谋求论据，论证一个永远也不知所终的论点，我悲哀的是我管不住走马观花的车轮，总有一种朝觐者才有的自责和负疚。

翌日，当我乘坐的大巴经过位于柏林市中心腓特烈大街十字路口的时候，一段长约29米、高约3米的残缺墙体扑入了我的眼帘，墙体上有许多大小不一的敞开式大洞，裸露的钢筋像肋骨一样纵横交错、扭曲变形。透过洞口能看到背后碧绿茂盛的草坪和盛开的郁金香。我脱口而出："柏林墙！"对！我确信我的判断，后来我猜想这段墙体大概才是导游心目中所谓不完整的柏林墙。那是一个无比恐怖的画面，与勃兰登堡门附近的墙体有着截然的不同。刹那间，我脑海中浮现的第一联想竟是在西北农村当教师时听到的一个故事：某个冬日的雪夜，某林场的护林员像受难的耶稣一样被几个盗伐林木的贼人捆绑在一棵青冈树上，用山刀剔除了全部的胸肉和内脏，人们发现他的时候，他被豁开的胸膛上肋骨裸露、脊椎暴翘……这个画面在我脑海中执拗地定格了20多年。只是，护林员曾经是森林的守护者，但是柏林墙啊！你在守护什么？在为谁守护？你是在守护自己像护林员一样的命运吗？这段残墙毗邻历史上著名的被士兵荷枪实弹把守的查理检查站，紧挨着查理检查站博物馆的外墙，曾是冷战时期美苏两方坦克对峙的地方。周围的一砖一瓦都强烈地提醒我，这里曾经腥风血雨，虽然现在它已经变成了繁华的高档商业区。回国后，我与一个惊人的消息邂逅：这段残墙在日前柏林举行的公开拍卖会上，买家趋之若鹜，一位匿名买家击败两位竞争对手，以17.4万欧元购得，这次拍卖引起

了柏林人的不满，认为是对历史的不尊重。这个消息对我来说
并不重要，重要的是原来柏林墙可以用金钱来做价的，这使我
的脑袋在瞬间嗡嗡作响，我世俗地套用国人媚俗谐音的习惯，
竟也媚俗了一下，17和4竟然是"遗弃"和"死"，在中国人
看来，这是两个令人恐怖的不祥的词。这个巧合和发现使我突
然乐了，无人知道我心底的波澜和脸部的肌肉组合到底呈什么
样子。我联想到在著名的亚历山大广场周围，许多店铺和小
摊上都在兜售用柏林墙的碎片充当纪念品的小物品，我不知道
当时到底是一种什么滋味，作为一种流行于市场的文化艺术商
品，我想买方和卖方的成交体现在脸上的一定是两张满足的心
照不宣的微笑，那么这张笑脸的纹理中一定潜藏着人类永远洗
刷不净的污秽和永远消退不了的悲哀，因为对于任何一个懂得
美学内涵和审美理想的人，柏林墙文化是人类耻辱的符号。

　　异国旅行的悲哀在于如此乖巧地充当了时间的俘虏，相对
而言，我贵如金子般的时间在"东边画廊"前停留稍微多一
些，其实总共不到10分钟。这点时间只够用于匆匆留个影，如
果仅仅是证明曾经来过，那么难免会让名达贤士耻笑，好在中
国人讲究无知者无畏，我脸皮上的潮红就自然暗淡了不少。不
过在这短暂一瞬，我始终能感觉到并非遥远的记忆使我的抚摸
之手布满探幽的欲望，脑海里反复播放着镂刻在大脑屏幕上的
三个印记：第一个印记是20世纪80年代中期，有位西北老乡

执导的关于妹妹大胆地往前走的电影在西柏林捧回了让国人为之一振的金熊奖；第二个印记是天生喜欢绘画的我不知从何时起记住了一幅苏联红军攻克柏林的油画；第三个印记是在那个众所周知的金蛇癫狂之年，众师生通过电视神秘地议论着柏林墙轰然倒塌的惊天新闻，使少年的我第一次对瞬息万变的充满戏剧色彩的国际局势和人类政治产生了浓厚的兴趣。这就是我对柏林和柏林墙的全部记忆，而今，并非偶然的欧洲之旅把我缥缈的记忆和真切的视觉有趣地联系起来。在柏林的三天里，我以普通求知者的角色聆听了洪堡大学教授讲授的关于德国统一后科学而高效的政治组织形式，不断咀嚼着伍斯特豪森市那位律师身份的可敬市长和憨态可掬的女议员在专题讲座中关于政党建设的许多全新理念和观点，体味着实地考察中柏林在政治、经济、文化生活中自信而轻捷的步伐……这是一些思想和行动同样透明的可爱的德国人，这使我第一次从浩繁的书本中跳出来，重新回味那些早已耳熟能详的文字："得民心者得天下。"大巴每次路过柏林墙的时候，竟然有不同的全新的感悟：一堵墙，是否有理由挡在历史前进步伐的路口？在这片生机勃勃的徜徉着壮硕的奶牛、出产着"奔驰"与"宝马"的土地上，所有的隔阂已经被彻底地埋葬，柏林墙活该被埋葬于20世纪的往事中。当一切成为记忆，新的天空就会云蒸霞蔚，繁花似锦，这样，我对柏林墙20多年的猜测和幻想也变得无比透明起来。这是一种罕见的透明，我无法形容这种透明到了什么程度，我曾经想到了这里透明的空气、风和人们的呼吸，最终我还是想到了那天刚刚过去的这场雷阵雨。柏林的六月天，雷阵雨恣意而从容，随清风落，随地气收，甚至与阳光相伴，透明如无，清澈可鉴，它会冲洗掉一切阴霾、隐晦和阴暗，还原我们视野里的一切本相和原色。于是不由心怯，习惯了明丽光线的瞳孔，能否容得漫天的尘埃和雾瘴？

这是个有些冰冷的问题，就像墙体传导给我的彻骨凉意，使我恍惚间忽略了头顶太阳的温度。作为物体属性的破败不堪、庸常无比的柏林墙，即便是恢复到最初的166公里长、4米高、50厘米宽，也实在算不得名正言顺的风景，但事实上它像断臂的维纳斯一样，也会成为一种奇观异景的。只不过，维纳斯具备了美的天然属性，而柏林墙的属性是泥土、混凝土和铁丝网，它的一切魅力全部是历史的馈赠和给予。说它蓄蕴了太多的历史记忆也好，说它见证了德国的分裂与统一也罢，说它经历了冷战的风雨洗礼也可。我的思考在于历史既然是公正的，人类就不得不为它的冷峻、严肃、庄重而折腰。但是，当这堵墙体散发着无辜者的血腥和硝烟，弥漫着专制和独裁，充斥着呐喊和欺骗的时候，历史又算不算得是一位蹩脚的幽默大师呢？幽默是一门艺术，成功的幽默艺术在舞台上需要艺术家的表演天赋，而历史的幽默拒绝一切表演，它是蹩脚的政治家的舞台。在柏林，我曾与洪堡大学一名姓陈的华人教授用调侃的口气故作轻松地探讨过这个问题，有时候，历史在调侃中会像廉价的演员一样向我们走来，轻轻地撩起历史的一角，我们就可以欣赏到幽默了：20世纪60年代初，前民主德国中央政治局开始对几年间10万人逃往西德的严峻挑战采取应对措施，于是，1961年8月13日凌晨，与西柏林接壤的东柏林街道上所有灯光突然熄灭，无数辆军车的大灯照亮了东西柏林的边界线，2万多名东德士兵只用了6个小时，就在东西柏林间43公里的边界上筑成一道由铁网和水泥板构成的临时屏障。尽管如此，仍然有5000多东德人试图冒死越墙，等待他们的是比心脏还要滚烫的密集的子弹……据陈教授和导游讲，在柏林墙博物馆里记载着种种东德人投奔自由的经典案例：有人藏在西柏林交响乐团去东柏林演出的音箱里，有人藏在小轿车的后座底下或后备箱里，还有人在柏林墙下挖了一条地道跑到西德。除了这些原始的冒险方法外，也有利用科技手段西逃的，有一家几口人在一个夜晚乘坐自己制造的氢气球飞过柏林墙。更有位工程师看到中国杂技"炮打飞人"的节目而受到启发，制造了一个能把人弹出去的装置，然后把自己放进这个装置中弹到墙外。当然，能跑出去的人毕竟是极少数。我不知道当时分裂长达28年之久的德国上空是否总是积压着厚厚的云层，云层的厚度决定着天气的阴晴，那段不堪的日子里，天空承载的肯定是蕴蓄了

万千负荷的积雨云，正在期待着第一个闪电带来的光明和第一
声雷鸣的热切召唤。

俱往矣！闪电和雷鸣早已切割开了另一个乾坤。我站在德
意志联邦国家上午轻若蝉翼的风中，仰望苍穹，天蓝似水，云
白如练，柏林墙宛如刚刚浴罢休憩在阳光、沙滩、海浪、仙人
掌之中的德国少女，似乎能感觉到青春的脉搏和鼻息。此时，
心海之中闯入了宋代陆游的两句诗"梦破江亭山驿外，诗成灯
影雨声中"。柏林墙的文化意义早已覆盖了政治概念，无坚不
摧的民意颠覆了柏林墙，却成全了柏林墙无与伦比的巨大而特
殊的历史地位、文化魅力和艺术价值。要我说：一个柏林墙死
了，另一个柏林墙诞生了。

"咔嚓！"来自世界各地的人们都义无反顾地按下了数码
相机的快门，不仅为了表示曾经来过，更为了另一个柏林墙的
诞生。镁光灯鲜活的闪耀，就是柏林墙眉睫下扑闪的眼睛。

（载《天津文学》2006年12期）

故乡在线

　　曾经一度，直辖市莫名的喧嚣和浮华使我青春的脸上多了几分虚无的老成和沧桑，于是竟怀恋在时空中早已远去的故乡小城那种难得的小巧和雅致。偶想起陶渊明《归园田居诗》中的两句："羁鸟恋旧林，池鱼思故渊。"方知大凡游子，心境使然。把酒临风，于海河畔抛却一把咸酸的清泪，自是情理之中的感怀。而当我有朝一日突然闯进网络世界的时候，我才发现，故乡其实早就以平实、包容的姿态，含情脉脉地在我身边站立。于是，当遥远的故乡像浅甜的水井一样能够照见我风霜的脸，当故乡的容颜和声响变得不再遥远，那一定是故乡在线的时候。

　　于是乎，"在线"这个网络术语成为我心灵的某种期待和默契。故乡的朋友来信约稿让我写写故乡，我第一个冲动是要写天水在线的，但是天水偏偏有一家知名网站就叫天水在线，这样难免有做广告之嫌，广告就广告吧。好在故乡就是我们的天水，天水就是我们的故乡，料想谁也不会为这个题目而庸人自扰。

　　十年前，网络尚未普及的时候，对于旅居天津的我，故乡天水就像一个熟悉而又封闭的梦，她在时间和空间的概念里是那么的遥远和陌生，除了中秋的月亮，带给我略显惆怅的关于故乡的诗意，还能意味些什么呢？我从1999年拥有第一部电脑起，已累计添置了三部电脑，一部笔记本，两部台式，我、妻子、儿子各一部。为了在网络的世界里互不干扰，我曾经在楼上楼下都装了宽带。当时，我在网上很少能浏览到天水的容颜，听到来自天水的声音，直到2001年一个偶然的夜晚，我正在网上和几个网友聊得火热，无意中发现了尚在开发和建设中的天水在线网站，尽管当时的她尚有些羞赧，却以牛犊般的胆识和魄力把网络的触角伸向了整个世界。我眼前为之一亮，就像沙漠中的旅人发现了一眼清澈甘甜的泉水，从此，天水在线网站就成为我生活中每天的执著和眷恋。我以一个西部游子的偏执，把家中的三部电脑连同办公室的两部电脑的首页全部设置成了www.Tianshui.com.cn，于是，无论是谁进入网络世界，首先得让他先去我的故乡走一趟，有位同事笑着说："凡是外地人，都有自己的故乡，为什么非得让我们去你的故乡呢？"我告诉他们："故乡和故乡不一样，不去我的故乡，你就不知道你的老先人在哪里。"

　　话说到这份儿上，不由他不信。于是，在我的周围，无论天津的、北京的，谈伏羲文化、先秦文化、三国文化、石窟文化的多了；谈诗仙斗酒、飞将射石、苏女织锦的多了；于是，我和旅居国内外的许多天水老乡成为真挚的网友：美国的、新加坡的、日本的、上海的、南京的、深圳的；于是，我的视频窗口上聚集了那么多从天水走出来的官员、文艺工作者、企业家、教授、博士、军人……

曾经，在没有网络的日子，常漫无边际地咀嚼思乡之情的滋味，那滋味更像一只6月的布谷鸟。当西部满山遍野的麦子被小南风吹出金黄的时候，一道道山梁梁上，那钉了铁掌的驴子就把羊肠小道敲得"叮当"作响，蛰伏已久的布谷鸟就从我的胸中飞出，跨越千山万水，栖息在故乡的崖畔，在麦子和炊烟的混合香味中平静的呼吸。呼吸是平静的，但是经过千万里旅程的布谷鸟，难免身心疲惫。直到进入网络，我的思绪才歇下翅膀。在网络的家园里，没有什么是不可思议的。因了网络，我们这些旅居异乡的天水人没有一丝的孤独和寂寞，反而有一种同时拥有故乡和第二故乡主人翁地位的优越感。当身处五湖四海、大江南北的天水游子通过网络视频，面对面地在同一片蓝天下、同一段时间里、同一个平台上，用"牛、敖、曹"神聊关于故乡的记忆、回味故乡的风物、咀嚼故乡的感受时，那感觉就像是在故乡的一家茶馆，或者是在箭场里的凉粉摊上，抑或是在天水郡的籍河滩上……这是何等的神奇和绝妙！这就是网络的魅力，这就是我们每天生活中必不可少的天水在线。众多的你，众多的我，众多的他，无论离开天水十几年还是几十年，无论距离天水几千里几万里，天水在线给了游子们一个温馨如母亲怀抱般的栖息港湾，共同感受并体味着来自伏羲故里的呼吸的气息和血脉的涌动。此刻，不由想起唐人项斯《泾州听张处士弹琴》中的两句："仿佛不离灯影外，似闻流水到潇湘。"潇湘本南国，但是在这里，我权当把潇湘比渭水。

网上总有许多令人难以忘怀的故事，让人感受到一种淳朴、温暖、和谐的乡情。我喜欢欣赏眉户《梁秋燕》和秦腔《花亭相会》，很快，旅居南京的一个南河川的朋友就帮我下载了；我想找一位在英国工作的天水老友，第二天就在视频里面对面地聊上了，那熟悉的面容和声音，仿佛使我们回到了十年前在天水南大桥下休闲的日子；我生来嘴馋，有次想吃浆水面，在网上一咨询，没想到天津竟有十几户天水人家向我伸出热情的双手，而且有些浆水是天水的馋女子从飞机上带来的，我不但在她们那里吃了，临走还顺手牵羊带走不少新鲜的凉粉、呱呱、面皮、麻子和甘谷辣椒啥的；这些年来，我由于频频调动工作，手机号一换再换，与不少朋友失去了联系，几位在北京、广西、浙江等地谋事的天水朋友苦苦找我长达五年，未果，那天我们却在天水在线上意外相聚，一时聊得天昏地暗，那晚本来和天津的朋友预约好先看匈牙利舞蹈晚会，然后玩保龄球的，皆抛之九霄云外……世界因为网络，说大就大，说小就小；说远就远，说近就近，唯一不变的是我们对故乡小溪一样绵长的情愫。

这是一种任何语言都无法表达的享受，这种享受，只有拥有故乡的人才会有。

外边的世界的确很精彩，网络消解了我们思乡的无奈。在国内外谋事的天水网友，无不在异乡生活的五线谱上描绘着多彩的人生乐章，许多人都事业有成。正是那来自天河的水，才使众网友有了粗大而又坚韧的生命的根系，这根系，使我们有了把枝干和叶片伸展到五湖四海的可能。当新的种子在异乡的土壤里发芽、开花、结果的时候，故乡成为我们记忆中最动人的风景，就像高高飘飞的风筝，她一定知道，是谁，在始终牵着它手中绵长而深情的丝线，否则，还会有风筝美丽的景致吗？

2006年的元旦前夜，在北京、天津的几所大学工作的天水朋友开着私家车到我家吃洋芋面做的然然，我请了天津本地的朋友作陪，他对如此简单的吃法茫然不已。我说："你是无法理解的，因为你没有故乡。"

2007年2月于天津

乐山观佛

人凡下四川，无不去乐山。乐山所以招惹得世间凡夫俗子们寻寻觅觅切切，皆因一个佛字。试想大千世界，食烟火而知晓人间善恶者，怎一个佛字了得！

四川是世界著名的大佛之乡，大佛中尤以乐山大佛为世界之冠，乐山脚下，翘首观佛，大佛之大，非直视所能囊括，目所及处，非能尽其全貌。据说乐山大佛仅眼长达3.3米，身长七米，赤足可围坐百人，大脚趾上摆一盛宴尚有宽裕。我这区区几尺凡夫，遥观其额，其颌，其胸，其臂，其肢，其足，非昂头低首是决不能穷尽全部的。我于是悲哀得不能自抑。佛乃人身人面，几与真人无异，但它毕竟是佛啊！佛与人是有区别的。人不能造人，佛不能造佛，佛也不能造人，但人却可以造佛，而且把佛造得高高大大。人不能挽救自己，却能想着法儿造个佛来挽救人；人不会供奉自己，但会供奉佛，让佛之香火百年不衰，千年不灭，万年不绝，内在奥妙之深，使我这出神入化的悟性在佛面前显得迟钝而木讷。哦！这高大无比的佛啊！

乐山观佛，我目光如痴。我尽目之所能，既观这世界之冠的局部，也观其全身，甚至观那些被千百年风刀霜剑砍伤剁残的部位，观那些是不是因天真幼稚而喜好在佛身上拉屎的鸟儿玷污了的部位。我不知道目空一切的风刀霜剑因何不惧佛的威严，灵性极高的鸟儿因何不尊佛的圣洁，我只知道天下的人是惧佛、尊佛的，何止惧，何止尊啊！譬如这乐山大佛，这是人世间供奉的最大的、至高无上的、无比神圣的佛啊！我蓦然觉得，乐山观佛，似乎真的悟出些什么来了，至于所悟所得是什么，竟是难以言表。

我了解佛是比较早的。老家陇原是世界著名的石窟走廊，以中国四大石窟中的敦煌石窟和麦积山石窟为代表的近百处石窟洒满了三千里陇山，加上民间流传的《天竺》《释藏》之类的佛书很多，这使我得以在十几岁时便熟知了释迦、弥勒、毗卢、阿弥陀等这些三界之外普度众生的超现象的人中之神。长大后，或因生计，因公事先是走遍了大西北大西南，后又涉足华北和中原，才发现，凡人间胜境，无不是佛的王国。原来这世间，运动的人类和静止的佛像是共存共荣的。人对人无所畏惧，人对佛却是恭敬十分。于是我进入佛殿的心境由复杂而变得十分空虚，我不愿、不敢、不想面对那一张张被人类的能工巧匠勾勒得庄严而生动的脸，因为我真不知道该用怎样恭谦、虔诚的心境面对它才是最佳状态。于是在佛面前，我根本无法揭露别人或表白自己，甚至不知道该干什么。

乐山观佛，我远观而未近前。之所以远观是因为想完整地欣赏古代人类炉火纯青的美学观点和审美理想在这悬崖峭壁上的伟大实践，之所以未近前是因为我不知道该不该当着众人面去拜谒它，或者怎样拜谒它。拜谒需要的是一种纯洁如水的虔诚，但人类灵魂中虔诚或不虔诚的心境得到的回报反映在哪里呢？从佛的意义上讲，虔诚之至，则佛法无边，佛恩浩荡，天下太平，人畜兴旺。乐山足下那千古不绝的袅袅香烟和善男信女，足见凡人的精诚所至。但令人困惑的是，这公元前6世纪由印度的迦毗罗卫国王子释迦牟尼创立的佛教，从西汉末年传入我国后，在人类生存和繁衍的延续中，人们一如既往地渴望和平，却始终躲不过战争的生灵涂炭；渴望情深似海，却躲不过情感的玷污背叛；渴望花好月圆，却躲不过生离死别，看来虔诚和回报并不是一回事，谁人感悟过内在缘由呢？看来人之所存，善与恶，美与丑，真与假，苦与乐俱存矣！人佛共存，却并非同一个心境；但人之所存，却有一颗透亮的造佛之心。我真想无比真实地双手合十念念有词，佛啊佛啊！你是谁呢？

听乐山下来的许许多多的人感叹："天啊！真不知是怎样凿出来的？"这话使我大吃一惊，惊得瞠目结舌。因为这些虔诚的人们在真实地、自然地、但却无意识地感叹着先民们关于古典雕塑的伟大创造，感叹着博大精深的古代文明，却忽视了他们拜谒大佛的初衷，即奢望得到佛的恩赐和保佑。我在想，这是虔诚呢？还是伪善呢？他们到底在感叹心中的佛呢？还是感叹造佛的人呢？原来，人们灵魂深处有许多东西是很天真、很可爱的，甚至有些混沌。人活一世，就这么混沌着，也好！太透亮了，人人心明如镜，生活还有什么可品尝的？

于是我才明白，人原来是被人自己感动着。人顶礼膜拜的佛就是人自己本身。人是人，人也是佛；佛是佛，佛也是人。人与佛共存共荣的道理竟然就在这里。这么想着，拿镜子照照自己的眼耳鼻喉，笑一笑，眯眯眼，原来是典型的佛哩。

1997年8月于天津

载1998年10月《天津日报》

不光在金色大厅唱花儿

白牡丹（呀就）白了（者）时耀人眼哩，

阿哥的白牡丹呀（耶）。

红牡丹（嘛就）红（呀）了时，

想我的花儿（嘛）破（呀）里（耶）……

这是在金色大厅，这是我演唱的甘肃花儿《白牡丹令》，这是23日中国作协第八次全国代表大会联欢晚会。先唱《下四川》，掌声和喝彩进而催绽了我原生态的牡丹。而远在维也纳的那个金色大厅，一定因为我过久的缺席而悔恨兴叹。本秦岭登场亮相，没忘开场白："我代表天津作家代表团，向全国的作家朋友和中国作协问好！"我被自己的感动而感动，毕竟，在9125名中国作协会员里，当我们以极少数代表的角色出现，我不光是我，还不谦虚地做了代表。

卸妆，回到观众席，中国作协主席铁凝半开玩笑半认真地说："秦岭你应该继续戴着你的白羊肚子手巾，这是我们作家的另一种风采。"24日晨，十多个电话打进我下榻的5208号房间，第一个电话是中国作协副主席蒋子龙打来的："昨晚气氛很好！来不及向你道贺，我认为你唱得最棒，为代表们争了光，也为天津团争了光。"当天的《文艺报》第四版，我看到了自己的演出照片：头系白羊肚手巾，身穿无袖毛短褂，腰缠大红绸丝带。如若手持羊鞭从崖畔上走过，可不得提防让俏妹子们抢了去？当女婿事小，耽搁了作代会，事大着哩。那一刻，内心像天津的海河两岸或是老家甘肃的一片坡地，红牡丹、白牡丹、绿牡丹耀人哩，惹人哩，痒人哩……

一时间觉着北京像花儿，大会像花儿，代表们像花儿。

当然还有心情，以及开花的心情里那份沉淀的庄严和掬满的幸运。天津团由18人组成，老中青结合，构成了中国曲艺之乡的作家花谱，其中蒋子龙、冯骥才、航鹰都是引领一个文学时代的文坛翘楚，王家斌的目光里有百年海狼的异光，被记者围堵的杨显惠不再像孤儿院，肖克凡像一台塔吊式机器，李治邦咋看都像巴黎的老佛爷，王松总像牵着两头毛驴，龙一的胡子里潜伏着谍报，宋安娜被犹太人异化成了另一种风韵，爱情在武歆的脸上风生水起，而年龄最大者当属88岁、87岁高龄的文学前辈杨润身和柳溪，年龄最小的就算在下我了。记得在天津市委的欢送会上，赵玫像高阳公主一样介绍我："秦岭来自遥远的西部，在天津写出了《绣花鞋垫》《皇粮钟》等许多优秀的农村题材作品……"作代会期间，到处弥漫的岁月、青春、成就、资历、影响、权威让我感到了两成矜持，两成反思，两成警醒，给自信的比例，我留足了四成，毕竟我是一个我。不和别人比，要比就比自己。我种一棵牡丹，盛开的就不是月季。开好了，就找个牛羊遍地的草地，为自己的花儿歌唱，唱他个山鸣谷应，地老天荒。

大会的主题，像花儿的花蕊。一周以来，有几个关键词贯穿会议始终，比如十七届六中全会，比如文化体制改革，比如文化大发展大繁荣，比如核心价值体系。这些关键词作为一个时代的呼声，早已耳熟能详，我思考的是，中国作家在这样的呼声里，需要做什么，或者思考什么。22日在人民大会堂，文代会、作代会的3000多名代表济济一堂，听取了胡锦涛的讲话。分组讨论前，会务组专门给我安排了重点发言，并要求给中央提建议。但我大大低估了代表们争先恐后发言的热情，只好故作谦虚，洗耳恭听。对胡锦涛的讲话，我概括了12个字："全面，深刻，客观，精准，丰富，生动。"并结合自己作为地方文联、作协负责人在文艺工作中的经验教训，对中央提出了六点建议：一是文化的地域性决定了差异性，抓文化决不能一概而论；二是文化不同于经济，来不得急功近利，大前提是构建机制；三是在全球化背景下，中国文化决不能盲目与国际接轨，要树立和坚持本民族的文化自信、文化理念、文化精神、文化原则和文化审美；四是要把握文化事业和文化产业的关系，把盛行了20多年的"文化搭台，经济唱戏"变为"经济搭台，文化唱戏"，至少也应该是"文化经济，互搭互唱"；五是从中央到地方在配备宣传、文化、文艺机构的官员时，必须向懂文化、爱文化、有文化理想和艺术情结的管理者倾斜；六是各级干部院校要侧重对文化型官员的培养，鲁迅文学院要打破常规，增设文学工作者高研班，吸收各级作协承担具体工作的管理者参加。

没有奢望六点建议会被中央领导看到，但我在人民大会堂到北京饭店缓缓行进的庞大的车队中，在我乘坐的10号车里，在写字台前，认真思考了，以代表的名义。那些天呼吸过的空气和消化掉的馒头最是懂我知我，它们来自庄稼和大地。

一朵花儿，如果用5年的时间来开，我不知道会开成嘛样儿？中国作协书记处的一位领导握着我的手说："我预见天津会推你来的，作家的力量来自作品，是挡不住的。"一句客气话，却让我对自己的认识目不暇给。

任何一段5年，都是峥嵘岁月。我无暇以5年为时间段回顾自己，而中国作协党组书记李冰在报告中对过去5年的回顾，却让我驻足回首，分明隐约地，甚而是明朗地发现自己在李冰的总结里忽隐忽现。李冰站在全国高度梳理的那些点点滴滴，我竟然是直接的参与者和见证者，有些文学现象，我曾同频共振，有些文学路径，我曾一起走过，有些文学脉搏，我曾一起跳动。5年里，中国作协把我的《皇粮钟》纳入重点扶持项目并专门召开研讨会，中国作协连续多年在年度选本中选入了我的《分娩》《一头说话的骡子》《杀威棒》等短篇小说；5年里，我三次随中国作家采访团深入汶川、陇南地震灾区以及新疆和田等地，并在首届中国地震文学论坛上代表小说界发言；5年里，参加了第15届北京国际图书博览会论坛并做了题为《中国文学的问题在于自身》的发言，参加了与来华的保加利亚作家的交流，随天津团出访了韩国和台湾地区；5年里，参加了全国青年创作大会，中国文学论坛，全国短篇小说座谈会，并在鲁迅文学院高研班深造，参加了鲁院60华诞校庆；5年里，小说《皇粮》《硌牙的沙子》等屡屡获奖并登上中国小说排行榜……中国作协的5年，中国作家的5年，我自己的5年，都是一起走过的5年。

每一个代表，一定都找到了自己的影子。只要走进文学大观园，就是一枝妖娆的牡丹。

有花，必有花絮。作代会的花絮漫天飞舞，像一场初雪。

花儿有大小，绿叶有疏密。设身处地，你会感受到山重水复、柳暗花明的意趣。抬头，低眉，回首，你会有惊讶，有默契，有意外。在会议室，你的邻座说不定就是传说中的文坛巨匠；在金色大厅，和你握手的兴许就是当年的文学偶像；在咖啡厅，偷偷注视你的必然是你的粉丝；在音乐茶座，与你共饮的也许就是从QQ里回到现实的"真人"；在餐桌上，你会突然发现前后左右都是在同一期刊发表过小说的才男靓女；在楼道里，你会一次次的惊回首："啊！原来您是……"

相逢像首歌。文学让新老文友、编辑、记者一见如故。光鲁院八届高研班的同窗就来了11位，据说人数直追首届师兄师姐们。

于是，我有三个晚上是在唱花儿。一次是去东交民巷蹭川菜，有位老前辈点将，让我唱《妹妹的山丹花儿开》。另一次是承蒙京城期刊界老师的厚爱，去海淀混西餐，唱了甘肃花儿《望平川》，歌词恰似盛会的写照：

上了（那个）高（呀）山（哎嗨咙），

望（了）平（了）川（呀）。

（哎嗨）望（了）平（了）川（呀），

平川里（哎嗨）有一朵（呀）牡丹（呀）。

……

2011年11月28日匆匆草于天津

（载中国作协《作家通讯》2011年第6期"全国作家代表大会专刊"）

烟雨崆峒道谁知

知道，不知道。众生芸芸，谁人？对这个道，一知或尽知。

六月麦黄天，我与京城的几位文学前辈来到久旱的平凉崆峒山，却偏逢烟雨三天。崆峒内外雾锁雨铸，耳听得雷声隐隐，山鸣谷应。沿着陡峭的石阶，紧紧攥着冰湿的铁索，一路攀爬。喘息间，带着某种祈念回首，但见天地相连，茫茫然不见一物。整个世界空空洞洞，洞洞空空。

我陡然一惊！崆峒与空洞，世界与无物；崆峒与无物，空洞与世界。这是我本次拜访崆峒的初衷和发现吗？这是有所知道？还是有所不知道；这是我的自觉醒悟？还是崆峒诸仙悄然给我的谜底。冥冥中，似有信息在对接，在呼应。记得之前浏览崆峒史料，有崆峒山"空空洞洞之意，合道家清静无为"的诠释。此刻，那些被历代文人墨客万般描绘的九宫、八台、十二院、四十二座建筑群、七十二处石府洞天，均化为无形，无影，无踪，疑似过于遥远的传说。

天梯半途，峭壁上的"黄帝问道处"巨幅石刻扑入眼帘，尽管山岚环绕，好在隐约可辨。驻足，无语，敬仰。黄帝问道，这是崆峒"中国道教第一山"称谓的硬道理，也是崆峒别于他山的标志。此刻的雨，不大，也不小。因为不大，你可以保持自信，尽力登高；因为不小，你方知举步维艰，世事难料。"黄帝问道处"周围的杂树杂花，挂满寄托人们心愿的万千红布条。来自天上的雨，"唰唰唰"地落在红布条上，稍作停留，"唰唰唰"地又落到地下。它带着声息而来，最终，又无声无息地回到天上。

道，是什么？是此刻的崆峒呈现给我的大无世界吗？知，又是什么，是紧紧包裹着崆峒山的烟雨吗？我显然失去了判断的自信，空留无序的问之又问。唯一清醒的是，足下此山，不是过往岁月里游览过的这山那山。这里因为问道得人，问道得魂，问道得仙，问道得天下。问道，使崆峒成为道家的唯一。

纵看不见身外的万物，却感觉自己的内心，被神秘的道所弥漫和浸润。对黄帝问道之壮举，顿生感慨。几千年了，轩辕黄帝不是别的而是轩辕黄帝，这是他个人乃至华夏子孙的福分和真理。他已经战胜了蚩尤，早已名冠四海威震八方，仍然不辞艰辛辗转来到陇上，躬拜崆峒。他不甘于既有的已知，他要知道，于是拜问正在修炼的广成子。广成子释道授秘曰："至道之精，杳杳冥冥；至道之极，昏昏默默；无视无听，抱神以静，行将自正；必静必清，无劳汝形，无摇汝精……"据说，时有两只玄鹤，闻道即刻成仙。毫无疑问，秦始皇、汉武帝、司马迁等君主方家登临崆峒，必是慕道而来。

慕道如我秦岭者，亦对黄帝问道所得拜读多遍，只是，我等纵拜读万般，尚不知梦中的彼岸。知道者，必是个别；不知道者，必是多数。个别和少数，少数和多数，世界因此而有了层次和秩序，而我们这些多数中的一分子，觅得自己在凡尘中的坐标，竟是这般之难。觅与难，所谓人生，无不跌宕起伏。

进得崆峒，出得崆峒；内观崆峒，远眺崆峒，崆峒的大致面貌是什么，因了这场烟雨，一切"杳杳冥冥""昏昏默默"，全然没有印象。

这样的烟雨，隐含崆峒的道吗？高人解曰：无知方为有知，君不见此行平凉的京城三老中，作家从维熙的"熙"下面火焰熊熊，有雨方能中和。评论家雷达的姓名更是"雷"至雨落。而编辑家崔道怡的姓名，不偏不倚，居中一个"道"字了得！

我骇然，当初邀约三老去平凉前，我断不曾想到，有烟雨在等着三老，或者，三老会把烟雨带去。也许，烟雨崆峒，既是秘密，也是答案。平凉的主办方把此次采风谓之"美丽平凉六月行"，而所有的美丽恰恰就笼在烟雨的面纱里，崆峒之道，成为这个六月里我们最美丽的遐想和追问。

时过三日，我们登上了西安飞往北京的航班，飞机刚抵北京上空。地面指令却要求立即返航，理由是京津地区突遇十年不遇的雷雨。飞机只好绕了半个中国，重新返回西安。机场内外，怨声载道，而我与三老观书、品茶、聊人间可聊之事，淡定如闲云野鹤。来遇烟雨，去遇烟雨。无知有知，姑且认下。困居西安的当晚，平凉负责接待的朋友在短信中说："各位离开平凉后，雨过天晴，能见度极好。"

只是，有了能见度而没有了烟雨，我们何能感受那红布条上有声而来，无声而去的雨滴。我宁可认为，飞机返回西北大地，这是我们与崆峒的另一种作别。

2011年7月于天津

（载《散文》杂志2011年第10期）

第 2 辑

叫一声老汉你快回来

——痛悼《白鹿原》作者陈忠实

真格的！如一声悲怆的华阴老腔，从古城西安滚滚而来，在4月29日的早晨击疼了天津的我：写《白鹿原》的老汉走了。我真想站在"走头头的骡子三盏盏灯"的崖畔大吼："叫一声老汉你快回来。可老汉你，这一去，不再回来。"

早有预感，但噩耗仍然使我的泪水像渭北谷地的泥石流，糊了满脸。明知阴阳两重天，我仍偏执地给老汉打了电话。那边没有任何反应，我恍惚自问："难道，是打给白嘉轩了吗？是打给黑娃和小娥了吗？"多家媒体采访我心目中的老汉，我回应了六个字：慈悲，良心，情怀。这样的话，说给活着的他该多好啊！可是，在死神对他生拉硬拽近一年的日子里，我几次均未能起程。如今，还能说个啥嘛？论理由，那只是我们内心的世俗和轻飘。

十年了，和老汉在北京、在陕西、在甘肃相处的日子，像岁月的残片，硌得我那个疼！初识老汉，是在甘肃老家的一个文学座谈会上。老汉看到嘉宾名单里有我的名字，却不见我的人影儿，就问左右："我那个陕西乡党秦岭在哪里？我在《小说月报》上看过他的《碎裂在2005年的瓦片》。"一句话，至少包含了两个信息：其一，老汉对我的创作比较关注；其二，老汉误以为我是陕西乡党。在薄情寡义的文坛，我这个旅居天津的甘肃人居然意外分享着一位文学大家对文学晚辈的舐犊之情，分享着陕西作为中国文学重镇对游子们的护佑和关心。在大家的起哄中，我赶紧上前问安，并做了解释。老汉乐而开笑："陕甘一家嘛！你有好小说一定要寄我，我喜欢你那个味儿。"我那时已经出版过几本小说集，但思前想后，始终没好意思拿出手，多年后，只寄给老汉一本刊有短篇《杀威棒》的《小说选刊》杂志，老汉好生感慨："很多作家恨不得把所有的作品都寄给我，可你却只寄来一个短篇，你脑子清醒。"这才晓得，这篇小说老汉也已看过。不久，老汉给我寄来了一套三卷本传统线装宣纸珍藏版的《白鹿原》，附信曰："秦岭小友：有才华的人很多，有眼光的人很少，相信你能二者兼备。"多年来我反复品味《白鹿原》的价值和意义，总会冒出一个词"眼光"。"眼"和"光"，就两个方块字，却如醍醐灌顶，鏊笼盛不了，麦场码不下，让我对自己小说创作的反思与回味，如羊肚子手巾三道道蓝，如东山上点灯西山上明。

"老汉娃娃没大小。"一句西北老话，道出了我们忘年交的质地。2008年秋，《文学界》杂志的易清华组织"陈忠实、蒋子龙、张贤亮"专辑时，委托我两个任务，一是和蒋子龙对话，二是完成陈忠实印象。当我把一气呵成的《圪蹴在白鹿原上的老汉——陈忠实印象》用方言念给老汉听时，老汉开怀大笑："秦岭你太厉害了！和我对话的作家、记者数不清，还从来没有让我这么称心的标题。"我说："你不就是个老汉嘛，难道是个娃娃不成。"2012年，老汉为了配合我写长篇纪实文学《在水一方》，强撑病躯帮我搜集陕西农村饮水资源资料，并约我到西安的一家羊肉泡馍馆。一口馍，半口汤；老一言，少一句；日头落城墙了，月儿挂树梢了，长达万言的《饮水安全与中国农民的命运——陈忠实、秦岭对话录》终于划上了句号。我去结账，才发现老汉早就把钱押给了总台。他的理由是："我请你，不光因为我是东道主，而是为你笔下的水，那是农民的命。"一句话，让我胸中犹如山丹丹开花红艳艳，犹如青线线蓝线线蓝个英英采。物欲时代的某些作家，张口闭口都在关注现实，背后却是欲盖弥彰的利益链。有谁，会像老汉那样，在意一滴水映衬下的民生本相呢？多年来，有全国的作家朋友委托我请老汉题个书名、写幅字啥的，老汉有求必应，却拒收任何报酬。老汉说："我收了人家的东西，还叫陈忠实吗？"

"小说被认为是一个民族的秘史"这是《白鹿原》扉页上转述巴尔扎克的话。《白鹿原》的巨大成功，曾让不少好高骛远、恃才放旷的作家同行目瞪口呆，于是以吃不着葡萄嫌葡萄酸的心理自保颜面。在我看来，老汉注定就是一位发现秘史的人。2011年，中国第八次作代会在北京召开，我代表天津团在文艺晚会上吼了一曲"甘肃花儿"，老汉随后问我："你这嗓子有意思，你晓得华阴老腔不？咱找时间谝谝。"于是，我有了听老汉哼老腔的机会："他大舅他二舅都是他舅，高桌子低板凳都是木头……"那一刻，老汉满脸黄土高坡一样的褶子层层叠叠，那是常态的脸，也是秘史的脸，在这层层叠叠的世界里，一定有男人下了原，女人做了饭，男人下了种，女人生了产，娃娃一片片都在原上转……

走了，写《白鹿原》的老汉越走越远了。我不晓得他肩上的褡兜是轻了，还是重了。叫一声老汉你快回来！你若不回，我一个人的羊肉泡馍，那馍，怎掰得开？

2016年4月29日（陈忠实谢世当天）于天津城建大学煦园

（载《重庆日报》2016年5月10日）

手绘连环画的儿时记忆

不认为是南柯一梦，我那手绘连环画的儿时记忆。当年，我的全部世界只是甘肃天水的一个小山村。未来——譬如现在生活的渤海湾，旷远如无，像挂在羊肠小道尽头的一片空白。

假如我要说，15岁之前已经绘制过多达2000多幅的30多套连环画，懂我的人会信的，因为岁月给我的感动宛如一曲历久弥新的歌谣，深情而古老。7岁之前吧，我痴迷于连环画《红灯记》《沙家浜》《白毛女》以及民间连环画藏本《三国演义》《西厢记》中神奇的构图和线条，意外发现李玉和、郭建光、周瑜、崔莺莺们与村里的郭毛球、刘弹球子、杜菊花们不同，乌骓、忽雷驳与生产队的大骡子、小毛驴有别，于是，当我在废报纸上临摹了一幅《白毛女》之后，村学轰动了。一幅两幅的涂鸦已满足不了我放飞的童心，手绘连环画的梦想像蒲公英一样，无双翼，却已翻山越岭。

受连环画《列宁在十月》的启发，我的第一本手绘连环画《我在十月》于1979年在小伙伴那里产生了堪比俄国十月革命的一声炮响。故事取材于民俗民事，一时争相传阅。这本从封面、封底、画页到内容提要一应俱全的手工制作，共计50张100幅，小楷毛笔一次性绘制，脚本也是蝇头小楷。白纸材质，面糊糨子粘贴，针线装订。版权页不忘注明"甘肃省右手出版社出版""毛笔印刷厂"等字样。当时全校学生挤在破庙的两个小殿里，高低年级均属复式教学。教室四面透风，桌凳土坯垒砌。缺指导，就广泛搜集各种宣传画和报纸插图日夜研习；缺纸张，就在废报纸、烟盒包装纸上描描画画；缺素材，就在各种风水读物、评书中挖掘整理；缺时间，就彻夜点灯熬油；缺场地，就辗转田间炕头上、麦垛屋檐下……就这样，《真假李逵》《薛刚大闹花灯》《三羞樊梨花》《武松杀嫂》《打败越南鬼子兵》《"四人帮"是如何迫害小学生的》《一九八一年解放台湾岛》相继登场。偏执与独行，掌声与风光，疑似少小领兵战江东的小周郎。

一根筋的童年，牛犊子天性。12岁那年，我采取套种玉米黄豆之法，给所有课文的页边、页心空白处"套种"了与主题相关的"插图"和微型连环画，连《政治》《自然常识》也"套种"不误。比如涉及历史故事，必画各路英雄纵马厮杀；涉及江河湖海，必画农民们挑水解渴；涉及抗日战争，我会让游击队牵着一只狗，狗尾巴上拴着日本鬼子的小鸡鸡。那时我已经懂得了审美和爱憎，日本人的小鸡鸡不仅比驴的那玩意儿还长，上边还挂着一把镰刀……课本顿时光芒四射，找我配图的各年级同学络绎不绝。我架子摆足了，条件是八幅图换一个弹弓。

"蹂躏"课本，大逆不道，面对老师公捕公判式批评，我岂能服得？"横眉冷对千夫指"嘛，我早已读鲁迅了。

就这样到了初中，改编自童话《皇帝的新装》的连环画十天内一气呵成。不知道丹麦是外国，理所当然认为安徒生是中国人。受当时的教育，认为只有隋炀帝才那么二杆子，于是从皇帝、大臣到平民一律按隋朝生活"订制"。某高中学长笑言："你以为安徒生是安徽人，或者是安集寨人啊？！"

幸运降临是读初二那阵，由80多幅画页组成的《抬大鼓》被一位城里亲戚发现，如获至宝，拎去参加少年儿童书画展，拿了个特别奖。这一鼓励不要紧，让当时已经酷爱文学的我灵感迸发，信手写了一篇檄文《假如我在齐白石时代》，大意是齐白石老来成器，如若彼我同时起步，齐先生的启蒙恩师可不非我莫属了。这非常符合我当时的少年心性，看了电影《少林寺》，便悄悄在崖畔、墙头练轻功和铁砂掌，导致韧带被拉断一次，伤骨两次，像这般"走麦城"的蠢事，岂能示人？也就是那次参展，我如梦初醒，方知创作连环画不仅需要专用纸笔，而且只有大画家才敢为之。不由自怨自艾，假如……我生在城里呢？假如，一开始就撞上张良拾履那样的美差呢？放眼人间，伯乐何在？韩愈老头子真是说对了："其真无马邪？其真不知马也！"

初中收尾，中考迫近，忍痛与笔墨纸砚长亭作别，波澜壮阔的绘画岁月就此日落山坳，许多连环画痛失"民间"，只有不慎遗落鼠洞、墙缝的少量画页，多年后偶然被亲友发现，辗转带到天津，也算"残"璧归赵。有专家就建议："把你的小说《皇粮钟》《杀威棒》《女人和狐狸的一个上午》绘成连环画吧。"我一声叹息："罢了，还能找到那个我吗？"说话间，泪眼迷离。

斗转星移，画家梦至今未了。梦中的自己，多为少年。

2015年8月28日于天津观海庐

（载《中国艺术报》2016年2月2日）

对一个花盆的守望

楼上那个花盆，至今没有芽儿冒出来，心里好生期盼。

它可是我最喜欢的花——山丹丹的家园，我敢肯定，偌大的天津城，山丹丹当属我家独有——山丹丹开花红艳艳，大多数人只是把它当成一首歌的，无求与它相识、相知、相伴，因为它是属于田园、属于西部的。我把它移栽到天津来，是在前年。花盆是前年在北宁公园的花市精心挑选的，花根却是从西北的山坡上采得。去年山丹丹开得极好，如火苗，似红霞，如红绸，多艳啊！艳得清凉、水灵、逼真、生动，花期也很长。去年六月中旬，我从欧洲归来，花儿还依恋地伴我一个多月，不忍离我谢去，常有北京、天津的朋友特意前来观看、拍照，我从朋友们的脸上看到了艳羡和惊讶，这一切，源于山丹丹花独特、超然、飘逸的美丽。

难忘的是去年仲夏之夜，我在楼台的电脑前敲小说。一支烟，一把扇，一杯茶，一撮麻籽儿。月儿挂在星空，十几朵山丹丹花儿就在身边从容而愉快地绽放着，清风徐来，送来一抹沁人心脾的、只有山间田园才有的芬芳，那感觉于我俨然蓬莱一仙，何似人间！

往年这时，它早该破土了。而现在，花盆里一片寂静。我的心不免悬了起来，悬得老高老高……

我在深深地自责，一个漫漫的冬天，我是否对它照顾不周？譬如水浇得是否过了、欠了？土松得是否早了、晚了？最让我后悔的是，正因为去年它的成活率出人意料地轻松，几乎是在不经意间进入了花季，因此去冬和今春对它的呵护的确有些随意和懈怠。曾经一度，花盆在楼上书房的一个小屋里无人问津，加上暖气极好，土层干燥得都要上火了。我紧张得有些窒息，赶紧用水浇了，心里默默地表示歉意，却是无颜乞求它的宽恕。东部西部，天壤之别，人都有水土不服者，何况一物也哉！从那以后，我几乎每天都要到楼上的那间小屋去，每当此，我温热的目光，像春天的细雨一样飘洒在土层上，我能感觉到土层下山丹丹的根系，正在发出轻柔的呼吸，脉搏正在有规律地跳动。我还能感觉到我们是在对视，圆圆的花盆大张着眼睛，有一种默契，已经像花儿一样，在心房里弥漫……也许，这一切只不过是我一厢情愿的梦幻，太久太久沉默的花盆，至今没有一点儿生命的气息，与满屋盎然的春意颇不协调。家里其实早就被我布置成一个花园了，楼上楼下的绿箩在吐绿、琴叶梅在返青、令箭在发新枝，他们都是长绿高竿景物，一年四季都能感受到春深春浅，丹青妙绿，唯独这个花盆……山丹丹可是跨过了三千里路云和月才到我家的啊！一路上汽车——火车；火车——汽车；黄土高原——渤海湾……

　　在我看来，如果山丹丹花儿不开，这个春天还会有鲜活的灵魂吗？

　　今夜，我照旧在楼台上敲着电脑，树梢上的月亮像灯笼一样挂着，月光和我的台灯交相辉映，电脑显示器上点缀着漫天的繁星，我的目光一次又一次地聚焦在楼台边上的铁栅栏上——那是花盆，安静的花盆，无声无息的花盆，让我牵肠挂肚的花盆，它像是睡着了，也许，再也不会醒过来……我能感觉到一抹清清浅浅的水汽和潮意，一如男人眼睑里躲藏着的咸味儿。那，只不过是我浇在花盆里的悔过之水。

　　只有一线的希望了，也许是自我安慰——尽管时令乃夏，天津实际上仍是深春，一些晚出土的苗儿确曾休眠于土壤的锦裘暖被之下，何况，今年天津的春天似乎比往年来得晚一些。据此，今年的山丹丹，是否在迎合着气候的变换呢？果若如此的话，我心里难道就一定能够释然？

　　突然就有了一个决定，今年，我要把山丹丹破土、发枝、成蕾、开花、结果的全过程拍摄下来，并把照片贴在我的博客上，不仅仅是为了一种情结，也不是为了单纯记录一段生命的美丽。我想用我的心情，定格一份期冀，一份相守，一段时光。

　　昨天给花盆拍照的时候，楼下的泡桐树也开花了，紫红色的花儿满树满树的，煞是迷人。前方的中山公园更是繁花似锦，绿树成荫。我真的不想让这片春色和花事与花盆一起进入镜头，于是特意把花盆挪进阳台，等早晨的第一线阳光洒进屋子的时候，这才慎重地按下了快门。

　　目前，它只是一个花盆。

　　我就要这个花盆，不管有无生命的光芒。

　　没有什么深奥的思想，也没有什么崇高的寄托，就想守候一个花盆，梦一样地等待，等待一朵花儿的绽放。

2007年4月30日匆匆于天津书楼

（载《兰州晨报》2008年12月26日）

落了片白茫茫大地真干净

"世人都晓神仙好，只有金银忘不了！终朝只恨聚无多，及到多时眼闭了。"在过早降临津门的霏霏春雨里，在报春花清悠浸滋的书香阁楼上，在王立平先生那惊世骇俗的《红楼》系列曲子中，我再次轻轻地打开了酽实如爱、沉重如情、清亮如泪的《红楼梦》，为一个年轻善良的女人，她，陈晓旭，在大年初六北国长春兴隆寺的晨钟、经鼓和祥光里，决然斩断万千烦恼丝，出家了，法名妙真。

没感到惊讶，只感到大脑的荧屏里圣光普照，粲然如昼，欣慰？还是释然？一如《好了歌》一样说不清楚，她倒"好一似食尽鸟投林，落了片白茫茫大地真干净"。突接到一个同事小女儿的电话，那边竟是无语哽咽，半晌无言，终发来短信："天尽头，何处有香丘？"打开阁楼小窗，津门灯火万家，大厦通衢尽在尘世的烟花点染和爆竹喧闹之中，真个的恍然如梦。

在陈晓旭之前，我曾极尽猜想过林黛玉是什么样子，明知曹雪芹笔下的她"两弯似蹙非蹙柳烟眉，一双似喜非喜含情目。态生两靥之愁，娇袭一身之病。泪光点点，娇喘微微。娴静似娇花照水，行动如弱柳扶风。心较比干多一窍，病如西子胜三分。"却想象不得，姑且当作西施吧，但是西施芳容，又岂能我辈睹得？1987年的同名电视剧，林黛玉的扮演者陈晓旭使我对林黛玉艺术形象的感知和审美不再抽象，立体得如见真身本容，冰肌玉骨，相对于在这之前滚滚红尘中的数代"林"迷和万千读者，这是我辈的福分和大幸。冥冥中，林黛玉仿佛就在我们这个极端物欲时代的大观园中，同苦共乐。

也罢！去就去吧！"未若锦囊收艳骨？一抔净土掩风流。"报纸上看到缁衣布屦、铅华洗尽的妙真法师——林黛玉，不，陈晓旭，我一句话都说不出来。还有三天就是元宵节了，我去笼罩着生理恐怖和生命拷问的天津血液病医院，给一位来自老家天水的身患重症的朋友送去元宵。病房里大都是白血病患者，提到陈晓旭出家，大家你一句他一句地吟诵起了《好了歌》。在这里，透过生与死之间低矮的篱笆，似乎能听到躯体与灵魂对白的声音。我记住了一位年仅8岁的小患者的话："咋不唱《让我们荡起双桨》呢？"那时，我不敢看小患者妈妈的眼睛。都是凡人，那眼睛，会滴出泪的，一滴，就是又苦又咸的无岸之海啊！

年少时拜读圣贤，洞得各色人等境界有三：有人追求物质生活的丰盈，有人追求精神生活的满足，有人追求的是灵魂的安宁。关于陈晓旭遁入空门原因，我在媒体上读到她的心迹："我曾经很专注于财富的积累，但之后发现物欲的增长并没有给自己和家人带来真正的快乐"。如此看来，她追求的正是灵魂的安宁。没有意义的人生，只能是一种空虚、麻木、颓废的人生，不知道自己为什么而活着的人，就无法把自己和动物区别开来，更何况连那森林中最弱小的狐子小雀也懂得趋利避害呢。当今中国社会处处弥漫的权力资本意识和金钱至上观念，特别是信仰和核心价值的缺位造成整个社会的混乱和不公，对此，谁没有切肤之痛？这样的土壤和空气，能为众生中的许多人提供人生的意义吗？能慷慨地回答人对终极关怀的思索和追问吗？陈晓旭带着林黛玉的性格、气质和品质寻找爱情、投身商界，竟也成为普通中国人梦寐以求的亿万富婆。试想，不屑于世俗理性又不得不按世俗理性行事，这其中的反差给陈晓旭造成了怎样的痛苦和伤害，一如林黛玉"满纸自怜题素愿，片言谁解诉秋心？""孤标傲世谐谁隐，一样花开为底迟？"的心境，谁人知晓？谁人理解？谁人堪怜？要我说，林妹妹的涟涟珠泪儿，是对爱情折磨的咸味髓液，是饱含现实人生的无色鲜血啊！记不得是《红楼梦》第几回第几页了，当林黛玉和贾宝玉同生共命的爱情最终遭到毁灭时，面对死亡，她竟然笑了，生命中最后的呢喃有些失控："宝玉，宝玉，你好……"充其量是半句话，另外半句，可有说的？

据说，陈晓旭曾多次自杀未遂……这让我们凡人听起来未免残酷，还是遁入空门吧！不求人生完美，只求那里"没缘法转眼分离乍，赤条条来去无牵挂。哪里讨烟蓑雨笠卷单行？一任俺芒鞋破钵随缘化"！

当然，这首《寄生草》，曹雪芹是专为贾宝玉写的，拿来用在林黛玉身上，竟也贴切。可不，世事无常得够不可思议了！《红楼梦》中，出家的是贾宝玉，而现实中，出家的却是"林黛玉"，莫非这是上苍的一种刻意安排？随着黛玉红消香断，宝玉的爱情也彻底毁灭，软弱敦厚的他削发为僧，归隐于荒山野庙当是必然结果。有趣（抱歉！挑选了许多词，还是觉得"有趣"更适表达）的是，现实生活中，陈晓旭是和她的"贾宝玉"——公司经理郝先生同时出家的。上苍如此动议，是为了让这宿根、宿情、宿恨在人世间斩草除根呢？还是似水长流，绵无绝期？真是"想眼中能有多少泪珠儿，怎禁得秋流到冬尽，春流到夏"啊！

书楼凭窗，远眺，有一幢豪华典雅的欧式小洋楼，那是曾经风流倜傥、博学中外的李叔同——弘一法师的故居。李叔同就是在事业的顶峰，启新航于悟境，了旧念于空门，做到了"质本洁来还洁去，强于污淖陷渠沟"。我还想到了其他一些功成名就的先哲俊彦，譬如牛顿，他最终远离了他从事的全球注目的科学研究，以教徒的角色谢幕人生……还好，他们没有像茨威格、川端康成、徐迟、海子那样用极端的方式与生命再见。一个人最难说服的是自己，一个人最难走出的也是自己。对于这样一个个充满痛苦、充满矛盾而又独抱高洁、至死不渝的尊贵灵魂和独立人格，有资格分析、评判的只能是他们自己，谁也休想进入他们"落了片白茫茫大地真干净"的心灵世界。我们所要表达的，只有默默的祝福，祈祷他们的一生"随花飞到天尽头"，既有善始，也有善终。

记得电视剧《红楼梦》热播的时候，我正在老家读师范。校园外夏日的河堤上，我们一帮同学操着笛子、二胡、小提琴等乐器，把王立平先生的《葬花吟》奏得柳丝低垂，河水呜咽。二十年弹指一挥，早已物是人非。人已散，曲未终。《红楼梦》韵律，今犹在耳："一个是阆苑仙葩，一个是美玉无瑕，若说没奇缘，今生偏又遇着他；若说有奇缘，如何心事终虚化？"

那时，只觉得《葬花吟》的旋律凄婉动人，至于在"一年三百六十日"，风何飔，刀何酷，霜何寒，剑何利，其中"严相逼"之真味，我辈不解，大概只有陈晓旭解得。

2007年3月匆匆于天津

（附记：草就此文时，曾祝福她能佛门超度，安闲一生，没想到时隔仅两个月，她竟把一切都合盘交给了天国，悄然融入泥土。若再写，也难成文字了。）

丰县女人

"千树万树梨花开。"白茫茫的。苏北丰县，三月的林海雪原。

身临其境，方知丰县就是一个梨园的盆景。丰县人告诉我："梨花，很像丰县的女人。"我陡然一惊，似乎果然觉得这里的梨花秀外慧中，英姿勃发。一秀，一英，很女人的意思。迎面走来一个女人——孙秀英，这位刘邦故里的普通居民，让自己的微笑，在这个季节里平静地绽放。

物质时代，时尚谈女人，于是乎，兰花指拎着红酒杯的小女人容易被当作女人中的极品。我在这里谈孙秀英，一定会被认为不识时务。就像在一个优雅的所在品咖啡，人家在谈咖啡的产地，而我的注意力却集中到了承载咖啡的水。丰县人告诉我："大街上，孙秀英总是低着头，步履匆匆。"时间早已捆绑了她，她没有机会以共和国普通市民的角色在商场、在晨练队伍里表现自己。她整个的世界就是丰县一隅那个普通的小院，她像个疲惫的陀螺，在忘乎所以地旋转，汗瓣甩开去，一滴，又一滴，如朵朵花瓣儿。

够喧嚣了！人人都以中彩的心态赌博未来，孙秀英却在坚守着昨天、今天和明天的一贯制。她用自己的一条命捍卫着另外三条命：18年前的一次意外事故，造成丈夫张业泉腰椎以下全部坏死，命运只给了他一张床；精神二级残疾的嫂子芬兰，命运关闭了她作为雌性动物的所有情感信息，包括情欲——抱歉，请原谅我用了一系列动物学的名词；智力二级残疾的侄子"目中无人"，包括伺候了他十多年的伯母孙秀英……

"我以前是种地的，如今面对的一切，我认命。"孙秀英说。

这个女人，出人意料地和盘托出了她与大地的关系，大地是啥？那是梨花盛开的地方。我这才注意到，这个年过半百的女人仍保留着被征地农民身上那种与土地有关的淡定和淳朴。他把大地恒定的质地，执拗地带进了城市人的视野。一个市民告诉我："城市在发展，人人疯了似的求变，而孙秀英却保持了不变。"

这个话题的背后，别有意味了。作为一名作家，我相信孙秀英和社会构成了一个丰饶的话题，其中包含的所有信息，绝不比丰县的梨花少到哪里去。"孙大姐，面对你，我不知道说啥才好。"我说。

"人活在世上，就那么回事，有啥可说的。"

一句话，让我期冀的所有信息烟消云散。女人，与自己的语言一样具体。

邻居给我提供了这样的信息，不是陈述，而是诘问。当张业泉的肌肉每天需要捶捏按摩，当芬兰不懂得大小便入厕，当侄子手捧大便当泥玩儿，你知道孙秀英该咋做？当正值壮年的丈夫狂躁不安，当烟瘾十足的芬兰终日玩火，当侄子对家人动刀动棒，孙秀英该咋做？当……颇像编入孙秀英生活的程序，我真的无法想象孙秀英应对的种种。我也曾或多或少了解过一些家庭的不幸，感受过生活的阴霾笼罩人性的不堪，听到过人生遭际的悲情诉说。而孙秀英，却是一个无话可说的人。

有个故事，这般流传：20年前，那个梨花初绽的早晨，疯姑娘芬兰和张业泉的眼疾哥哥订了婚。两家很近，不到百米。为了防止芬兰凭直觉摸回娘家，母亲利用一个漆黑的夜晚，拽着芬兰的手，一路走，一路哭，绕县城整整两圈，才拐进了婆家门。这是芬兰有生以来走过的最漫长的道路。健忘，再加上婆家的糖果，芬兰终于永远留下来，第二年，他们的苦果出生了，男人却死于肠癌……

太像传说了！而孙秀英，让这个传说有了根基，扎进了泥土。

孙秀英就这样礼貌而矜持地坐在我的对面。"秦作家，如果没有啥事，我就走啦。这阵，我男人的尿该下来了。下午，还要给芬兰洗头呢。我，一百个忙呢。"

一百个忙，是啥忙？我感到了难以遏止的内疚。是我，毫无原则地侵犯了孙秀英宝贵的时间。我突然就联想到一个中国老百姓最为熟悉的词汇：百忙之中。那一刻，种种拥有"百忙之中"这个专用词的各级大人物，一定满面春风地在主席台上，享受着漂亮女服务员的端茶倒水，一定西装革履地漫步在田间小路上，把马铃薯指导成地瓜，一定像明星一样在荧屏上发表自认为很重要的讲话……

"作为女人，您……觉得这样的日子，意义在哪里？"

明知道这是一个可耻的问题，但我必须让自己可耻下去。这个时代动辄会把意义拎出来，何况，历史给这片神奇的土地发酵了许多足以牵扯"意义"的理由，这里与鲁、豫、皖毗邻。抬望眼，波光粼粼的微山湖会让我们想到"鬼子的末日就要来到"；侧耳听，似闻当年苏北女人推着木轮车奔赴淮海战场的轱辘声……

孙秀英"百忙"去了，我没有资格挽留她。我最终选择利用那个梨花飘香的下午，主动走进她的家园：中阳里古丰社区。我见到了病榻上的张业泉，耳聪目明的张业泉和我握了手，说："握你这个天津人的手，让我知道，外边的世界还是很大的。"孙秀英告诉我，家庭刚刚屡遭不幸那阵，她真是不想活了。尽管有关部门给予了一些帮助，但这样的日子绝不是她少女时代所憧憬的。包括丈夫在内的许多人，都劝慰她趁早改嫁，她一口回绝。她曾一度通过报纸、电视寻找这个社会的精神支撑，但宣教和现实总是相去甚远，迷茫中，她最终选择了耶稣，她告诉丈夫："千万别为我的付出而内疚，是主，让你活下去的。"床头，一本快要翻烂了的《圣经》，平静而安详。

"健全人就得陪残疾人，他们在我手里有个三长两短，我也不好活。"

回味这句话的时候，我躺在天津柔软的沙发上。各大媒体正在报道几天前发生在韩国海域的一次重大沉船事件，300多名前往济州岛旅游的中学生被大海吞没，劫后余生的校监依然选择了上吊自杀，他的遗言大致是这样的："我没有信心一个人活下去，是我筹划了这次修学旅行，所有责任都在于我，请将我的骨灰撒在事发海域，在阴间继续当他们的老师。"同样的事故——我指20年前发生在共和国克拉玛依市的那次大火，288个孩子在盛典中灰飞烟灭，却诞生了"让领导先走"的惊世名言，"火葬场"的组织者们，据说至今为自己小小的处分耿耿于怀。而孙秀英，一个丰县女人，一个中国女人的心声，却跨越万水千山，与韩国校监的绝笔异曲同工，遥相呼应。

孙秀英的话，和这两次事件构成了一个难得一见的倒三角。

倒三角毕竟是三角，几何学上，它是那么稳定，然而倒三角却又是脆弱的，它的现实支点毕竟有限。一旦坍塌，会瞬间沦落成废墟吗？

我心头一颤。据说在丰县像孙秀英这样的女人很多，同行的作家蒋建伟给我一份资料，大标题很醒目：有情有义丰县人。我认真翻阅了一下，女人的名字几乎过半：李影、张玲兴、李笑笑、朱琼、侯立晴、谢淑华、张秀美……她们是一个个孙秀英，但她们又都是自己，她们——丰县女人。

十字街头，一个穿蓝色运动衣的女人的背影吸引了我。她两手夸张地甩来甩去，显胖的身子毫无原则地左摇右晃。她时而驻足，貌似行家一样观察地摊上的小商品，时而挺胸抬头，俨然一位得胜的将军。人群熙熙攘攘，人们似乎早已习惯了这个女人的存在。宽容，或戒备，是人们的第一反应。

"芬兰，回家吧，有新糖果呢。"孙秀英喊。

芬兰僵硬地扭了一下头，又一意孤行。对人间的呼唤，她置若罔闻。

孙秀英叹口气："只有夜深了，饿了，困了，才会回来的。"

一般是凌晨前后吧，孙秀英要站在院中央当"交警"，指挥芬兰和傻侄子进入各自的房间休息，否则，"狭路相逢"母子俩必然厮打在一起，石头、瓦片、铲子都是进攻对方的武器……孙秀英是全城第一个最晚进入梦乡的女人。

她说："他们仨都睡了，我才睡得香。"

一定是丰县梨花沁人心脾的芬芳，在女人的梦里。

2014年4月19日于天津观海庐

（载《散文选刊》2014年第7期头题）

走近中国的"大墙文学"之父

在中国现当代文学历史的河流中，那些属于凤毛麟角的开辟了某一文学景观、首开某一流派、形成别样风格的作家，往往因为具备了文学先哲、先知或拓荒者的意义而享有崇高的地位。从维熙既被誉为中国"大墙文学"之父，理所当然成为峦中之峰。所谓高山仰止，确是我没见到老人之前的心态。

相识了，竟发现此山并非孤傲兀立，而是处处曲径通幽，别有洞天。

4月初，天津某方面特设"名家讲坛"，委托我赴京请中国的"大墙文学"之父从维熙前来授业解惑。我自量功力有限，撼山何易，于是特意邀了《北京文学》杂志社社长章德宁女士，同往朝阳区团结湖从老的住所。之前在报刊见过从老不同时期的一些照片，此初见，视觉上倒有似曾相识之感，直觉已感久违，心理上仍然有一堵不可逾越的"大墙"横亘于前。茶过三巡，从老竟说："秦岭啊，我读过你的小说。"这是个让我丝毫没有心理准备的话，此话从一个74岁高龄的文坛名宿口里蹦出，我恍惚感觉漆黑的夜空突然有焰火在绽放，那绚丽的景致竟使我一时不知所措。因为这句话，感觉一下拉近了与从老的距离，所有的话题立刻变得轻松而悠然。印象最深的是从老多次提起由文学大师孙犁先生创办并挂帅的《天津日报》"文艺周刊"。众所周知，从维熙和中国乡土文学的代表人物刘绍棠同属孙犁门下两个最得意的高足，从维熙早期的许多精美小说和散文就是由孙犁编辑发表的。"文艺周刊"至今仍然是中国报纸副刊界的一个独有品牌和亮丽风景，始终在从维熙的热切关注之中。进入21世纪以来，"文艺周刊"每年都要整版发表我的几篇小说，其中小说拙作《碎裂在2005年的瓦片》，转载甚多，《文艺报》等报刊也多有评论，这使我明白了拙作何以闯入了从维熙老人的视野。从老学贯中西，惜时如金，竟能关注到我等晚辈的创作，着实令人难以置信。在我看来，这全然沾了从老心灵深处的天津情结。从老说："我对天津和'文艺周刊'是有感情的，我也喜欢和你们年轻人聊，以后你就常来。"一句话，心理上的"大墙"全然坍塌，再看从老，乃是鹤发童颜，慈眉善目，全然不像遭受过20年牢狱摧残的"老右派"，机敏的思维和真诚的笑容里，除了镶嵌着一段特殊的中国历史和中国知识分子的心灵史，更多是一位可亲长辈才有的宽容和温和，至此，一位虚怀若谷、力拔山兮的文学"大墙"，像兀立我心头的熟悉、亲切而质朴的崖畔，能感觉到有和风在吹拂，鸟儿在啁啾，炊烟在环绕。

　　作为一名普通读者，认识从维熙当然是从阅读开始的。1980年在老家天水读小学时，电影《第十个弹孔》和同名连环画，以那先声夺人的片名和曲折的故事，为我的童年增添了难以抹去的记忆。童年的懵懂思维当然无意去探究如此之好的电影改编自何人的小说，但创造精神大餐的作者，在我童年的心窗上构成的那个问号，却是巨大而神秘的。20世纪80年代读师范时，"博览群书"的我，自然不会遗漏那篇被中国文坛誉为开"大墙文学"之先河的名篇《大墙下的红玉兰》，也就是从那时起，一个响亮的名字和我童年的记忆终于对接了，于是，《风泪眼》《远去的白帆》《雪落黄河静无声》像那年的狂风，"哗啦啦"地刮进了我贪婪的视野。在文学的浪潮近似于咆哮的1986年，《北国草》就像北国旷野中坚韧的野草，在我的许多同学的书包里、抽屉里、书柜上疯长……我牢牢记住了当时的《中国青年报》公布的一条消息：《北国草》——青少年最喜欢读的书。平心而论，少年时代的我尽管喜欢钻研历史和政治，但心灵的阅读仍然缺乏对人文情怀和精神光辉的纵深领悟，真正进入从维熙的文学世界竟是在今年的人间四月天，也就是认识从维熙以后——我用一个星期的时间认真阅读了从老赠我的《走向混沌》。阅读是在津门我的书房。那是一次令人难忘的阅读，一次罕有的欲罢不能的阅读，一次真正的来自心灵的阅读。《走向混沌》以作家本人在1957年及以后几年的遭遇为主线，用描摹事件、陈述事实的方法，再现了中国知识精英在那个黑色的50年代被"引蛇出洞"之后遭遇的人生劫难，同样的知识分子，在同样的政治淫威下异化成不同的"物种"：有的在血雨腥风中慷慨赴死，有的为求名节愤然自戕，有的委曲求全忍辱负重，有的为谋自保诬陷同类，有的看破红尘自甘堕落，有的依附权贵兜售灵魂……许多知识分子在鲜血、死亡、皮鞭、子弹面前消失了自我，消解了精神，禁锢了灵魂；政治上深浅莫辨，尊严上是非混淆，人格上黑白模糊，一切，一切一切，一切的一切都走向了混沌。用陈忠实的话说，就是"这是一次惊心动魄的阅读……对于研究民族的精神历程是最可珍贵的资料"。其实，《走向混沌》早在20世纪90年代初次出版就在读者中掀起了飓风，而在官场昏昏度日的我，竟有足够麻木的神经不为之所动，想起来真是汗颜之至。

《走向混沌》，使我真正走进了从维熙的心灵净土和文学家园。

有句话，从维熙如是说："时间不允许我'玩弄文学'，只允许我向稿纸上喷血。"此言足够让我一个普通写作者深思一辈子的。这是一种态度，一种良知，一种精神，也是对已经出版的62部著作最好的诠释。我庆幸，在当今极端物欲化的现实中国，中国知识分子中居然有如此高贵的灵魂存在。其实，关于什么人才叫真正的作家，这几年议论颇热闹，种田人说："如果把码字儿的都叫作家的话，现在中国的作家比驴还多。"只是，驴毕竟还是有驴的实用价值和与人类相互依存的现实意义，而那些以私人化写作、下半身写作、市场化写作而自鸣得意的所谓作家们，堪比得一头驴哉？

　　和从维熙在北京、天津相处的日子里，我时常被老人乐观豁达的性格所感染，他不仅健谈、风趣，而且对20年的牢狱之劫毫不避讳。为了驱赶无端蒙在心灵的阴影，他笑对一切遭遇和不幸。他至今眼不花，耳不聋，身体也棒，他的养生之道听来让人瞠目，那就是："抽烟，喝酒，不锻炼。"从维熙的逻辑是："上帝什么时候招呼，咱就什么时候跟着他走。花费在苦练筋骨上的时间，和延长寿命的时间大约等同一致。"印象中，他右手的中食指之间始终夹着烟卷。喝酒更是了得！那天在北京聚餐，一瓶老家河北玉田产的玉田老酒，他两口就是一大杯，并劝我："你才30多岁，要多喝！"半月后在天津"狗不理"总店，一斤半装的帝王系列酒，他更是如饮凉白开，在场人等，无不失色。翌日他登临讲坛传道授业，我正好和著名作家肖克凡先生坐一起，肖兄感叹："他可是文坛有名的酒仙！"我方知，从维熙是中国文坛为数不多的对酒当歌的真文人。北京一位老编辑告诉我一段文坛佳话，说是某年某月某日，从维熙邀请王蒙、李国文、刘心武、张洁、莫言、张抗抗等来他家喝酒。为了增加酒嬉之趣，从维熙在客人畅饮真茅台之际，将一瓶"玉田老酒"偷偷倒入另一个茅台空瓶之中，意在捉弄文友中自喻为酒仙、酒圣者，不想莫言等人连连称道，说假茅台酒是真的，真茅台酒是假的。一时，"玉田老酒"在文坛名声大噪。在我看来，嗜烟，豪饮，休闲，体现了他释然面对人生的平静心态和超然于世的可贵心境。

在从维熙身上，很难找到某些名利场人惯有的高视阔步的姿态，其所作所为，言行举止，更具平民色彩和人性光辉。他见我能吃好喝，总要悄悄提醒我："秦岭，该去厕所了吧！"他在天津演讲以毕，最少五次询问我："我这样讲，是否离谱？大家喜欢不喜欢听？"到天津的第一天，许多消息灵通的大学教授、学生早已在书店抢购了他的多种书籍，等他签名，他却专门嘱咐我："我首先要给你们的司机签一本，他太累。"说完，把从北京带来的唯一一部散文集给司机签了，并嘱我转交。那天，我陪同他和夫人钟紫兰女士去天津大学冯骥才那里，小车途经天津市血液病医院，我正好望见一名来自老家天水的患者亲属在街边疾行，我忙隔窗喊了一声患者的名字，以示问候，对方一时没有听见，从维熙情急之下，也跟着喊了起来，老人喊得很焦虑，很卖力，74岁的老人了，当然喊得也很费劲。一老一少这么一喊，引得交警、行人驻足，疑有什么情况发生。事后我对从老感慨："像您这种地位的作家，太难得这番平民心态了。"从维熙说："我出身地主家庭，但是20年的劳改生活使我认识到，真正的友情、人情都在民间，我的许多朋友都是生活在最底层的老百姓。"老人斯言，如空谷滚擂，回声在我耳畔，久而不绝。

进得天津大学，夕阳正好，火红的晚霞如四月的桃花。冯骥才艺术研究员的工作人员给我打来电话，说是冯骥才偕同夫人早在厅前恭候。从维熙却对我说："帮我找找北洋大学堂旧址（天津大学前身），咱先去那里看看。"

我这才想起，从维熙的父亲从荫檀先生早年毕业于天津北洋大学，曾参加一二·九学生运动和南京卧轨请愿以促国民政府抗日，20世纪30年代，死于重庆国民党监狱。两代信仰一致的共产党父子，一个死在国民党监狱，一个被自己的政党关押了20年，内中原委，纵在共和国的蓝天和白云下，即便千舌万嘴，何堪以表？

在镌刻着"1895"字样的古朴、凝重的北洋大学堂旧址前，从维熙和夫人几乎同时失语。我替老人按动相机快门的时候，镁光未闪，脑中却弧光似的闪现了一个字——墙。

2007年5月8日匆匆于天津

（载《中华英才》2008年第5期，此作被广东省高三语文联考"阅读分析"采用）

母亲住院的日子

　　就这样去了故乡，因为一个我生命中至关重要的信息：母亲住院。

　　安居津门16年，平时甘津两地步履匆匆，往往避开中国式的春运洪峰，这次西行，形如在春运的风口浪尖上，一个趔趄，不提防跌入故乡的正月。

　　本当大年三十的津门依旧，依旧的还有举家品看春晚的程序，不依旧的竟是消息这般从故乡传来，脑海里顿时白浪滔天。通过手机预订机票，方知天津到西安的机票早已售罄，西安到天水的航班因雪叫停，高速公路封门关窗。只有借道北京的航线了。归途，成为一条漫长的神经，紧紧地，绷，从这头，直至万水千山那头的苍茫。飞机，大巴，火车，感觉都在四面开花的爆竹中颠簸。眼望窗外，却发现窗外的一切，也在望我。

　　正月初一，天涯苦旅。中国年，第一次把我排除在外。

　　华北干燥如柴，西北大雪弥漫。大年初二的凌晨一点，沉重的行李箱伴随我直奔监护室。母亲在昏迷中喃喃自语。我一时无言，心情有种被反复碾压的碎感，一败涂地。环顾四周，情感上可以相托的人，心里有的，无论先来还是后到，终会守在床前。后来的20多天里，一切陪护像是编入了既定程序：输液、吃药、喂饭、按摩、擦洗身子……周而复始中，我和弟妹无师自通地成了熟练工。无意识的自觉和自知，在亲人们默默无声的忙乱中弥漫；一句半句的轻声慢语，呼应着眸子里闪烁的焦灼、彷徨与期待。早晨从第一次服侍喂药开始，阳光会透过纱窗进来；晚上从最后一次擦洗结束，月亮会挂在南山。目光像正负极，聚焦最多的是母亲那张被花白头发映衬的脸，还有24小时扎堆儿在空中的输液瓶。无色透明的液体，是从天而降的悄悄话，无声胜有声，滴答滴答，让生命的全部密码和呼唤，在母亲的血管里行走、漫游和叩问。

面对寒霜，不习惯让别人一起陪我着凉，我有意让消息闭关锁国。但故乡毕竟是故乡，心灵有感应的人，最终还是探知城南一隅有一位曾经的我，在落寞中手足无措。于是，从监护室到10楼3号单间病房，故乡的著名作家、诗人以及老朋友、老同学、老同事从生活的缝隙里匆匆走进这白色的世界，走进我感情的调色板。从第一束鲜花送到病房，直至最后一束，花香始终传递着一种柔软的气息；电脑音频播放的，是故交专门为母亲下载的秦腔唱段；床头，是诗人找来的养生类刊物；案桌上，是朋友精心熬制的乌鸡汤……寒暄、问候之后，话题里布满了人间烟火：家长与里短，前世与今朝。面对每一位把祝福送进病房的人，我发现自己还是可以微笑的。还发现今冬，只不过，才是个冬。

许多手机短信，至今保留完好："几点几分，医院等我，看望阿姨""出来喝酒，轻松一下""如方便，陪你熬夜，一起说说话""把衣服换好，我拿家里洗""来我家吃鸡丝馄饨"……一起走过，或没一起走过的朋友，是十足的心理医生，在千方百计让我走出心情的洼地和头顶的阴霾。有那么几次，我把彷徨融入茶屋的夜里。窗外，不知此时的月，是否能从天水照到天津去，那里，我的宝贝小骏马同学，先一天还信心百倍地给我打电话"爸爸你就听我在天津围棋大赛上的好消息吧"，不料第二天却因高烧腹泻，黯然退场，备战半年的成果付之东流。为父想象得出，小英雄的两行清泪，咸如大海。

25天，破了我在故乡逗留的纪录。天津有人发来短信闻讯，我恶作剧地谎称早就调回西北工作了，对方大惊，短信曰："要哭了啊！"我昏昏中警觉，温馨与牵念，原来不仅属于故乡。

为了换洗和会客，有五个夜晚是在宾馆和亲友家住，20个夜晚是在医院。平日专程或途经故乡，往往与母亲匆匆一见，即匆匆告退。就在那份短暂里，也免不了磕碰与争吵，而这次，我用天津相声才有的幽默和诙谐，切实做到服务与服从的结合，话题上更是百依百顺，比如秦腔、比如陇剧。母亲自幼好文，独自整理过数十种秦腔戏文，此番，用微弱的声音说："很想以《璇玑图》的诞生为背景，把前秦时代天水女子苏若兰和窦滔的故事搬进秦腔戏。"我明知难，却好一番随声附和。病房，难得变成了和谐社会。

故乡的年，很像个年，奔正月二十了，大红灯笼依旧，爆竹照样鸣奏。窗外时不时飘舞着蜜蜂一样的小雨雪，发酵着早春的萌动。南山上的一株株柏槐，密匝匝的，有一种覆盖的力量。楼后，被故乡人誉为母亲河的藉河在流淌了2700年后，变成了如今的藉河风情线。我亲眼看到，一时时、一天天的，冰，先是一点点，再是一片片的，融了，化了，并迎来了第一批唱歌的水鸟。在这分分秒秒里，我的母亲下床了，能走路了。我和弟扶她到窗前，她笑了，说："人间，原来还是老样子。"

"是，来来往往的，还是几千年前的那些人。"我附和着。

母亲对我的表达表示满意，说："等我好了，就可以游世界了。"

返津，笔落至此，窗外的海河之畔，竟落下了第一场雪，纷纷的。

2012年3月于津门

（载《文艺报》2012年3月26日）

史铁生，天堂里你可以行走了

就这么离去，狠狠地触动了我。你是走着去的吗？知青哥。

让你"一路走好"显然是句堵心的假话，不过既然天堂是个美丽的地方，想必是个公平的世界，料想所有的灵魂都不会与残疾、瘫痪相伴吧。

见你是在2003年《北京文学》杂志创刊55周年庆典上，拙作中篇《绣花鞋垫》的问世使我有幸成为天津唯一被邀请的作家。第一次面对京城文坛各路人马将帅，稍感局促。忽有人告诉我："请您帮我下楼接一位作家。"到了电梯口，发现铁凝、《北京文学》的领导已经迎候在那里。电梯洞开，你出来了：轮椅上，你笑着，笑得很像你自己。

握手，寒暄，颔首。这是大哥式的礼贤下士，这是你。

久居京华的你居然能听出我普通话中的西北腔。恍惚间，我觉得似乎不在北京，而是在你笔下的清平湾。恍惚，一如西部的话题。

似乎，你不是依附着轮椅而至，你在穿越时空，从属于你的遥远的清平湾，赶着陕北一带的红犍牛、老黑牛，走来；从白老汉的目光中，从留小儿姑娘黑黝黝的辫子光泽中，走来；从西部常见的埂子那边，从圪梁梁那边，从小河那边，走来，走来，可是，可是你，你不能走。自从病魔剥夺了你站立的权利，人间从此没有你能走的路。

清平湾，这是我阅读你的最初记忆，这是我的1982年。在故乡读初中的我，趴在冬日火热的土炕上，一口气读完了你的《我的遥远的清平湾》，你一定不晓得这篇小说让一个西部乡村少年的内心刮起了多大的旋风。第一次，我发现你和几乎所有的知青作家本质上的区别。陕北的乡村，在你笔下除了人类社会普遍的风霜寒暑，还有阳光、有雨、有牛羊、有崖畔，有小曲儿，有炕头的温度。你不像那些泥沙俱下的所谓知青写作者，他们对乡村的所谓反思容易与政治、与个人命运和利益划等号，他们对历史的血腥、扭曲和变态有极不成熟的观察，他们的泪痕，或者伤痕，源于他们对乡村的极端自私的认知和判断，在那些可以凭粮票、肉票、布证领取白米、大肉、布匹的城市青年看来，中国城乡二元结构反而是天经地义的，农民天生就是城市居民供应粮、劳动力的无偿提供者。农村，似乎就是城市青年人生的灾难，是地狱，是服刑场。他们可以有孽债，可以背弃那里的小芳，可以以偷吃房东的鸡鸭为乐，可以用人性深处最恶俗的视角看待土地上的农民、牲口和庄稼，可以像抵触意识形态那样蔑视、仇恨、藐视几千年的乡村生活秩序……中国的知青作家比驴多，但对土地的认知和对庄稼汉的态度，远不如驴来得厚道。

许多知青写作者世界观有可悲的两重天：城市的高贵和乡村的卑贱。他们把政治上的迷航，会归罪于海洋。按照这个逻辑，生活在土地上的中国农民，非但不是共和国的公民，本质上更接近于被判处无期徒刑的犯人，包括家族，包括世代，包括永远。

所以对你印象至深，你心灵的温度和你插队的那片土地的温度一样恒定。

为了寻找感受和交融，1986年，我又读了你的《插队的故事》，20多年后，又读了你的《我与地坛》。去年夏天，在北京，和几个作家朋友在地坛的浓荫下聊天，我想起了你。在地坛，不得不想起你。你人生的许多发现、感悟、体验像地坛浓荫下的蘑菇，新鲜而光洁，让许多读者感受到了饕餮文学的快意。在地坛，你一步也没走，而你的所思所想，却健步如飞，走了好远，许多人试图找你哲思的边界，未果。在我看来，地坛，其实就是你的陕北。那里，这里，是你心灵的世界。

仅此，足以让我持久地感动。我知道红犍牛和老黑牛都是牛，就像人和人都是人一样。这点，不是每一个写作者，就能轻易懂得。

失去秩序的世界，更多的作家是那么的不讲道理。

而你讲，可惜你不得不和这个世界告别。是否？你合上眼睛的一刹那，你灵魂的双足轻盈地离开轮椅，踏踏实实地踩在了大地上。

也罢！你去的是天堂，不是去地狱，更不是去服刑。

天堂里，到处都是陕北吧？或者，是地坛。

如果是，知青哥，我为你祝福！

2010年12月31日下午匆匆草就于津沽

（载《天津日报》2011年1月16日）

走近梦中的外婆和外公

想，是一种柔软的痛。常想起我敬爱的外婆和外公，想得拗了，泪水就在眼眶里打漩儿，没掉，也悬！

还好，就见到了，在最近的某天。

就这么见到了：是个大白天，没有太阳，也没有风。光线是清白色的那种，有点像月色，却比月色亮得多。树、墙、人仿佛都置身于无影灯下，无影却有踪。外婆手里拿着韭菜、芫荽什么的，似乎还拿着一本我喜欢的连环画。站在大概是初秋的廊檐底下，端庄而安详。穿的是斜襟的青布衣裳，老式的那种。外公站在东边的葡萄架旁，北墙角的两簇月季开得很欢实，东侧井口边的马莲花散发着淡淡的芬芳，南屋前靠西的廊檐下，一株石榴结果了，本应该是红色的，却有些泛白。贫瘠的年代，外婆和外公总不忘在清苦的日子里打理花园、葡萄架、石榴树和马莲草……

此刻，院落很安静，空气很安静，整个世界鸦雀无声。

我们一家三口走进这个院子的时候，几乎没有任何悬念地与70年代中期的院子主人不期而遇。那是分别在人间消失了25年和17年的外婆和外公。准确地说，我大概是走进了1974年左右，当时我还是个幼童。

我无法准确地判断外婆、外公具体在干什么，他们十分从容地看着我们三人从门口走进来。我的孩子不像平时那样活泼好动，只是把生动而天真的笑挂在稚气的脸上。我是那么激动地看着我敬爱的外婆，我竟然忽略了她早已不在这个世界的根本事实。我好想好想和她说说话，说我的工作，我的生活，她一定会认真听的，脸上一定会洋溢着幸福而欣慰的笑容，但我的耳朵和嘴巴好像截然分离，说了什么或者没说什么，根本无从判断。我感觉我在喊"婆"，我一定在喊"婆，我来了。"而外婆只是看着我们，表情从容，却没有言语，似乎我们的到来与当年母亲领我转娘家一样顺理成章。她不像平时那样风风火火、忙里忙外，用勤劳的双手操持着清寒却颇显和谐的家园，她用静默等待着我的到来。我一直在努力靠前，我多么想看看我的外婆那慈祥、温暖的脸，但双脚像是钉到了地面，挪不动半步，咫尺犹如天涯。

而外公始终在葡萄架旁站着，我不知道他为什么要一动也不动地站在那里。他一定感知到了我们的存在，并为这样的见面感到惊喜和高兴，但他就像遵守什么承诺似的，不但没说话，目光中甚至没有什么异样的闪光。如果是农闲，这个时候，他会躺在南屋读古本书籍，或者钻研秦腔戏本子的，兴致来了，和毗邻的大爷、二爷一起，操琴的操琴，弹琵琶的弹琵琶，拉二胡的拉二胡，把古老的秦腔吼得春雷如怒，山呼海啸。往往此时，母亲、大舅、二舅、大妗子少不了登台亮相。母亲和大妗子最拿手的是旦角、青衣，而大舅对韵律的悟性，至今让我惊诧，他通晓许多乐器，识谱记谱的速度很快。二舅的二胡拉得好，他拉，母亲唱，记忆最深的是传统花儿和那个年代流行的歌曲……这生动的场面还没出现，我突然身处村南的曾外婆家，人们习惯地把马路以南叫后头庄里，从外婆家到曾外婆家，得穿过一条长长的巷道，中间被一条公路所隔……怎么到的曾外婆家，我不知道。变幻不定的场景，像是幻灯片的交替、穿插、整合。

在南山脚下，我惊奇地看到了那间至少建于清朝中期的土木结构的豪华老屋，灰墙黛瓦，廊檐飞翘，屋顶上均饰以脊饰、兽吻、瓦当等，正脊多捏为各式花卉水果等悬雕造型，镂空的门窗图案精致，堪为木雕精品。因为据说土改初期就把大量的房屋和银元都送了人，所以那漂亮的垂花门我始终没有见过，昔日的辉煌早已不在，眼前一片破败。仙逝于1973年的曾外婆——解放前村里最富有女主人，竟也拄着拐棍，依着有些斑驳的门框，注视着我，她的目光似乎投得很遥远，我回头一望，小巷深处，外婆和外公在那里，久久地，朝这边张望。外婆习惯性地把两手叠在腹部，扬着头，这是她特有的气质，平实中有几分高贵。她是在等我们去品尝她亲手擀做的肉臊子面吗？日子窘迫的年代，珍贵的肉臊子会使我以及与我年龄不相上下的五舅、六舅、七舅们欣喜若狂……

我的心紧紧地抽缩了，我突然想起了1991年给逝世达10年之久的外婆迁坟的场景，那时我已经在附近的一所中学当老师了。外婆去世的时候我不在身边，我终于有机会利用迁坟的机会看见我的外婆了。外婆的棺材终于从潮湿的泥土中挖掘出来，我却看到了惨不忍睹的景象：棺板已经腐朽，有人用绳子把棺木五花大绑地捆起来，在大姨撕心裂肺的哭声里，我突然发现棺板的缝隙里露出了几片红色的绸布，有人说，那是盖在外婆身上的被面。棺材从一个叫埂子底下的地方迁到南山脚下，一路颠得很厉害。我的手扶着棺板，我能闻到棺材里散发出来的气息，那是外婆的。疼我惦我的外婆啊，此刻，我和您离得那么近……

正这么想的时候，光明突然没有了，无边的黑暗笼罩过来。我着急地睁大双眼，而外婆和外公，早就在眼前消失。我知道，现实是在夜里，而梦中却是大白天。我的梦有个规律，梦中一旦陷入思考，必然醒于现实。

在电脑上敲打这段文字的时候，有些恍惚，稀有的男儿泪，使我忽略了自己的性别。

2007年8月15日于天津

诗人老乡其人

　　除非你不是读书人，假如我以诗歌的名义介绍他的话。

　　很多人只闻其名未见其人——有位习惯了在笔记本上摘录他诗歌的学子问我："老乡的有些诗歌，风萧萧易水寒的意思，人一定长得气吞山河吧？"

　　学子一定联想到了老乡曾经的革命军人身份，跃马边塞的那种。

　　我乐了。我不知道我的表情属于小说还是属于诗歌。怎么说呢？我内心暗自把老乡的外部样貌划入疑似类人猿的那种，而且还是类人猿中并不出色的一类：眉骨高，颧骨凸，眼窝陷，下巴尖。个子也就一米六吧，还精瘦，还弯腰，还塌背，步态一摇三晃。十年前他客居津门时，早已谢顶，稀疏如蒿草般的余发被干旱的脑门逼到耳根，杂乱地晾晒在地埂一样的肩头。我想起他的诗《旱乡》："越是干旱的地方//风云人物//反而越多。"

　　甘肃作家告诉我，兰州城的某夜，老乡拐进一家饭馆，吓得女服务员花容失色，钻进老板怀里，直喊："救命啊——"。

有次酒至半酣，我越发听不懂他叽哩哇啦的河南话，于是习惯性地陷入对他曾经革命军人和报务员身份的想象中：五十多年前，一位应征入伍的河南籍青年，远走南疆，又是持枪，又是报务，然后频频华丽转身，最终跨入甘肃《飞天》杂志——那英姿飒爽的事物，会是他吗？老乡突然开腔："秦岭，你说我长得俊吗？"

他的问题总让我始料未及，仿佛身处死胡同遭遇飞来的炮弹，你根本无处躲藏。

我别无选择，脱口而出："俊！真俊！！"

"哈哈哈……举杯，喝。"

于是又多喝了几杯茅台。我到底答对了还是答错了，他不给标准答案，答案只是一个字：喝。怎么会有答案呢？他在《一个被鹰追的人》中写到："在荒原我不愿谈论//一个真实的我//一旦谈起//荒原上的绿叶//将会骚动绿叶//鲜花挤疼鲜花。"

他的原名平铺直叙，曰：李学艺，誓把艺术学到底的意思。我尚不知是其父母的精心设计还是自己励志而为。人间取"艺"字的人很多，比如同样的西北老乡张艺谋，把个"艺"字弄得老谋深算，煞费心机。李学艺的笔名更奇绝，奇绝到化有为无，没油没盐：老乡。老乡？你到底想当谁的老乡？你是否孤独到人人喊你老乡时，才能寻求到灵魂的慰藉和安静？

早在20世纪80年代我在老家甘肃天水时，就读过老乡的诗。作为诗人，他把诗歌经营得波澜壮阔；作为甘肃《飞天》杂志的编辑，他把中国诗坛搞得地动山摇。他的诗歌呈现中，那种无与伦比的形式创造，那种古典与时尚的机巧融合，那种黄河古道上特有的壮烈、悲情、隐忍与呐喊，那种义无反顾的坚守和毫不留情的颠覆，在不断还原着当代诗歌的尊严，拓展着文学精神的外延。多年来，他的诗集《老乡的诗》、《野诗全集》、《春魂》、《被鹰追的人》如集束炸弹，让中外诗歌界频频把目光投向苍凉的陇上高原……

有一次，聊我的小说《摸蛋的男孩》、《杀威棒》诸等。我担心他不明白，便主动解释："所谓摸蛋，就是……"

"你不用给我上课，我摸过的蛋不比你少，至今手指上还有粪味儿。"

说着把手指头伸过来："你闻闻。"

时过经年，岂有粪味儿？但我说："有。"

"正确。"他不忘补充，"看来你骨子里也有诗歌的基因。"

"你为啥不把摸蛋的经历写出来？"

"这味道熏了我几十年，却一直没有找到诗歌的出口。没想到，你把它写成了小说。"

所谓摸蛋，就是在手指头上蘸了唾沫，伸进母鸡屁股眼儿判断产蛋的时辰，便于及时对母鸡实施控制，避免把蛋产进邻居家的院子里——这是供应制时代的旧事。经济落魄的时代，天下所有母鸡的屁股眼儿，休得安宁。

尘封的岁月一旦打开，他开始张牙舞爪地数落文坛，尽显出马一条枪的秉性。在他看来，相对古人，当下的一些所谓诗人学养储备不足，凭情绪写诗，把诗弄成了狗屁牢骚，诗歌成了怨妇的出气筒。当下不少写小说的好在语言上玩花哨，不懂中国古典文学的精髓和西方文学的思想根基，小说里通篇看不到中国文化的影子，越是不伦不类，越敢招摇过市……

"置身生活和体验生活绝对是两码事儿，有些作家从乡村走马观花一趟就敢写乡土小说，我真想吐。"他再次深出手指头，"谁要没听说用它摸蛋，谁就没资格谈城乡二元结构，谈农村社会……鸡屁股眼儿里是有历史的，有现实的，有记忆的，有诗歌和小说的。"

摸蛋的岁月，俱往矣！所幸，他的宝贝女儿和女婿在天津搞得很发达，老夫妻住在天津一个叫梅江的高档小区，颐养天年，高枕无忧。可有次他却吟起自己的旧作："在鹰眼里//我吃的是齐白石的虾//骑的是徐悲鸿的马//其实我骑的只是一头边塞的小毛驴//至于鲜味儿//无非是野火上烤熟的//几只蚂蚱。"

津门和陇上毕竟有别，比如喝酒。陇上是豪饮，津门是小酌。我在天津二十年，本属于高原的脾性被消解了不少，反而惧酒。有时老乡一个电话打来，我往往如坐针毡。他酒量不是太大，却有让对方尽兴的诸法儿，比如激将，比如埋汰诸等，到头来宾客烂醉如泥，唯他独醒，小眼睛忽眨，忽闭，如一只狡黠的老狐狸。

有次我和女诗人林雪同往，均微薰，脑子里灌满了他津津乐道的诗歌哲学、诗歌美学、诗歌社会学以及诗坛阳春白雪和下里巴人尖锐对立的凡俗逸事。凭窗远眺，世界只剩一片云烟，思想起凡尘俗世，竟不知今夕何夕，不由想起他的诗："一路向西//天下的红地毯//已被各路英雄走尽。"

"思想可以自由，但诗歌必须有纪律。"他说。

我把纪律听成了妓女。来不及细究，便稀里糊涂表示赞同："哦，妓女。"

"你说啥？"他突然二目圆睁，举杯不动。

我重复了一遍。

"你……哦哦哦。我懂了，我是诗人的嘴，你是小说家的耳朵，也许，你那里一篇小说诞生了。"

老乡的夫人是天津籍，姓魏，当年支边甘肃时和老乡恋的爱。当初的小魏姑娘定当是艳若桃李、顾盼有致的缺物，至今风韵犹存。后来我才知道，她退休返津后在我负责的文联下属一支舞蹈队里当台柱子。那腰身，上了台便是春风杨柳，千条万条的意思。有人问老乡："当年你咋追上嫂子的。"

老乡反问："我先问你，啥叫追？"

对方顿时哑口。

老乡说："人间就两种性别，一个服了一个的水土，那就变成了爱情。"

某次，他电话诚邀我和《天津文学》主编谭成健等人前往做客，事前郑重声明两点：一、这是一般性的小聚；二、不得辞谢。到场一看，暗吃一惊。只见楼下的宝马香车停成了长龙，各路宾客气度不凡，男士西装革履，女士衣袂飘飘。车队到了某五星级酒店，更是张灯结彩，恍如十七世纪的英国皇室宫殿。那天的他头戴彩纸叠的"皇冠"，基本就是吾皇万岁的架势了。他的女儿李小也郑重宣布："今天，是我敬爱的老爸六十六岁大寿……"

"皇冠"下一张诗人的脸，平静，怪诞，还有点庄严。

现场议论纷纷：

"如果他是美猴王，诗歌就是他的金箍棒。"

"如果他是二郎神，诗歌就是他的哮天犬。"

有人小声预测："如果他是……他……他有朝一日突然没了，他的诗歌，会是诗坛的催命鬼吗？"

老乡果然就没了，这是2017年7月10日的早晨，老乡在天津某医院安静地关闭了生命的诗行。弥留之际，有位天津女诗人含泪告诉他："老师，我新写了一首诗，还想请您指点呢。"当时的老乡已经气若游丝，可他的目光愣是闪了一下，嘴唇豁开一丝缝儿，吐出三个字："以后吧。"

这三个字，石破天惊。是诗歌的意象？还是小说的虚构。

在津门，我见多了作家死亡后的各种社会反应，可他的死，犹如这个盛夏的冰山之倾，彻骨了全国的诗坛。从全国各地爬山涉水赶来吊唁的人络绎不绝，有诗人，有学者，有编辑，有读者，其中有不少来自甘肃的诗人。有个天津土著感慨万千："此刻的津门，疑似陇原。"

灵堂前的挽联是：高情自成大境界，野诗恍若小昆仑。

有诗云："然而，相隔数年//却是别一番情境——鹰也远去//又是空空荡荡的//空空荡荡的远天远地……"

当然是老乡写的，并非绝笔，但他已了无踪迹。

我婉拒了记者的采访，但我说了这样的话："今后当人们互称老乡时，假如有一种文化的警觉，那种力量来自诗歌"。

2017年7月于诗人老乡津门追思会翌日

（载《南方周末》2017年7月27日）

在这里，我永久把你祭奠

先生，人间什么都有，唯独你没有了。

空旷的人间，我哪里去找第二个你？我碎裂的心瓣儿，带着无声的巨响，片片儿疼！

我只有在这里为你设下灵堂，为的是能随时看到你。据说灵堂只能设短短几天，那么，就让这几天，拓展成未来的年年岁岁吧。网络的时代，我的博客与你的灵堂同在。

如真的有灵在天，你就常来这里，我们好好见见。我会和平时一样陪你聊天，或者散步。要去，就去老地方，比如天津大学的青年湖畔；要聊，咱就聊老话题，比如孔子，比如格瓦拉，比如齐奥塞斯库，比如卡斯特罗；比如北大荒，比如沈阳、比如成都、比如天水。有的人早就故去了，有的还活着；而那些地方，我如今真不知道到底离你远了呢，还是近了……

你说过，你是热爱生命的，我懂这句话。地球是个客店，我们有理由珍惜匆匆的每一个瞬间。只是毕竟病魔它是个魔啊！世界上没有哪个魔比它更糊涂。盯上只有58周岁的你，真是好没道理。魔一定不晓得，赢了你，反而让你摆脱了人间的孤独。它除了赚取亲人、同事和朋友们的泪水，还想赢得什么？

16日中午，天津突降大暴雨，灵堂里所有的灯骤灭。好多人说，老天是为你而落泪。那一刻我想：30年前，在沸腾的北大荒，那些被你这位当时国内为数不多的青年脑外科专家抢救过来的所有患者，那些因源源不断地输入了你身体里的血液而得以存活的底层的工人、农民，一定感受到了闪电的光华；20年前，在中国国企改革的试点重镇沈阳，那些被你这位经济体制改革专家、学者型官员拯救过来的濒临倒闭的企业和绝望的产业工人，一定感受到了惊雷的强音；10多年前、5年前、2年前……我不愿用过多的笔墨提这些陈年往事。你蔑视一切标榜，而这个时代也在蔑视，蔑视的是正义和善良。这个时代的颜色，你我很清楚很无奈，这使你顽强的坚守、分明的爱憎和悲悯的情怀显得那么弥足珍贵和卓尔不群。你的灵前来了太多的人，他们即便是官居要津，却是和你一样有着民间立场的人；他们即便是你当年哈尔滨医科大学、天津医科大学、华西医科大学的同窗，也是和你一样有着慈悲情怀的人；他们即便是生活在最底层的无业者，却是和你一样有着善良心灵的人，在你的生活中，这些人是多数。你一直骑着那辆破旧的自行车，和这些无产阶级们一起在没有阳光的、窄小的胡同里这里走走，那里走走。

　　在人间，在天津，我俩就这样惜惜分别了。老天真是不该不该实不该啊！1993年你我在我故乡天水的相遇，我宁可认为是上帝的安排。你给甘肃省委提出的关于发展乡镇企业中有关问题的建议，你亲自主持对当时的集体企业天水商业大厦的股份制改造，你竭力撮合天津某区对清水县的全面帮扶……在当今社会，这一切的价值和意义并不一定被地方官员参透，但老百姓对你的人生苦旅却一目了然：你可以一年数次无偿献血不留名，可以长期骑自行车深入企业农村调查研究，可以住40多平方米的房子不向组织张口，可以拒绝馈赠，可以不报销……你有句话，许多人都记着，你说你是毛泽东时代过来的。你临终前给我的礼物，是你像生命一样保存的第一代红卫兵袖章。火红的样子，容易让我联想到心脏和热血。那个时代无论怎样评价已经不重要了，但你说你的信仰和袖章一样是红的，一个人不能背叛自己的誓言。我很清楚，天水的相遇于我人生的意义，你给我打开了一扇透亮的门，门外是一条充满挑战的、神奇的路，我从门里出来，深一脚，浅一脚地走成了现在的模样。我知道我在你的精神世界里意味着什么。你始终在门口看着我，期待着我各种各样的消息。所以，我生活中的每一点生动和灿烂，我都会第一时间告诉你。比如新作的出版，比如某次愉快的旅行，比如被评上正高职称……分享收获，分享喜悦，成为我俩在人间最美好的事情。今天，在你的墓地边，你初中的老同学们告诉我：你就是那个天水人啊！先生生前，可没少念叨你。话说到这份儿上，你的老同学们都哭了。他们大都生活在社会的最底层，有的甚至没有任何收入。他们好难过，他们的眼泪好亮。

记得6月5日我离开你的病室去北戴河的一刹那，你从病床上伸出了手——现在看来你已经对死亡的距离有了明确的判断。当时，我好想紧紧地握一握你的手，但我畏惧那种具有先兆意味的悲壮，不情愿过早地体验生离死别，所以我注视着你仍然在人间微笑的脸，故意嘻嘻哈哈退向了门口。我当时坚信，从北戴河归来，病房里将继续我们的笑声和话题，没想到那真的就是永别。14日下午我到了，你却走了。听你的女儿丽安说，你坚持了许久，你的夫人说，该不是在等彦杰吧。

……先生，此刻，在电脑前，我的世界一片混沌。

在这模糊的人间，真的还有第二个你吗？

缘，真奇啊！你的一生，从天津始，辗转东北西南西北，上下纵横数千里。而你的遗像，却是1993年11月在我的故乡天水大地湾娲皇故里拍摄的。你的女儿为你选择这张照片的时候，她一定不会想到，她的选择，其实已经恰切地进入了你心灵的港湾。我想，这与女博士的学识和悟性无关，太多元素靠近"缘"这个字眼儿。当照片、鲜花、香蜡组成灵堂的时候，我用仰视的角度，拍摄下了这一切。我最清醒，在灵魂的尺度上，你的高，我的低；在精神的边界上，你永远的广博，我永远的局限。

但愿人间之外还有更好的去处，姑且称作天堂吧。此刻，真的希望天堂的存在是真理。那么，在我无比陌生的那边，一定有更多的知音等着你，一定会有。许多尊贵的生命只是在时间上早你而去了。也许，那些灵魂在某个路口，不顾人间在"沉痛悼念史文华先生"，不顾我的个人的意志和情感，早已等你好久。上帝给你我在人间相聚的时间，只有短短的16年：1993年3月11日至2009年6月14日。那边，一定有好多个16年，好多好多，一定一定。

如果真是这样，先生！你就放心地去吧，带着你在人间所有的梦。

我知道，在没有你的日子里，我很难走出巨大而漫长的孤独。这不是你所要的。我会慢慢走出来，走啊走，走得安稳、矫健一些，走成你欣赏的那种样子。

多么奇妙！就在昨天下午，我像往常一样惯性地收了笔，准备去病房里看你。……我的眼泪挡住了所有去你那里的路，那一刻，你在太平间的冰室里。大夏天的，那里好冷啊！

今天是2009年6月17日，我们把你送到了属于你的墓地，那里将是你永久的栖息地。放心！我会常去那里的。王琳兄说了，咱得记住这个地方，想看你了，咱说来就来。

安息！先生。

2009年16日、17日于天津

追念表演艺术家张矩先生

突然接到乡友晓琴的电话，说是张矩老人走了，5月17日将去八宝山。

脑子"嗡"的一声。那是5月14日阴沉的午后，其时我刚从天津飞到兰州参加在宁卧庄宾馆召开的全国抗震救灾文学研讨会。窗外斜风苦雨，云低日暗。

晓琴的电话是从北京打来的，碎语凝噎："爷爷生前常提到你，到北京去，也不到家里坐坐。"我感觉全身的神经被牵紧了。明知此刻说后悔为时已晚，却连说了几个"我真后悔！"纵说百遍，又有何用？《三国演义》中的张松走了，《走向共和》中的翁同龢走了，《巨人的握手》里的张作霖走了，《家有爹娘》中的"一家之主"王老爷走了……他从天水演到北京，去天国了，还演吗？

没想到此生送给先生的唯一礼物，竟是一个花圈，而且还不能亲临灵堂。花圈是托他的外孙女晓琴呈送的，以我和妻子的名义。

　　和先生拥有同一个故乡——天水，这是缘中之幸。先生是北京演艺界的人中翘楚，我少年时就闻其名。张矩的大名像许多声名远播的天水籍老一辈艺术家的名字一样，早就镶嵌在我文化的神经上，一如故乡的参天古木，以阅历的光辉和成功的光环，成为我们晚辈们的人生参照。先生两年前曾读过我的小说，后来就有了一见如故。一起相处是在电影《白方礼》剧组，我是编剧，先生扮演剧中的老张头儿。2008年的腊月，罕有的漫天飞雪严严实实地包裹了天水，剧组人员被困在天水迎宾馆十多天。73岁高龄的老人当时犯哮喘，每次拍完外景回来，咳血不止。当时晓琴陪伴老人左右，尽量不让媒体和来访者打扰。但先生对我却总是网开一面，说："秦岭你在我跟前就别客气，我俩现在是好朋友，我喜欢和你这样的年轻人聊天。拍完电影，你一定要到北京家中来。"言辞中，能感受到一位著名艺术家的坦荡和真诚。那些日子，老人常聊起少小时在故乡天水的点点滴滴，琐琐碎碎，聊起天水的古城墙、古巷、古树，古人。所有的话题几乎都能得到激情的呼应和共振，因为影片的艺术指导——北京电影学院表演系教授刘汁子也是天水人，1958年天水北关城墙上的巨幅大字"大跃进万岁"就出此他的手笔。《白方礼》剧组荟萃了张矩、刘汁子、陈长海等多名名扬京华的天水籍北京演艺人士。大家统统撇开京腔外调，改用天水方言，"牛傲曹""这达哩务达哩"这些关键词被温情、依恋和回味浸染着，发酵着，能扯出一根根儿的丝来，坚柔着，绵长着。

和先生约好的，北京见，吃浆水面。先生说："咱如果相互见外，就麻烦了。"说是这么说，京津近在咫尺，我却始终无暇去拜望先生。去年2月去北京刘汁子先生那里办事，刘老师说："有机会我们和张老头子一起聚聚，家乡人能聊到一起。"却终未去成。在我看来，先生名贯三江，往来无白丁，我乃晚辈，还是少打扰的好。

如今，即便想打扰，机会不再来。

先生的离世震动京城艺术界，我只能通过视频感受谢芳等艺术家们吊唁先生的场面。人的一生，死生相连。先生的降生是1935年的事情，一落地就在天水古巷。先生少时读于天水市学巷小学和天水县中学，1949年新中国成立，成绩优异的他接连跳级考入天水师范中师部。17岁毕业那年便加入中共天水地委宣传队，因主演了歌剧《血训图》《王贵与李香香》等剧而崭露头角。后来一气演到京城，成为中国铁路文工团的著名话剧演员。退休前系中国铁路文工团艺术指导、副团长，国家一级演员、享受政府特殊津贴，2007年获文化部优秀话剧艺术工作者称号。老人除了演话剧、影视剧，还执笔参与改编了话剧《红岩》《花园街五号》《烟雨濛濛》《路》《战地黄花》等。能演，能写，能编，这叫真正的全才，演艺界求偏才易，觅全才难。

刘汁子告诉我："张老头儿的为人，我们服，他的脸面儿大着哩。"

脸面儿大，当然不仅仅指面子，更是一种威信、威望。

写下这段文字的时候，我再次在从网上欣赏了《三国演义》中的《张松献图》，这是一种恍若隔世的欣赏。我想，先生在天堂仍然会演戏的。好的艺术家，在那里都被喜欢。

2009年5月13日于天津

（载《天水日报》2009年6月）

我的东三院

　　一如睫毛。古槐掩映的前院、中院和后院，一眨，就是百年。

　　都市一隅，尽管是以政府机关的名义存在，但在我骨子里，她依旧是陇南书院。浮华尘世，从红大门几番进出的数代古秦州人的后裔，有谁悟得：庭院深深深几许？前院，画廊一样的主道两侧，拱门相对，再成东西六重院落。我常自叹：兄弟，1991年到1996年，伴你的，可是东三院！

　　唯岁月，最是晓得。16年前我突然变成天津人，尚未意识到不再是东三院的住民，仿佛只是和东三院换了角色。我自私地让东三院整体搬迁，住进了我的内心。在津门，发表的首篇随笔叫《小屋情愫》，我用文字的点横竖撇，竭力去复原东三院曾经的屋檐、鸟巢、菜地、烟囱以及隔墙为邻的干部家属们的浆水面，却始终复原不了庭院深深。她实在深得厚道诡异，当然，你可以认为我莫名其妙。年复一年，出来和进去的，本是你者，我者，他者。

记忆里，各色人等在寒暑易节的施政、时政里轻轻微笑，认真颔首。我过于匆匆的步履常常在东三院顺数第三间小屋收足，关门，独锁清秋，凭窗望月。认定了东三院是个小村，小屋就有了家的意味。剪剪风中，爱看燕儿在林梢，有一种质地坚硬的东西会从古槐斑驳的皱纹里，从水泥未曾覆盖的老墙根下，从老砖陈瓦的缝隙里扑面而来，那是从清光绪二年五月陇南书院初建以来溢散至今的墨香、砚香、书香，是一代陇南文宗、书院主讲任其昌时代千众学子的青春体味，是"秦州进士及第及中举的有八九十人之多"的琅琅读书声……

在握手的丛林和微笑的云雾里，我警觉：这里，对！这里，东三院。

屋檐下，昂首呼吸，埋头观书。一把短笛，把个《高山流水》吹得山瘦水枯。斜飞的细雨里，弥漫着秦岭式的渴望、焦灼与彷徨。苦苦的，欲借燕儿一对翅膀。知音难再，谁能感受到我青春期发面酵子一样的膨胀与沧桑。

我艺术的蒸馍和锅盔，被东三院发酵出另一种味道和模样。

故乡诞生了一本叫《秦州文艺》的杂志，编辑部就在陇南书院，在东三院，在我那间小屋。实质意义显现在戏剧性的巧合后面，当现代文化载体靠近历史的墙根，东三院的百年人文风景就会首尾相连。期待与默契相逢，像一段传说。

龙年，回家探母，巧遇兰州的鲁院同学。在午夜零星的雪花中，我们徜徉在红大门口。我自恋地遥指庭院深深："那里，有个东三院。"

"没有啊，就一条通道，灯火阑珊。"

仿佛醒来。有没有，本是我自己的事。

2012年正月从天水归来

（《秦州文艺》2012年第3期"卷首语"）

又是一年杨柳青

又是一年杨柳青。青青杨柳是大自然的造化，体现的却是青春和生命的景致，之于丹青高手，那就是不变的风景和图画；之于文人墨客，那简直就是一首小诗了。《杨柳青》杂志出刊35期，论年龄，当谓之青年。

青年的《杨柳青》因诗歌而袅娜浪漫，因随笔而含蕴蓄情，因小说而笃实厚重，因翰墨飘香的书画而大气磅礴、灵华毕现。本期《杨柳青》伴随着2007年的第一缕春风款款走进我们视野的时候，俨然一位恬静、秀美的春姑娘，你不见那柔媚如柳丝儿般的长长的、细细的秀发，在飘，在舞，像梦，却真实，伸手可抚。此刻，华北平原一片盎然，杨柳青镇杨柳青青。以文学的名义，你会产生许多幻想，关于杨柳青的文学，关于文学的杨柳青……

生在西北农村的我，看惯了崖畔和沟壑里稀疏的苍柏和古槐，却很难寻觅到杨柳青青的景致，于是，青青的杨柳成为我孩提时代一个翠绿的幻景。而知道中国四大名镇之一的杨柳青镇，则源于在西北民间颇受欢迎的《五子夺莲》《福寿三多》《春牛图》等乱花迷眼的杨柳青年画。那赏心悦目的绚丽色彩，祥和欢乐的环境气氛，惹人逗趣的故事情节，特别是那些或手持莲花，或怀抱鲤鱼的体态丰腴、活泼可爱的胖娃娃，让人读懂了四个字：欢乐吉祥。1996年我初到天津的第一次骑车郊游，就是直奔杨柳青的，却是人地两生，只能走马观花。10年后的2006年寒冬，当我在天津市的一次文学盛会上与《杨柳青》杂志的编辑们相遇时，我感受到了杨柳青文学人足以让冰雪融化的执著与热情，文学的杨柳青使我对这片热土的感知既趋于诗化，又沉于理性，《杨柳青》使我在古朴的清代街衢、四合宅院、古运河风光中，在年画、剪纸、风筝、砖雕石刻、民间花会之间，倾听着杨柳青的回声，感受着杨柳青的变迁，呼吸着杨柳青的空气。我惊讶地发现，这本64页码的文学期刊，为我打开了一幅瑰丽的、奇特的、淳美的风俗画卷，我能感觉到我的热血和大清河、子牙河、南运河一样在欢快地流淌，哗啦啦的。

毋庸讳言，作为千年古镇的杨柳青是驰名中外的，不仅因为流传民间达400多年的年画，不仅因为在2005年中央电视台首届"中国魅力名镇"评选中，荣获"中国魅力文化传承名镇"称号，不仅因为这里是天津的汽车城……独一无二的魅力，成就了鹤立鸡群的资本。这既是一种姿态，也是一个标准。作为一方文学艺术的重要载体和平台，《杨柳青》的发展步伐和文学追求能否与这种姿态和标准并驾齐驱，同频共振，让她的独特魅力辐射到华北乃至海角天涯，《杨柳青》肩上的担子不可谓不重，道路不可谓不长。应该说，这是一个铁的思考，撼不动，绕不开，撇不下。放眼时下，城市和农村的变化、变迁惊天动地，文学在高奏凯歌、描摹历史的同时，不能忘记城市的底层生活和"三农"问题带给农民兄弟灵魂和精神层面的变化。不是非得让文学"铁肩担道义"，只是为了还原文学的本质、精神和责任。这也是杂志办出风格和特色、作家写出佳作和精品的关键。

好在，又是一年杨柳青。在文学的万千色彩中，她似乎在印证着"青出于蓝"的箴言，于是对于2007年的青，我们有信心看到她青得深，青得重，青得更像杨柳青。

2006年12月2日于天津

（《杨柳青》杂志之约写的卷首语，载2007年第1期）

怀念我的外祖父

　　时光荏苒，一晃12载，又逢外祖父仙逝祭日，心中怆然，思绪像长了翅膀的青鸟，从津沽大地直飞陇原天水，落到一个叫湾子的地方。外祖父坚硬而鲜活的生命早在12年前就在这里消失了，唯有生命的轨迹，一如故乡崖畔上纹丝不动的石头，深深嵌入我的记忆。

　　日前在南开大学图书馆夜读，偶然看到古装版的《粉妆楼》，久违的记忆像洪水一样喧嚣起来。70年代初的天水西郊，尚没有通电，最难忘外祖父家南房顶高悬的一盏油灯，往往是我和众舅们围坐在热炕上，听外祖父手捧线装古版书讲"古今"。他老人家满肚子"古今"，尤以《粉妆楼》烂熟于心，罗家忠烈和朝内奸佞的恩怨，被他演绎得线条分明，活灵活现，使我童年的思绪像小鸟一样探头探脑地过早感悟着人间的百味。本应是蹉跎而又苍凉的岁月，却因了这中国传统文化精髓的浸润，如羊肉泡馍般有滋有味，使我儿时的记忆谷穗般殷实而亮泽。长大后我读《聊斋》，研《三言》，品《红楼》，顿然失色，始知许多人物已在外祖父那里就耳熟能详了，不觉喟然！先哲云，孩提时代是思想形成的发端。我想，我文化艺术感觉的形成，是否与外祖父"古今"中那迷宫一样的诱惑和神工般的启迪有关呢？果若如此的话，外祖父和我的母亲一样，似乎是不经意中，给了我最早的启蒙。

外祖父祖上数代乃庭院相连、家盈囤满的书香富贵之家，至20世纪50年代初，田园家舍皆分给四邻，家道渐微。好在外祖父是个理家户口的勤人，除了精心侍弄日月，躬耕田畴，就是背着背篓披星戴月到西口、铁炉等地赶集，倾力操持家业，家中于是多了一份和美，少了一份清寒。至20世纪70年代初，外祖父满堂儿孙乐，庭前好花圃，出门有自行车，做衣有缝纫机，掐时有马蹄表，竟引领了那个时代农村的新潮，在那个依山傍水的黄姓大村，也算数得上的好家境。印象中的外祖父，精神矍铄，面如红枣，疾步如风，性情刚烈，在平淡如酸菜般的乡村，却也不忘营造属于自己的丰富而独特的精神领地。他通晓韵律，家有三弦、琵琶等多种民族乐器，是上川下坝秦腔班子中颇具声望的台柱子，他扮演的杨五郎、包公、秦英等形象，呼之欲出，名扬八方。20世纪70年代末老戏复苏，院中出入皆为好戏者，往往是白天他在院中现身说法，夜晚率众登台亮相。戏班子中，光扮青衣、旦、操锣鼓、三弦的族人，几近半数，其时大舅公职在外，否则其精湛的二胡，亦能博得满堂喝彩。我自幼喜好音乐和秦腔，大概源于秦腔和音乐那异曲同工的妙韵。童年的大部分时光，就是伴随着这神奇的音符和节拍度过的，这大概是我后来在天水、北京、天津等地求学谋事时，始终如一地酷爱秦腔的渊源。那年在北京的某电视剧拍摄现场，我应邀亮了几嗓荡气回肠的大净，友啧啧称奇，笑问："哪派？"我笑答："外祖父派。"齐乐。

外祖父兄妹多，子女众，他都能兼顾左右，公允对待，倾囊相助，理所当然成为家族的核心。我是外祖父最长的外孙，自幼因母乳少，和弟弟以羊奶维系羸弱性命，偏偏我的饭量却大得出奇。许多看着我长大的人说，我幼时软得像面条，立都立不住。遥记四岁时，外祖父常徒步几十里山路来我家，然后手拉我，怀抱弟，牵着那只雪白的奶羊，去贫瘠的山坡上找青草。有次刚返回到村口，奶羊突然拼命挣脱，钻进了深沟。外祖父赶紧把我和弟弟安顿在村口的柳树下，疾步冲进沟底的槐树林中。那是一种近乎偏执的奔跑，我从来没有见过外祖父的奔跑会那么忘我，那么拼命，那么超越了他的年龄界限。他渐追渐远的背影由大到小，脚步大起大合，像一把幅度扩张到极限的连枷，能听到轴心处传来的吃力却坚定的声唤。其情其景，成为我生命中最刻骨铭心的、惊心动魄的记忆。母亲和我们一直焦急地等到天黑，外祖父才牵着羊，踩着清冷的月光从山外回来，周身衣服多处被树枝划破，疲惫得像是大病一场。

外祖父对我的牵挂是一贯的，直到我上初中，他还担心我饿着，拿了几角锅盔馍来学校找我，其时我们敬爱的外祖母已经被病魔折磨得卧床不起，身边尚有几个年幼的舅舅，外祖父常对我说："饿了，就赶紧来，取馍。"斯言犹在耳畔。

1982年，操劳一生的外祖母不幸谢世，家道再次急转直下，两个美丽的花园百花凋敝，几架葳蕤的葡萄坍塌不堪，鸡犬销声，鸭猫匿迹，昔日的喧嚣恍如遁入地下，院落一片破败。贪婪的病魔夺去外祖母的生命不说，又无由地把外祖父重重地摁到了干硬的炕上，虚弱的身子开始在凄风苦雨中勉强支撑。那时我在外求学，很难见得老人家一面。有年暑假，母亲把外祖父接了来，我幸得与他相处数日。其时外祖父尽管已经步履蹒跚，不能念唱做打，但是和母亲分析、订正起秦腔戏本子来，仍然思路清晰，脑海里储存的几十本秦腔戏能滔滔不绝地轻吟出来。弟弟顽皮，喜欢听外祖父"咬谜"，外祖父就不厌其烦地"咬"一些谜让我们猜。某个雪天，外祖父盘腿坐在炕上，温热的目光中充满爱怜，谜面像诱人的葡萄一样从他嘴里滚落，在我们少年的瞳仁里闪烁着晶亮：

一点周瑜不良，

三战吕布关张，

口骂曹操奸党，

刘备四川称王。

我和弟弟急得抓耳挠腮，愣是猜不出来。母亲早就悟得，却故意不说。后来才知道是个繁体"训"字。我至今感觉甚奇，外祖父胸中谜面百千，我何以唯记得此谜？人生一世，修身养性，做事为人，怎一个"训"字了得！

1989年我去一个偏远的农村中学参加工作，其时五舅、六舅、七舅和我一样，均因年少未曾成家，而外祖父像被风雨浸透了的一面老墙，完全坍塌了，终日卧炕，苦不堪言，仍吃力地嘱咐我："被和褥子缝了没有？饿了，回来拿馍。"还吩咐六舅给我打了一把菜刀，再嘱："钢色要好。"

外祖父重病的日子，母亲常以泪洗面，不忍亲往，常摘了杏子、李子让我去拜望，但外祖父已气若游丝，不能进食，以糖水维持生命，纵有言万千，也难表一二，眼角时有泪滴。外祖父刚直一生，何曾流泪！这泪，皆因未了的心愿太多，未尽的牵挂太多啊！

2001年秋于天津

一次宿命的行走

我穿行在荒山枯岭之中，却恰似一叶小舟，独行水上。

水在哪里？抬望眼，到处都是旱地儿。安全的行走，却在考察中国农村饮水的安全与不安全。水，生命之源，它是在呼唤我吗？

我宁可相信，给我安排这样一次行走的，是水，更是命运。二者必然是兼而有之的。水既然能成为生命之源，必然与命运有关。我的行走，由北国到江南，由内地到边陲，因水而来，为水而去。中国农民与安全的饮用水之间，撼动我的，是缺一口水而遭遇的死亡、流血以及满脸泥石流一样的眼泪；是得到一口水的欣慰、亢奋以及苦菜花一样的笑容。苦菜花也是花儿，笑了，就好！

人类最安全的表情，是笑容，那是因为安全的水在笑容里行走，并把安全的生命表征写在脸上。水如果不安全，还没笑呢，表情早就因饮水危机而坍塌，满脸废墟，是僵尸上大地龟裂、江河断流的五官七窍。

　　我习惯了欣赏、珍惜一滴水的晶莹，那是因为上苍首先给我生命开始的那一刻就安排了缺水。我生活的城市天津和我的故乡天水，两个地名的表层意思在于：水之上，都是天；天之下，都是水。有趣的是，地名文化的涵养层与现实的水资源如此的大相径庭，构成了精神链条上的文化幽默：一个拥有九河下梢的美誉，却晾晒在渤海湾一望无际的盐碱地上，饮用水极度匮乏，城乡供水主要依赖庞大浩繁的引水工程从几百里、几千里外的滦河、黄河与长江获得；一个拥有天河注水的传说，却被裹挟在黄土高坡与秦岭山地的夹缝里，淡水资源年年告急，山区农村饮水主要依靠雨水集流而成的水窖。故乡的西汉水流域，曾经是诞生过《诗经》之《秦风》的地方，"蒹葭苍苍，白露为霜；所谓伊人，在水一方"。那些像芦苇荡边蝴蝶一样飞舞的文字，曾经迷倒过多少懂水、懂爱、懂日子的芸芸众生。而今，水，像一个从岁月里渐渐变瘦、变缥缈的没有安全感的弱势群体，让生活其中的我，真正体味到"渴望"两个字的渊源和含义。"渴望"一词，显然诞生于人类寻觅安全饮用水的一次次行走。天津、天水这样的地名，本身就是一种精神触角的寻找与行走，一种情感翅翼的希冀与力量，其中所有的引申义，都是为了一种目标和梦想的抵达。生活在渴望中是幸运的，扑面而来的，最是日子的滋味儿。

　　所以，我为生活在这样的家园感到荣幸，行走，并始终渴望。

月高星稀之夜，村口旱井边排队曳水的村民像上缴皇粮时挨成一溜儿的麻袋儿，高高矮矮，与夜和时间一起相守、胶着，其中有不少是年迈的母亲和撇着嘴的小娃娃。这是我儿时记忆里一成不变的定格画面。那样的夜，漫长，执着，悲壮，躁动。疏忽间划过天际的一颗颗流星，像惨白的巨大刷子一样把山野闪得通亮，瞬时又把一张张因期待而呆滞的脸拽入更为深重的、不安全的暗夜。探入几十米深井的，不是桶，而是连接在绳子一端的十几个小铁罐儿，"叮叮当当"地下去，直奔大地坚硬的心脏，每个小铁灌儿里哪怕勾曳进一滴水，拎出井口，就能照见月亮含蓄的脸。鸡叫三遍，挑一担泥水回家，一天的日子就像晒蔫了的秧苗，惺忪地舒展开来，舒展在炊烟里，也舒展在心上。

"叮叮当当"，这样的声音在我记忆里原地踏步了30多年，像干涸的深井里一串串永远也无法安全的生命符号。

当有那么一日，我突然发现全国各地的文化艺术机构通过我的《皇粮钟》《碎裂在2005年的瓦片》《硌牙的沙子》《杀威棒》等小说改编而成的话剧、影视、戏曲里呈现了那么多干旱、缺水、枯井等艺术元素时我才顿悟，早在十几年前，写水，就已经成为我的自觉或不自觉、意识或下意识，我和我笔下的乡村土地、乡村人物、乡村故事所构成的各种错综复杂

的关系，归根结底，竟然是我与水的关系。"从秦岭的小说里
可以找到农民。"这曾是专家给我的小说所赐的定义，我此刻
在想，所谓"找到农民"，大概首先是上苍给我提供了中国饮
水民生的现实背景。让我行走，是为了让这个背景在我的视野
里更辽阔，更博大，更清晰，更透明。我步履匆匆，我无法
矜持，每一个脚印都竖起耳朵，在谛听和判断，何处？人畜焦
渴；何处？饮水安全。

　　一个国家，一个民族，在经济全球化的时代仍然喝不上
水，是可悲的，也是可怕的。凡是真正懂得中国农村现实的
观察家，一定懂得中国最根本的民生，其实就是锅碗瓢盆里
的那一口水。十几年前，中国有8亿多农民存在饮水不安全问
题，到了2005年，这个数据变成了3.2亿人。3.2亿不是个小
数目，它足以构成一个国家的危机之最。当饮水危机成为一
个国家的第一危机，民族复兴与未来的蓝图，只能绘制在干涸
的河床上。

　　这是个沉重的话题，重到什么程度？从大禹治水时代直至
2005年共和国实施的农村饮水安全工程中全国各地用于修建水
渠、水库、水柜、水窖、水池所需的所有石料、土方、钢筋、
水泥、管材重量的总和有多重，这个话题就有多重。

　　扪心自问，我笔下怎堪负荷如此之重或重之一分子？当国
家水利部通过中国作协找到我，并委派我在全国范围偏远地区

的乡村做一番行走时，我曾三次坚辞不受。当干旱留给我的焦渴在内心板结成痂，这种久远的痛感只适合于我在小说里发酵我万能的虚构和无穷的想象，如若让我用纪实的目光重新与中国乡村亿万双干涸的目光对接，并在他们生活的旱井里打捞心灵的潮湿与精神的水滴，我没有那个勇气，不是悲悯情怀与责任良心不达标，是我太过于清醒水对中国农民心灵的伤害，太过于敬畏中国农民对水刀子般尖锐、神性般祈护的情感了。水利部的官员说："希望您不要推辞，我们在您的小说里读到了您对水的理解，水是中国最大的民生，还有什么样的农村现实比农民的饮用水更像现实呢？"

写作者面对这样的理由，谋求退路无疑是可悲的。在2012年5月中国作家"行走长江看水利"的启动仪式之后，我开始了单枪匹马的行走，目标是中国农村饮水安全现状以及饮水安全解决中、解决后中国农民物质和精神层面的脉动和样貌。重庆、贵州、广西、云南、陕西、宁夏、甘肃……最终落脚天水。7月中旬，当我在天水的一家宾馆梳理一路走来的所见所闻时，我感慨、回味、沉思、亢奋，脑子里像瀑布一样倾泻的，是中国农村饮水安全背景下农民的苦与乐、悲与欢；是农民挑水路上无助的眼神；是农民喝上安全饮用水的第一次深呼吸。这里是羲皇故里，天水大地湾文化呼应着史前文明的种种可能。记得与水利部的一位部长对话时，我们不约而同地谈到出土自大地湾的7000年前的尖底儿陶瓶——母系氏族的先民们用它盛满水，再稳稳当当地插在土地上——安全使用。今番的中国农村饮水安全工程，我不好妄言与先人的饮水思想是否一脉相承，但作为一种安全信息的遥相呼应，至少在理念上是成立的。似乎是，饮水安全，正从史前文明中走来，又从21世纪的现实中出发。

这使我想到了由八卦衍生而来的词：天一生水。当年人祖伏羲在这片古老的土地上演绎八卦的时候，早就启肇黎民：水的未来，就是我们人类的未来。这样一个悲悯的话题，不久前变为我在天津市青年作家读书班的讲座主题，我说，身处大都市的你与我，每当优雅而随性地拧开水龙头的时候，一定要带着我们内心的悲悯。我们得相信水给予了我们什么，相信水和相信祖先是一个道理。相信祖先，就有理由相信人类为了饮水安全所付出的一切，那里的每一滴水，像我们血管里的每一滴血，有晶莹，有分量，有温度。

从北京出发前，一位德高望重的文学评论家告诉我："不仅仅是你需要这样的行走，而是你的作品更需要这样的行走。"

"秦作家，我们希望文学里有水，那是我们庄稼人的命。"在陕北，一位农民说。

对此，我无论怎样回应，都会像旱井一样空洞，只有和盘托出行走记录，那里有一串串脚印。

2012年10月8日于天津观海庐

（载《鸭绿江》2013年第3期，长篇纪实文学《在水一方》"引子"）

第
3
辑

散文是文学的形意拳

——在第13届"中国文学论坛"上的发言

作为主要以小说创作为主的作者，我庆幸散文这种样式的存在，它完全有别于小说，让我们感受到形和意的魅力。有点像中国武术，小说的闪展腾挪之后，还须散文的行云流水。没有形和意，我们不会看到云行走的形态和水流动的意蕴。散文在某种状态下也需要闪展腾挪，但远不如形意拳来的正儿八经。

相对于小说，我认为散文这种古老的文体最值得中国作家自豪，它不像小说那样理论上植根于西方。从古到今，中国散文灿若星辰，我们完全有理由让散文自信。散文发展到今天，即便有些良莠不齐、泥沙俱下，也大可不必惊惊乍乍。问题多了，也比小说容易发现。论形意，中国最有发言权，中国的许多艺术形式都讲究这个东西。舍本求末，那是自轻自贱。

有意思的是，近来许多人谈散文，似乎更乐意颠覆常识与传统，制造话题热点。有两个问题被争得颇为有趣，一个是散文的真实、真实性和虚构的问题，另一个是散文是否可以关注社会热点。在我看来，这真不该是当下讨论的话题。对于前者，我认为这样纠结有些不识时务。真实和虚构均脱胎于生活，本体上并不矛盾，这样，虚构完成以后的真实性和真实的真实性，本质上并不矛盾。当虚构突破了对真实的透视难度，这样的虚构必然体现了真实性。有人认为曹雪芹一定经历了《红楼梦》中的大观园生活，或者有可能是贾宝玉的原型，这完全是坐井观天式的扯淡，他完全混淆了真实与虚构之间的逻辑，错判了作者虚构和想象的卓越能力。岂不知最完美的爱情文学往往是爱情失意者的想象，最真实的科幻文学往往取决于作者的虚构。说到这里，至于《史记》里有多少真实和虚构，这样的话题该立即打住了。对于后者，许多人的核心观点是散文关注社会热点、时尚、融入新媒体属于追风媚俗。我认为这是典型的画地为牢，自命清高。让古人听到，会笑得颠破棺材。文学离不开时代，散文尤其如此。时代为社会赋予了超越历史的、更为丰富和复杂的精神元素，散文没有理由退避三舍。唐诗宋词之所以至今难以超越，不仅与历史环境有关，更与作者对表达与呈现的突破性技术与贡献有关。要说难度，恰恰是技术与贡献，这才是当下散文的软肋。妄图用花拳绣腿打败古人，那是东施与西施的审美较量。

归根结底，是散文的形意拳打得不够好，核心问题是形和意不够默契，当下的散文，一定程度重于形，而疏于意，文本形式、类型多了，反而流于形式，陷于类型化。我们看到了更多的情感、情绪的一吐为快，感受到了太多的故作深沉的书卷气、发嗲的窑子气以及在语言花园里玩弄语言的巫气，特别是语言的铺张、辞藻的粉饰、叙事的炫技比比皆是。要说问题，这恐怕该是一个共识。可悲的是，在许多评论家那里，这些多被褒奖为技术的突破。如果说评论家是专业读者，这样的读者恰恰并不专业，小姐一个带着香水的软拳，也可以让他昏厥。

老祖宗留下了一句很有意思的成语：得意忘形。对散文而言，"意"并没有得到，而"形"早已乱了套。要说得形忘意，也是勉勉强强。

文学最不能杞人忧天的，更不能完全归罪与当下浮躁的社会。历史从来是动荡而喧嚣的，时代也不可能淡定和安宁。古代散文家的豪放与淡泊，雅兴与精神，源自雷打不动的内心情怀。说到底，散文作家的敌人，是自己的内心。

意源于气，气从丹田生。丹田就在肚脐下面，这是形意拳的本钱，散文亦如此。这才是我今天要发言的核心观点，这个观点不用展开说，明天早上大家去公园，看看打形意拳的老大爷，便知分晓，除非我们没有丹田，或者，没有肚脐窝儿。

我对散文是报乐观态度的，沙子终归比泥要多，沙里淘金就有可能。

2013年11月3日于天津观海庐，根据发言整理

反思是我的习惯

这世界恍惚得可以，反思都来不及。反思，影响着我的小说走向。

实际上，反思是中外优秀小说一以贯之的传统。搞笑的是，小说发展到当下，传统这个永恒的概念在中国文坛好像判了刑期，人们习惯了在没有根基的创新和时尚中追风逐浪，习惯了给一只母鸡的屁股插上一把撕裂的扇子，就以孔雀开屏的姿态粉墨登场。我要做的，是让母鸡习惯下蛋，其中的创新是让鸡蛋大一些，但不能撑破屁眼儿；让孔雀习惯开屏，其中的创新是让屏自然大方一些，而不是吃了兴奋剂的那种。我无意让母鸡变成孔雀，这是小说与怪物的区别。

我在反思传统，也在反思创新，归根到底在反思历史、生命和人性。

我常对那些关注、支持我的专家和读者心存感念。不久前借签约作家述职之机对有关评论我小说的专题、综述类文章做了一番粗粗的梳理，居然发现超过150多篇，多半论及我小说的反思尺码、反思理念和反思精神。短篇《杀威棒》被段崇轩誉为2011年度"最具反思意味的小说",这样的注解让我百感交集。我写这样的小说,是因为我在中国千百万返程知青的文学回忆中,太多地了解到他们对流逝青春的幽怨、对政治运动的牢骚、对蹉跎岁月的愤懑,唯独缺少对农村大地的悲悯、对农民的怜惜,对背叛青春誓言的追悔。更为可耻的是,那些口口声声受到"上山下乡"严重伤害的知识分子现如今官居要津之后,却爱满怀深情地高调公布知青经历,表示自己曾经在大风大浪里练过红心,曾经和中国最底层的劳动人民在一起。这是中国知识分子的悲哀,更是中国乡村和中国农民的屈辱。我不得不站出来,借助农民之手,拿"杀威棒"对这段历史"当头棒喝"。在我看来,铺天盖地的上山下乡运动中,真正受难者并不是城市知识青年,而是农民。这一点,中国农民最有发言权。很可惜,生活在最底层的中国农民没有以文学形式发言的客观条件,所有的发言权,被城市青年以红卫兵的方式剥夺了。知识青年挨了农民的"杀威棒",实际上是我借助农民的力量,替历史说话,把历史在农村大地上的真相还原给读者。

都说历史是一面镜子,但我们从来没有把历史当镜子,或者说,这面镜子很少被人擦洗过,布满尘埃,以至于我们连自己脸上的千疮百孔,都模糊不清。我让自己保持高度的民间意识，这样，无论大街小巷，还是田间地头，到处都有刺目的、刀子一样的历史碎片，让我难以回避，有话可说。

这是我反思的方式之一种，在以《摸蛋的男孩》《皇粮钟》《碎裂在2005年的瓦片》为主的"皇粮系列"小说中，我反思的原动力来自城乡公民对社会的误判、对历史的麻木以及对情感的迷惘。当下富足的城市物质世界里，常听一些颐养天年的退休人士感慨："当年，上面有老人，下面孩子一大帮，两口子工资也少，但是不愁吃，不愁穿，心情舒畅，没有压力……"这是城市公民对生活极具普遍性的一种浅薄认识，几乎浅薄到了可耻的地步。他们应该很清醒，"当年"城市的供应制是以中国饥寒交迫的农民无偿提供粮食、棉花、生猪、鲜蛋等生活必需品为保证的。那些党政机关、企事业单位乃至小小居委会里纷飞如花儿的粮票、布证、肉票、蛋票里渗透了农民多少的血与汗、多少的付出与死亡，似乎都与历史无关，与社会无关，与生活无关。我在《摸蛋的男孩》里，之所以让那个农村小男孩从母鸡屁股里抠出殷红的鲜血，是因为小男孩终于觉醒，他每天无比忠诚地以摸蛋方式给城里人保证鸡蛋供应，但城里人并没有买他的账。同样的共和国公民，当个城里人和当个农民，本是两重天。贺绍俊在评析时说："不公平的城乡价值观至今仍然让农民的心口在流血。"但另一位评论家却告诉我"你这篇小说，我认为有些过了，当年京郊的农民劳动时，田野里是有歌声的"。我内心说，你这句话如果让当年饿死的千百万农民听到了，半夜里非抓走你不可，你活该短寿。即便你的脑心血管没啥问题，饿死鬼们也会让你的各种"富贵病"突如其来。

前不久，网上疯传几则消息，大意是男教师强奸小学女生的事儿。某评论家告诉我："我突然联想到你《绣花鞋垫》里农村老师娶女中学生的事儿了。"我只能说，这样的联想对了一半儿，错了一半儿。强奸小学生和娶中学生是一个话题的两个方面，是非曲直我不肖定义了。我只想说，你首先不要为这事一惊一乍，你必须要搞清当下社会的底色。社会是土壤，美果俊瓜也好，歪瓜裂枣也罢，都是土壤里萌发出来的。在这个城乡差距悬殊、农村青年男女普遍变成城市农民工的时代，假如你的公子北京师范大学博士毕业，自愿到西部一个缺水、少电、无路、没有婚育女人的乡村中学干一辈子，你家小白脸面对爱情无着，婚姻无望，面对徜徉在村口的一对儿公猪和母猪，对人生该作何判断？

最近，恰逢"5.12"忌日，许多文学社团以研讨地震文学的方式纪念那场10万生命的劫难，我的中篇小说《心震》《透明的废墟》《相思树》再次屡屡被提及。曾经，《透明的废墟》被认为是"第一部反映汶川地震题材的小说"，而对《心震》，不止一位评论家心存质疑："你这么写一场灾难，我一时难以适应。"我不是为了让你适应不适应，我只适应我对生命的反思。在现代社会，当我们的公民只有在楼群带着死亡的威胁坍塌的时候，在废墟的罅隙里无助呼号的时候，在鲜血快要从残破的躯体流尽的时候，在自己的亲人死无葬身之地的时候，才开始清醒邻里之间本不该形同路人，开始发现藐视人间大爱是多么可悲，开始懂得最基本的友情是多么美好，开始明白生命不仅仅属于自己，同样属于别人……这样地反思，是多么地奢侈，多么地昂贵。至此，我想问你，你想适应什么？

我希望反思是风和日丽中的一种常态，而不是弥漫着血腥。一如我藐视灾难来临后举国上下瞬间涌现的山呼海啸般的激情以及灾难过后奇迹般的风平浪静。匆匆地来，匆匆地去，这世界等于什么都没发生。这不光是我们文化心理中有太多的自私、自恋、自负和自爱，也不光是人的德行出了问题，而是我们社会的魂儿飞到九霄云外去了。

我曾经在一个不便公开的场合讲，灾难，本身是个太坏的狗东西，但是，当灾难让我们学会了反思，学会了爱、同情与和谐，我们该怎样给灾难以情感因素之外的定义？更何况，这样的"学会"，是否真就意味着会了呢？

一时间，在场的诸位，鸦雀无声。

我的小说，就是在这样的鸦雀无声里，化为有声。

2013年5月25日于天津观海庐

（载《文艺争鸣》杂志2013年第11期，小说集《借命时代的家乡》自序）

问君可懂狗叫声

试问天下苍生，特别是远离乡村却又拥有社会话语权的文化公民，君可懂得发生在中国乡村凌晨的一声狗叫？放心！这话题与您沙发上的宠物狗无关，那是您的宝贝，尽管算不得是您超生，但待遇必然超过您儿子的。我懂，物质时代的小资意趣嘛！

可是那风雪凌晨的一声狗叫，它往往那么恰逢其时，出人意料，让乡村社会方方面面的神经立刻高度紧张。它既可以撕破黎明，也可以包容暗夜。它分明是尺子的，乡村社会的高低、缓急、明暗、轻重、痛痒，全丈量出来了，这是我文学的思维聚焦一声狗叫的大致理由。考虑到计划生育题材的特殊性、复杂性和敏感性，《风雪凌晨的一声狗叫》在《长城》杂志第4期发表之前，我也曾征求过其他几个刊物的看法，得到的反馈比狗叫声更出乎意料，归纳有仨：其一，主题非常深刻，巧妙地揭示了乡村百态，可是……庄严神圣的计划生育国策怎么会和一声狗叫联系在一起？如果说这是中国第一部全面反映计划生育的中篇小说，那么，我认为有些离经叛道了。其二，我们从事编辑行业的，每年都要去乡间避暑采风，对城乡现实观察洞明，压根就没听说结扎、放环、人流、引产是你笔下这种神神叨叨、惊心动魄的样子，不是我们少见多怪，而是你在编造精彩的天方夜谭。其三，市场经济时代的人们普遍工作、生活压力大，谁还愿意多生、超生呢？秦岭你这次分明是闭门造车、故弄玄虚了，我敢肯定，任何一家刊物都不敢发表这篇小说。

发问者显然站在话语权的制高点上，振振有词，理直气壮。对这样的质疑，我或多或少有所预料，但没想到是砍瓜切菜的架势，仍然让我猝不提防。这不得不让我的反思从计划生育本身向计划生育题材的文学现状四面延伸，我的延伸反思注定无法与象牙塔里的先生小姐们对接，我只有选择和工作、生活在乡村一线的干部、农民们一起，他们的大致意见是：几十年来，中国作家之所以对计划生育影响下的中国农村现实视而不见，中国文学之所以对计划生育与农民常态生活错综复杂的关系缺乏观察、跟踪与判断，许多以乡土题材为己任的当红作家之所以对计划生育题材退避三舍，绕道而行，不光仅仅是所谓题材的敏感性、技术性、操作性问题，根本上是个认识问题。当被老百姓给予厚望的、代表社会良知的所谓知识分子们在认识盲区里自命不凡、高谈阔论的时候，中国乡村的社会现实纵有百般风云变幻，千般山重水复，万般日新月异，它只能是乡村自己，大地自己，农民自己，它是中国乡村社会现实的绝缘体，是某些知识分子的观察死角，与中国文学更是没有一毛钱的关系。

换言之，你不懂得风雪凌晨的一声狗叫，也就不懂计划生育，遑论计划生育时代掠过乡村崖畔的风，还有歪歪斜斜的炊烟。

"计划生育是天下第一难事。"这话不是我说的。各级职能部门的公文材料里这么说，农民和手术对象也这么说。难，与其说是一种工作的难度，它更像农村社会全覆盖的阵痛和千丝万缕的心结，它在大地和日子里，在生存和气息里，归根结底是乡村生活的一种难堪、难为、难受和难度，它和老百姓的常态生活盘根错节，难解难分，早已成为生活的另一种常态。我在天津工作之前的20世纪90年代初，曾一度在老家甘肃天水某区的乡村中学、党政机关工作。当教师时，耳闻目睹了毗邻各乡的全体干部、教师、学生与各村手术对象在计划生育背景下交锋、对峙的艰难博弈与硝烟弥漫；当秘书时，几乎每年都要随各级领导深入各乡"指导"检查"计划生育突击月""春季攻势""挤水分""冬季攻坚战""年终平茬"等系列活动；以计划生育工作组成员的身份驻乡期间，我的主要职责就是密切配合乡政府突击队走村串户，全面落实一胎放环、二胎结扎、三胎人流引产任务。我们的主要工作方法，除了面上大张旗鼓地宣传教育，实际操作层面则主要以突袭、包抄、抓捕、打援、引诱、智取、强攻为主。往往是月亮上来了，我们厉兵秣马下去了；日头出来了，我们身心疲惫休息了。这期间到底都发生了什么？我真不想在这里普及常识。可是不普及又怕你搞不懂，举个例子吧，比如"智取"：手术对象绝对不是吃素的，演空城计那是司空见惯的招法。也就是说，突击队好不容易翻墙进院，却发现空无一人。咋办？还能咋办，谁没吃过素呢？突击队三下五除二，二一添作五，牵牛、拆房、抱电视……那大肚子的女人还不乖乖从地窖里爬出来？爬出来，好歹算咱的战利品。不是所有的突击会撞上这样的大运，因为多数村民早已举家南下，成为广州、深圳一带的农民工了。在他们心里，早已没有了现实的故乡，所谓"梦回故乡"，在他们的情感逻辑里一定是不成立的，谁会希望夷为平地的家园、长满荒草的承包地会在梦中出现呢？知识分子更不可能有这样的梦，他们梦一样的日子比现实更像梦，乡村是他们赋闲度假的美妙去处，那民歌飞扬的城郊"农家乐"，那乡村景区奇花异草的芬芳，那新农村建设中的红砖青瓦……当直观感受在一斑和全貌、表象和本质之间画了等号，梦和现实就会强扭成了零距离，恬不知耻、怡然自得就会成为行尸走肉最为绚丽的廊桥。啥叫廊桥遗梦？这才是。

"你知不知道这个题材在等你？你拥有这样的生活，不写出来，实在亏了。"这是津门文坛大鳄蒋子龙多次对我的提醒。其实，我在以《绣花鞋垫》《杀威棒》为主的"乡村教师"系列、以《皇粮钟》《碎裂在2005年的瓦片》为主的"皇粮"系列、以《女人和狐狸的一个上午》《借命时代的家乡》为主的"水系列"、以《透明的废墟》《阴阳界》为主的"地震灾难"系列创作期间，不少有识之士也曾动员我写计划生育，我迟迟没有动笔。倒不是需要同题材的引领，而是这块最原始、最饱满、最丰饶、最耀眼的尚未开垦的处女地实在太大，我担心自己一张犁下土，耕不过来事小，把牛也累趴下了。去年和评论家李建军在山西的一次文学活动中重逢，他说："从目前看，这一题材肯定不被一些人理解，但你必须写，先写出来，放着，文坛迟早会醒过盹儿来。"小说发表后，《潜伏》作者龙一在他的微信朋友圈转发这篇小说时，留言云："多年了，你终于写这类题材了。"幽默的是，另有一种过于善意的提醒和忠告让我哭笑不得，曰："秦岭啊，这块烫手的山芋被你写成这样，你和《长城》杂志太胆大了……你懂得。"

啥叫懂得？我只需要懂得两样：一者，文学；二者，生活。如果需要补充，那么，我懂得狗叫。其他的所谓"懂得"，我当然心知肚明，那些"懂得"，恰恰是文学的绊脚石。中国文坛缺了很多东西，唯独不缺绊脚石。

说了这么多，你如果仍然不明白狗叫意味着什么，我下面的话，算是啰唆了。在故乡的某年，我陪领导到邻县搞计划生育对口互查。当时该县某乡正在调查一件计划生育责任事故。事故是这样的：某个风雪凌晨的夜晚，突击队根据潜伏在村里的线人提供的"情报"，翻山越岭，悄悄向结扎对象所在的某村实施了合围。可是，就在最后的强攻时刻，村口却意外传来一声狗叫，结扎对象闻风而逃，致使乡上的攻坚计划打了水漂。问题在于，之前突击队早就用麻醉枪把该村外围游荡的"放哨狗"都收拾了，此狗从何而来？后来查明，是突击队中的一位副乡长学的狗叫。原来，副乡长和结扎对象是远亲关系。这种贼喊捉贼、监守自盗的把戏被挑明后，副乡长受处分事小，全乡被罚了黄牌，整体工作被"一票否决"，全体干部年终奖被取消，工资被扣发一个月的50%。我的小说当然不会把这样的故事连砖带瓦照搬，我关注的是建筑物与废墟之间彼此交融的长短不一的投影、宽窄不同的倒影。在小说里，我让一声狗叫成为一出大戏的开场白，大幕瞬间拉开，各级职能部门领导、工作组成员、乡村干部、突击队、线人、"四术"对象、普通村民悉数登场，他们各演各的，但你中必然有我，我中必然有你，为啥？答案是唯一的：这是所有角色的全貌。我要做的，是尽量让这些全貌能体现农村社会变革时期工作机制的、生存矛盾的、人性轨迹的本相和原色。

"这个题材，其实我也憋了十几年了，一直想一吐为快，受你的启发，我也两昼夜赶了万把字，突然发现与《风雪凌晨的一声狗叫》处处撞车，郁闷啊！"这是一位安徽作家给我的短信留言。

至少说明一点，或深或浅思考计划生育的作家大有人在。有同行说我是抢滩登陆，我死活不承认这一点。计划生育实行几十年了，它像氧气和二氧化碳一样存在，你我都在呼吸，难道你是靠氦气和氖气完成一呼一吸的？如果这样，我劝你别掺和写作这行当了，去研究空气吧。

不过是老百姓的一段生活嘛，时至今日出场报到，我真不知道是幸运还是悲哀。

2016年8月3日于天津观海庐

（载《名作欣赏》2017年第4期"作家在线"专栏）

谢冕的热脸和文化官员的屁股

中国诗坛大掌柜谢冕那张温暖的脸，没防着就贴到了冷屁股上。你当在啥地方？嘿嘿，在天水。那里是诞生中国古代诗坛千古壮锦《诗经》之《秦风》的地方，是唐代诗仙李白故里，也是在下心灵深处最美丽、温馨的故乡。冷屁股里包裹的啥？用天水话叫屃屃。啥叫屃屃，屎嘛。

"热脸贴在冷屁股上。"这是天水民间惯用的口头禅，其意无须诠释，人人明白着哩。屃屃，谁肚囊腺里没有那才叫闭门羹，但天水文化官员的冷屁股，谢冕老儿恐怕真个的没见过。冷飕飕脏兮兮的，像啥？还能像啥。

我初闻这桩中国诗歌艺术领地里的旷世奇观，源于天水诗人王若冰先生的两篇网络博文，大意是诗坛人杰——中国当代文学研究会副会长、北京大学教授谢冕、《诗刊》副主编林莽、中国社科院文学所研究员刘福春一行前往天水与地方诗人见面，这本当是中国诗坛高端与天水区域文化交流、碰撞、交融、探幽、悟道的历史性机缘，本当借此可以展示这片神奇古老土地上"蒹葭苍苍，白露为霜，所谓伊人，在水一方"的秦风古韵，本当……统统非也！谢冕一行的几张热脸却贴在了天水文化、宣传部门滚圆、肥厚的冷屁股上。王氏两篇博文中的表达有四个看点，一曰"其间，文联、宣传部门大小人等无一人参加——此前，我已向他们汇报"。二曰"在天水，我们将谢老一行到来的情况给有关领导汇报时，对方以跟他们没有业务联系而推辞，所以谢老一行在天水的活动由诗友们自己来安排（AA制）"。三曰"与天水不尊重文化人成为对比，礼县方面对谢老一行到来做了周密安排"。四曰"谢老师问我，天水有如此丰厚的历史文化遗迹，为何旅游业发展不起来？我无言以对"。引文至此，我方明白。呜呼！休怪天水文化官员漠视文化，只怪谢冕老儿脑袋上没有戴乌纱，文化官员只认官员不认文化，你谢冕不就是来自京城的诗坛"教主"嘛。天水话曰："教主算个啥屎东西嘛？"如果中组部给谢冕封个啥啥啥"长"，屎就不是屎了，屎就是爷，升格到混屎呢，那就是爷的爷的爷的……爷。

至于啥屎东西到底是个啥？据说文化官员有文化官员的定义。有个听来的故事，大体未必不真，说是文化官员很少在对外交流中对天水8000年灿烂文明有足够纵深的认知，并在时代背景下强力传承和弘扬。相反，听众的耳刮子里倒是灌满了官员近乎陶醉的咏颂："咱天水小伙子还有在中南海看大门的哩，咱天水白娃娃还有给京城首长当保姆的哩。"闻之，大骇！我不晓得天水历史上有没有在朝廷当太监的，如果有，除了下面不硬梆，哪里不比你谢冕老儿声威光鲜？不晓得，并不等于不可推断，天水自古帝王迭出：伏羲、女娲、轩辕、嫘祖、嬴非子、秦襄公、秦穆公、苻洪、苻坚、李渊、李世民……于时于地于情于理，我就不信没有几个天水籍的太监，如今看来，当年的太监准是坚守着常人难以想象的尊严和羞处，压根儿就没有把千古"美名"留给你，人家太监当是当了，你冷屁股即便被热屎熏成酒糟，人家也不给你酩酊陶醉的机会。太监没尿，是把你当尿了。

不是说学界权威到地方非得消受地方文化官员的基本礼遇，真个不是！文化人和政客是两码事。中国的文化人向来不屑与政客拍拍打打，而当政客冠以"文化"乌纱却又拒绝文化，这就不是文化官员的清高，而是无知了。谢冕岂在乎这个东西。这里要说的是，"冷屁股"至少在地方文化发展中有百弊而无一利，它直接反映了地方文化官员对待文化、识别文化、欣赏文化、推销文化、链接文化、提升文化的基本常识、态度、责任、天职的缺失与幼稚。无知者无畏，循此逻辑，谢冕和天水的关系，应了一句天水歇后语："捏的耳刮子擤鼻哩——隔得远着哩。"

脑海里突然浮出当年的山东泰安。在那里，一个文人的简易之旅，提升了一个城市和一座名山的文化精神。此山乃泰山，此人乃冯骥才。

　　当年的冯骥才初赴泰安，大概连他自己都没想到，轻而易举的一篇小文《挑山工》，地方文化官员如获至宝，全文镌刻于岩，并作为泰山文化的精神象征研究复研究，开掘复开掘，最终成为泰山整体文化中最具人文特质的文化符号。泰山的文化官员屡提此事，无不为之振奋自豪。如今老冯屡赴泰安，成为一种艺术成果输出者和区域文化链接的标志和象征。去年在一个文学笔会上和山东的文化官员扯闲，对方得知我与冯骥才有交，反复让我代邀之，其诚其恳，让人感动。又例：梁衡名篇《晋祠》之于山西太原，贾云名篇《蝴蝶泉边的蝴蝶会》之于云南大理，郭小川名篇《团泊洼的秋天》之于天津静海，又例……言而总之，学界权威的行走，实乃是心灵的行走，是携带着思想的，是敞开着肺腑的，是捧托着魂魄的，是高举着精神的，是延伸着触角的，是期待的，是探寻的，是咀嚼的，是品味的，是发现的，是评判的，是聚焦的，是切入的，是馈赠的，是赋予的……他们的步履一如倾注笔端的情愫，往往能够最直接地给区域文化注入生命的血液和人文元素，并加速区域文化板块结构的重大变化和提升。这不算常识，是道理，驴都晓得。

　　话说回来，天水深邃奥妙的文化沃野中，哪点不渗透着历代文化人思想轨迹的闪耀和光华？说来有趣得很，同为诗人，当年唐代诗圣杜甫携妻带子在天水留下的20多首瑰丽诗篇，诸如名句"山头南郭寺，水号北流泉"；李白、王昌龄、高适、王维、陆游等历代数十位诗人为西汉飞将军——天水人李广咏颂的上百绝唱，诸如"但使龙城飞将在，不叫胡马度阴山"，诸如"林暗草惊风，将军夜引弓"，早成为文化官员们会议桌前的频频说道，并使文化官员们的铁饭碗愈加的铁而又铁。蹊跷的是，吃着文化饭，竟然也会吃一忘二，这与吃人饭不拉人屎何异？呜呼！天水不同于泰安，把冷屁股给谢冕，似必然也！

也巧，谢冕一行在天水时，我为了创作与百花出版社签约的长篇小说《皇粮钟》，在天水民间采风。与谢冕一行偶晤席间，左右均天水诗坛才俊，其气融融，其氛洽洽，竟然未料到诗人们之唯一抱憾，涉及文化的权力操持者与天水文化倾斜的关系，诗人们对文化和故乡的感情和热爱，着实让人心动怦然。

某夜，在天水中心广场赏故乡明月，有俩老汉打赌曰："广场就是广场，讲个通透豁然，偏偏年年像烙煎饼一样翻修，有时像灯具展销，有时像迷魂阵，你信不信？明年准又要修，否则栽满的柏树蓬勃起来，就是烈士陵园了。"

无意更多地附加有关文化创造得失的个例，只是觉得诗人们的喟叹与庶民百姓的扼腕竟是不谋而合，像刀子样深扎在文化的命根子上。在权力社会，既然城市文化的科学发展取决于文化官员的决策和经营，那么，花老百姓的钱，却让文化人和老百姓一起悲哀，至少驴不会这么不善良。

看到王若冰的博文时，我已返津，我不晓得谢冕一行离开天水时，是否像当年新闻巨擘范长江一样以学者的眼光对"陇上江南"进行了全新的注解！反正我离开前，去一家收费公厕解决裤裆靠后位置的燃眉之急。收费的老女人说："五毛。"我指着墙上悬挂的收费公示牌说："明明两毛啊。"女人答："看来你这娃不急吧！等憋急了再来，五元你也不讲价。"

写下这段破文字，感觉热乎乎放了一泡，赚不了稿费，形如倒贴五元，观摩了一个守厕所的老女人乐而开笑的文化风采。

2008年10月31日夜草就于天津汉沽孟庄园度假村102室

（载《诗歌报》2008年11月8日）

散章三则

按：《南方周末》邀约一组短篇散章，时雾锁津门，所有文字，身不由己地弥漫了雾霾的味道。

盲人谈雾霾

津门雾霾，天地混沌，伸手不见五指，路人互讽视网膜出了问题。有位盲人朋友感慨："苍天有眼的时候，我瞎了；苍天瞎眼的时候，所有的人都成了盲人。"我说："你是在作诗吗？"盲人答："不是，我是怕自己突然能看到这个世界，却和没看见一样。"我哑然，这分明就是绝世佳作嘛，但盲人说："雾霾是人创造的，我宁可对着镜子，和看不见的自己拉家常。"

垂钓者

近郊旅行，雾霾深重。河之一隅，垂钓者颇多，其中有一耄耋老人打坐如磐石，鱼竿上却有饵无钩，自然一无所获。我颇奇怪，当地人告诉我，此君少时与一女子相恋，女方父母不从，女子愤而跳河溺毙。此垂钓处，乃女子生命终结之地也。我喟然长叹："如今物欲浮华的人间，有此古典般的悲情，实属难得。"傍晚复至河边，只剩老者一人独钓，唤之不应，原是民国早期的一尊雕像。

我的一位女读者

有女贵族告诉我："看了你的小说《女人和狐狸的一个上午》，我不想穿狐皮制品了。"我方获知，她引以为豪的美丽，一半源自骨子里有狐仙的魅力，另一半得益于狐皮大衣、围脖和披肩的映衬。可是看到小说里干旱背景下的女人和狐狸为了捍卫生命的美丽双双而死时，她突然做了一个梦，梦见一只披着人皮的狐狸向她走来。狐狸穿上人皮是多么的难看啊！而狐狸告诉她："这人皮，是你的。"

（载《南方周末》2015年12月24日圣诞夜）

鲁院琐忆六章

1.校园　初见及玉兰

2008年早春的风有文学的张力，只一吹，我就到了鲁院第8届青年作家高研班。几番回眸，丁香、紫薇、木槿、蔷薇在玉兰花儿的引领下像征文一样次第吐露芬芳。来自全国各地的52名男女学员，成为这个季节的蓓蕾。

自幼，我喜欢玉兰到了爱的程度。鲁迅铜像的凝重和中国文学最高殿堂的神圣，被玉兰花的酥香笼上了一抹柔软和温馨。要说鲁院并不大，却像极了文学的盆景。主道两旁的花园诗行一样曲径通幽，月门敞开了意境。被翠竹掩映的凉亭，像我小说里一段温情的叙事，塔松的浓荫下时不时会冒出白如凝脂般的蘑菇，像一簇簇期待采撷的标点。仅有五层的主楼恰到好处地发挥了教室、学生单身公寓、活动室的功能。大厅里，郭沫若、茅盾、老舍、曹禺等诸位文学大师的铜像每天都在检阅着同学们文学行走的样式和表情。巨大而神秘的气场，很魔幻地蕴蓄着叙事、虚构与想象的魅力。

序曲，从集体合影开始。中国作协主席铁凝、书记金炳华、副主席陈建功和大家的见面、握手、寒暄像是邻里串门。食堂大联欢增强了大家的团队意识，眸子里有了交融与默契的意味。从院领导班子到每一个学员，都以个人或分组的方式表演了节目。我那天唱的是甘肃花儿《上去高山望平川》《妹妹的山丹花儿开》，从那天起，几位才女就叫我山丹丹。要说歌还是薛舒唱得最棒，她是上海音乐学院的科班，一曲《燕子》，连人带调带腔带表情，全定格了。每张青春的脸还以本色，抹去了往日的矜持和世俗。院子里，大厅里，乒乓球打出了章节，毽子踢出了情调……

课桌是四人一排，我的同桌是来自西藏的尼玛潘多，邻桌是来自部队的李美皆。

教与学，像有张有弛的叙事散文。每周三节课，科目包罗万象，涉及政治、金融、外交、历史、电影、军事、气象、经济、戏曲等30多个种类，更多的时间是读书，交流，感受。我在接受《假日100天》"作家谈鲁院"栏目采访时感言："作家当然不是培养出来的，那么至少有三个困扰让我无可适从：为什么来这里？学什么？怎么学？对我这位麦客而言，第一个问题的答案可以表述为磨镰刀，而后两个问题，我执拗地把'学'当'悟'来理解，悟磨镰刀的技艺，用心灵和情怀来悟。鲁迅先生青铜像那毕现的风骨、中国文学最高殿堂的层叠浓荫、文学史和现实足音浇铸在这里的文学面目和精神元素，远远超越了理论学习和社会实践本身，此收获，千学未必得，一悟入囊中。"

生命在于身体和氧气，文学在于生活和知识。有同学说："一呼一吸间，发现知识和氧气同等重要。"

傍晚的鲁院，月儿皎皎，灯儿融融，像一所恬静的剧场。大家三三五五在花园里徜徉，有女生考我："你喜欢玉兰，知道玉兰几个花瓣儿吗？"

我哑然，这是个致命的问题。对喜欢的东西，却从没用心去钻，去靠近，去关照。这样的问题在鲁院，就成了一个地道的文学话题。

大家开始绕着一棵棵玉兰树，很认真地数花瓣儿。抽样的结果：玉兰花儿有九个瓣儿。

以后靠近玉兰，我多了三分冷静，少了七分躁动。

2.愧为班长

班长，学生时代特殊的符号。3月中旬的一个午后，我意外地当选为班长。

全体学员大会由副院长王彬主持，常务副院长胡平挂帅坐镇。班主任王冰、陈涛在主席台上像方块汉字一样正襟凛然。一溜儿排，俨然电脑显示器上方一行严谨的大号标题。

这是一次民主投票选举，同学们给我投了46票。投票及考察结果报中国作协审查备案。同时当选的班委会成员可谓藏龙卧虎，西藏的尼玛潘多，山西的玄武，解放军的李美皆，河北的李浩，上海的薛舒，安徽的郭明辉，甘肃的尔雅，北京的春树，广东的魏远峰。党支部书记是江西的李晓君，团支部书记是湖北的胡坚。那天的掌声，很浪漫主义，也很现代。

当时的心情很复杂，感动，感激，感谢；犹豫，彷徨，徘徊。"麻雀虽小，五脏俱全"。我很清醒在作家堆儿里干这玩意儿等于在刀刃上跳舞。每个人在这里只不过是匆匆过客，何况我还有创作长篇小说《皇粮钟》的计划……院长和班主任轮番开导我："秦岭，没有什么比信任更重要。"一句话，让我洞悉到了自身骨子里暗藏的世故、自私和俗气。回到我的201宿舍，我把自己躺成了句子的模样，师生们的信赖，让我在顾虑的灰色尽头画上了句号。

平心而论，我有负大家的厚望，除了平时协助班主任组织课题研讨、开展联欢、乒乓球比赛、象棋比赛、班费管理、相关文娱设施保管外，更多诸如结队京郊采风游、"红袖添香"书画沙龙、电影沙龙、戏曲沙龙、在京期刊编辑与学员交流活动等等，基本上都是班委会成员或同学的自发行为，而我只不过是个参与者而已。特别是每周五晚上，由班委尔雅主持的电影沙龙，选片精准，中外兼备，激发了许多学员对电影艺术的热情。李晓君主持的书画沙龙，汇集了安徽的郭明辉、浙江的东君、四川的卓慧、广东的王十月、云南的和晓梅、甘肃的赵剑云、湖北的王芸、山西的闫桂花、广西的陈纸等许多才男靓女。异彩纷呈的活动，辉映着青春和文学的光泽。艺术的默契和心灵的沟通，使鲁院白天与夜晚的灵动除了古典的书卷味儿，还糅杂了几分传统和后现代的气息。

"群众智慧"让我这个班长见识了大家的能动性和创造力。四个多月里，有些同学的家属会千里迢迢来鲁院探视才郎或娇妻。同学们对此表现出了巨大的热情和聪明。布置"新房"、筹备"喜酒"之后，就是"闹新房""猪八戒背媳妇"，继为东君、尔雅的夫人"操办"后，有次贵州戴冰的夫人来鲁院，其他人都在忙着制作新郎帽、写对联、贴对联，我和福建的钟兆云经过科学决策，一切从实际出发，最终购买了一盒高级超薄安全套，祝福二位"新人"的夜晚，超过我们对快乐的想象。

"五一"节的傍晚，我从天津返回鲁院，发现宿舍门口放着一个透明的玻璃罐头瓶，瓶子里插着几株美丽的栀子花儿。我后来方知，同学们误以为我今番会带妻子、儿子前来，先给了我第一个惊喜。第二个、第三个惊喜期待见面后再"抖包袱"。得知我赤条条返校，几位同学一脸沮丧，从我宿舍拂袖而出。赵剑云专为我儿子准备了两只活泼可爱的小鸭子，一赌气，跑到校门口，送给了一位素不相识的小男孩。

在《皇粮钟》的初创阶段，焦灼与烦闷往往袭来，我常常在宿舍闭门静躺，有时连续两天不出门，曾经信誓旦旦领全体同学到天津玩儿的，最终未能兑现，王十月多次怨我说话不算数，这个错，我必须认。

京城六月，中国长安大戏院、北京评剧院多次排练、彩排根据我的"皇粮"系列小说改编的相关剧目。说好了带同学们去的，最终连自己也懒得动。需要说明的是，这全然不是我文化资源的封闭、独享和私心，的确是因为鲁迅冷峭的横眉、坚硬的胡子和挺直的脊梁，让我多了几分内敛和淡定，一举一动，总感到有显摆的嫌疑。而客观上，又造成了再次食言。

小说还可以再版，班长没当好，却没有"再版"的机会了。

那瓶"无名氏"送我的栀子花儿，我没忘定期浇水，直至毕业。

3.沉淀：我在鲁院的文学态度

文学，是我们来鲁院的唯一理由。

应《作家通讯》邀约，我曾发表过一篇关于鲁院生活的文章，题目叫《权当来鲁院磨镰刀》。其中有这样的文字：胸中有田，麦浪滔天。来鲁院，不是为了抢收，而是为了磨镰刀，在课堂上，在交流与阅读中。我磨镰刀的声音，在鲁迅大师铜像的光芒中紧张地飞扬。

作为一个以农村题材创作为主的作者，这些年在文学自留地的收割与打碾，不好说五谷丰登，但是囤了几多粮食，心中颇有底数，问题是鲁院的日子，我对自己的坚守开始了怀疑。之前，自认为中国当代农村题材小说缺少基本的发现和质地，于是难免桀骜不驯，只要我秦岭拥有了独一无二的视角，就可以把自留地做成最大。

我在沉淀。沉淀即便不是否定，至少也是怀疑。因为相对靠近了文学精神，你无法冲动，只有沉淀。夏日的校园，曾不止一次地像布谷鸟一样飞来我的短篇小说《硌牙的沙子》登上2007年度中国小说排行榜、中篇小说《皇粮》获得梁斌文学奖的消息，这反而让我警惕，一如警惕我的班长身份。几次外出领奖、演讲、接受采访、给演员们讲课，我都是悄悄地去，正如我悄悄地来，不炫示一片云彩。副院长王彬后来在一篇理论文章中说"秦岭在鲁院期间写了《皇粮钟》初稿"。其实我在鲁院的创作，从来没有如此的举步维艰，如履薄冰，所谓初稿，倒像一片遍地狼藉的麦茬地儿。横亘眼前的磨刀石，往往让我发呆犯傻不知所措。大好时光，流水去也。

因为自我追问，在校期间我只写了可怜的12万字，合同期内的长篇只完成了三分之一，有10多家文学刊物的约稿几乎没有动笔。除了几个应急的随笔，我倒是十分认真地按照我个人的意志完成了一个中篇和一个短篇。之所以敢提"认真"二字，我在尝试着攥紧磨好的镰刀，晨起，蹑手蹑脚地探入麦浪，并大胆地割了几拢。赴麦田的路上，鲁院的星星和月亮为我洒下了光华。于是，伴随着"5·12"的大地撕裂声，我的地震中篇《透明的废墟》在阵痛中分娩了，多家报刊转载时，有些编者按是这样的："这是第一部表现汶川地震的质感小说。"

这已是鲁院的后期，我不在乎"第一部"，在乎"质感"。

懂得了该在乎什么，感觉鲁院的阳光和风有了可以触摸的质地。我对短篇《本色》重新做了梳理和反哺。我明显感觉自己是在某个制高点上看待文学了，我拥有了自觉跳出时下惯常的乡村叙事模式和摆脱底层叙事桎梏的自信，我在大胆地开拓新的叙事领地和表现指向，包括农村社会各阶层富有国民性的道德交融，包括他们人性光辉的包容、接纳、理解、担待与承受，也包括小说的品质。主编许晨告诉我："《本色》我准备做精品来发，不随便出手。"闻之，欣然。

《透明的废墟》和《本色》在第一时间就被《小说月报》《作品与争鸣》《中篇小说月报》等各类选刊、晚报转载。按理说小说已经被权威选刊转载20多次，不值得大惊小怪，但这两篇小说，不是出自我的书房，而是鲁院的201室，它的每个汉字和标点都被掠过鲁院的风腌制过，它是我小说的咸菜，咸鸭蛋。

我在博客中自我勉励：在鲁院，我文学坍塌的部分，会用追求补上去。坚守和追求，构成磨刀石和镰刀的关系，我将一气割到天尽头。

4.52颗心与"5·12"大地震

大自然创作的人间悲剧比文学的悲剧要残酷得多。很不幸！我们这届高研班与震惊中外的"5·12"汶川地震撞了个满怀，一如正在电脑前潜心创作，突遭乱码袭击。

地震前夕，我正好请假在福建鼓浪屿参加《小说月报》举办的笔会，信息时代几乎在第一时间就把汶川受伤的消息反馈到了鼓浪屿上的游人。同行的四川籍作家桢理早已泪流满面。我突然收到一个长途短信："班长，四川地震了，在外注意安全！"那一刻，我的眼眶成了堰塞湖。

这是从北京，从鲁院，从玄武的手机上发来的。

5月17日返回鲁院，空气凝重得像死机的电脑，同学们的表情进入季节的霜期。原来，从14日开始，大家已经自发开展了一系列悼念活动，《文艺报》《中国作家网》发表了全班同学撰写的《鲁迅文学院第8届中青年作家高研班致全国作家一封信》《鲁迅文学院第8届中青年作家高级研讨班致灾区人民的慰问信》。集体签名的时候，班委会和同学们没有忘记我，排左上角第一位是我的名字，是李晓君代签的。15日夜，大家在院子里点燃52支蜡烛，组成一颗心的图案，在歌声《祈祷》中寄托哀思，祝愿死难者在去天堂的路上走好，祝愿流血者把死神甩得老远，祝愿幸存者走出梦魇。祝福是在用心，而泪，已成行……许多同学在博客里记录了这一刻。

配合中国作协和鲁院，我和班委会成员一道，迅速组织开展了捐款捐物等相关活动，一曲曲人间大爱的奏鸣曲在普通学员的心房奏响，有的同学争着去献血，有的同学争着要远赴余震不断的灾区投入抢险救灾行动，用心灵和笔记录那里的流血、死亡与感动……

楼下的大厅的公告栏上，公布了学员们捐款的数额：8 882元。

钱并不多。这里不是财大气粗的董事长班、经理班，这里是靠文字养家糊口的青年作家的研讨班，何况许多同学已委托原单位、家属代为捐款多次。有个浅显的道理是用不着解释的。涓滴之水，终能汇流成河，捐赠不论多少，善举不分先后，只要人人都献出一点儿爱，哪怕仅仅是一元钱，所有的爱心善举，必将汇成爱的暖流，流进灾区同胞的血液。血液是能够温暖血液的，一如生命能够呼唤生命。

我没有争过玄武，他和春树最终代表全体学员，随中国作家团向乱石穿空的陕西南部、甘肃南部灾区出征。"征帆初挂酒初酣，暮景离情两不堪"。送别大会凝重、肃穆而悲壮，白描院长亲自主持，我受命代表同学们向勇士致送别辞。我那天的发言颤动得直打卷儿。玄武热泪奔涌，哽咽着说："同学们，我爱你们。"大门口，春树对我说："山丹丹，我回来后，希望能听到你的甘肃花儿。"

受名额限制，南飞雁加入河南省作家团去了汶川灾区，而胡坚的行动有些传奇，私自离校，关机，只身前往，一时成为师生的牵挂，幸而被前期抵达灾区的中国作家团"收容"。

"呜哇——呜哇——"5月19日下午2时28分，北京上空长鸣的警笛、防空警报、车辆的喇叭像陡然平地而起的龙卷风，包裹了鲁院、缠绕了鲁院、湮没了鲁院、撕扯了鲁院、踩碎了鲁院……那一刻，鲁院的窗外，全国和各驻外机构下半旗志哀，一切公共娱乐活动停止。师生们和13亿中华儿女一样，在同一个时间，在不同的地点，为汶川大地震中的死难者默哀。

有人说，这是中华人民共和国历史上首次为自然灾害遇难者举行全国默哀，也是中国上下五千年为死难黎民百姓举行的最大规模的哀悼活动。我敢相信，这是真的！只是我不知道，千百年来，中国底层普通民众生命的尊严，是否会始于今天，今时，今刻，今分，今秒，今微秒，今微微……秒。

举国之殇，全民同咽。共和国一隅：鲁院的师生全体肃立，低头，垂手。

教室里一片呜咽。"滴答，滴答……"像雨落梧桐，像檐水穿石，像空涧秋鸣。脆，也沉；密，且绵。桌面湿了，地面湿了。

6月下旬，《北京文学》杂志社把载有我《透明的废墟》的地震文学专辑，发往灾区大专院校。在天津作协的配合下，我和诗人林雪等人迅速策划、编辑了收录有全国百名诗人诗作的《挺住中国——汶川诗抄》诗集，并在津门举行了首发式。

我相信，那天来的读者，都带着自己的心。

5. 争鸣、对垒与默契

因为文学，因为激情，因为鲁院，同学们之间的文学争鸣往往犄角相抵，抵出一幕幕无法谢幕的情景喜剧。几度面红耳赤后，散会了，用掌拍拍对方的肩膀："哥们儿，我还是不服。"

嘴唇是软的，唇枪舌剑却是硬的；掌是铁掌，拍过去却是软的。

我经历过鲁院组织的三次主题研讨，分别以"文学与理论批评""文学与市场""在鲁院学什么"为题。记得在学院组织的"思想穿透力"主题研讨中，我的发言《当前农村题材小说生态危机浅析》被《文艺报》等多家报刊采用或摘用。由老师参与、同学自己主持的文学讨论则更具灵活性，其中我主持的讨论主题是"当代中国农村现实与文学表达"，那天几十位同学为了捍卫各自的文学真理，理由、论据和论证像出膛的子弹，呼啸着扑向对方的前沿阵地。那天，我见识了李美皆的尖锐偏锋，李浩的理念透视，玄武的单刀直入，张锐强的观察视角，郭明辉的藏锋开局，南子的奇思聪颖，小痘的悠然妙解，任洋的巧辩明析，南飞雁的睿智切题，马笑泉的缜密谈吐，赵剑云的趣味率真，米米七月的本色神悟，强雯的妙语温解……在与格非、李敬泽、徐坤、刘庆邦、韩小惠、邱华栋、张者、刘亮程等作家、编辑家的文学对话中，大家更是一人一阵地，一人一旗帜，弥漫的硝烟中，遵循的理论像引号，执着的坚守像感叹号，顽强的进攻像破折号，巧妙的迂回像问号，坚定的打援像括号，却永远没有退却、坍塌和溃退，争执各方都在文学漫长而遥远的省略号上鸣金收兵。

文学，在这里因为争论有了生机，无论古典的现代的外国的民族的旗帜在这里都是自己的旗帜，混战过后，打扫战场，也不知最终坚挺者或者倒下者谁。像极了班委会组织的一次乒乓球比赛。男子单打那场，郭明辉是公认的教练级队员，李晓君是毫无悬念的头号顶级种子选手，但是单轨制的淘汰逻辑，无法赛出实力，却能得出规则自身的偶然结论，最终金银铜牌很堂皇地挂在了另外三位"黑马"的脖子上。获奖者当然乐了，没获奖者也乐了。这样的乐，很是文学的意思。

硝烟散去，吃饭、作息、窜房间，又恢复了日子一样的常态节奏。逢上喝酒，握手，相敬，似是知己千杯也嫌少。

鲁院周边的酒店，可是吃过了喝遍了。把酒临风，才子才女们眸子里闪动的，是文学大观园里最纯粹的明净和真诚，酒是放开了，人也随之回归本真自然，歌之，舞之，咏之。

我的一曲原生态《圪梁梁》，刚吼到"对面山的圪梁梁上那是一个谁，那就是要命的二妹妹……"竟让体型如壮牛的李浩同学嚎啕大哭，他这一哭，几个女生也抽抽搭搭，酥手轻沾，挂在睫毛上的晶莹，在指缝里流走。

有次几位同学在食堂争论昆曲《桃花扇》，我自恃对古典戏剧有所了解，就从该剧所谓"借离合之情，写兴亡之感，实事实人，有凭有据"切入，大谈侯方域和李香君情感根基，没想到一旁的才女安意如眉毛一挑，很认真地发问："那，你对《桃花扇》中传统的几个折子怎么看？"包括我在内的几个男生，当场理屈词穷。她取笑各位："以后谦虚点好不好？"大家齐声答："好！"后来我才知道，安意如对《桃花扇》中《访翠》《寄扇》《沉江》这样的折子，早已烂熟于心。之后我认真拜读了她赠我的《人生若只如初见》《思无邪》，始知这位不幸残疾的江南才女对古典诗词、戏曲的研究早已出神入化，她和我班的其他几位才女饶雪漫、春树、米米七月都是各大出版社追逐的香饽饽。

后来安意如在经纪人的陪同下来天津，我请她观看了正宗的天津相声。

率性、热情的湖南才女米米七月为大家建立了"鲁八"QQ群。"相知无远近，万里尚为邻"。毕业并没有妨碍大家在QQ群里的交流。争鸣永无绝期，默契一如既往。

学员在各自的省市捷报频传，好事不断。跨省市采风，首先会想起班里的某个谁，必然有一份同窗才有的期待。

6.我在毕业典礼上的发言

"一曲骊歌又几年。"毕业像班里的文学事件，一如北方夏季意外的返潮。

7月10日的毕业典礼上，我和李美皆分别代表男女同学发言。与开学典礼相呼应，铁凝、金炳华、陈建功等中国作协的诸位掌门如期莅临，有点像迎来送往。巧的是，在我多次代表全体同学的发言中，其中有三次竟是送别骊歌。第一次是送别常务副院长胡平赴中国作协创研室履新，第二次送别是同学赴灾区，第三次是这长亭外、古道边的集体话别。我发言的大致内容如下：

"此刻，在朝阳区八里庄南里27号，在这个被誉为中国文学黄埔军校的地方，我们防不胜防地与一个古典而伤感的动词遭遇，那就是：分别。'相见时难别亦难'，之所以相见难，因为我们所在的各省市、各行业即便是藏龙卧虎，并不是谁都有如此幸运的机缘；之所以别亦难，因为文学名义下的友情、牵手和默契让我们的眼睛潮湿、让我们的步履艰难，我们一旦走出十里堡的长亭外、古道边，即便是芳草碧连天，终将难得大团圆。

"在这四个半月里，我们52名来自五湖四海的写作者，在鲁迅的旗帜下，在中国文学最高殿堂自由而真实的时空中，在专家、学者的传道、授业、解惑以及与学术权威思想的交流碰撞中，我们几乎每周都能感知到弥足珍贵的涵盖社会科学和自然科学层面的知识给我们的精神力量，感悟到每个个体与鲁院构成的特殊关系，感知到鲁院给我们带来的中外文明、文化以及文学的味道、气息和声音。记得在开学典礼上，中国作协党组书记金炳华曾启发我们，必须要搞清楚来鲁院学什么、怎么学、学到什么的问题。我相信，52位不同的个体，必然有52种感受，52种所得，52种体验，52中回味。我们很清醒，世界上没有任何一个国家的作家可以像中国的作家一样享受完全免费的文学盛宴，我们在自豪的同时，没有忘记思考和反省。这里绝非是歇脚和赋闲的驿站，这里是我们思想的充电室，创作的加油站，它必将更加催发和丰富我们属于艺术的敏感和思维的触角，加速我们的情感家园与现实世界的交融和感应。今后或者更长一段时期，如果说我们文学的理念和追求呈现新的姿态和面孔，并且在我们的创作实践中得到充分的展示和体现，那么我们敢说，就视野和高度而言，离不开这片热土的滋养和文学精神的照耀。我们有决心、有信心走好我们未来的文学之路，中国文坛必将更多地听到来自鲁院第8届高研班同窗的声音。

"从今天开始，我们在鲁院的130个日日夜夜将成为文学人生中一段特殊而绵长的记忆，这段记忆将永远像贝壳一样镶嵌在我们大脑屏幕中最开阔、最温暖的地方，伴随我们一生。试想：我们怎能忘记一楼大厅里鲁迅、郭沫若、茅盾、巴金等8位文学大师在凝重庄严的浮雕中对我们的热切注视，怎能忘记当代科学文化领域的权威泰斗对我们的言传身教，怎能忘记在冀中和长江三角洲地区参加社会实践时那奔放而自由的欢笑，怎能忘记在文学、电影、书画沙龙中激烈而友好的争论，怎能忘记汶川大地震带给每个人心灵的激荡和奔涌的眼泪，怎能忘记同学之间无私的互相帮助、互相勉励、互相搀扶和一颗颗滚烫的爱心，怎能忘记彻夜的灯光下伏案创作的疲惫的身影，怎能忘记乒乓球、沙包、毽子、呼啦圈让我们焕发的青春……尽管这一切的一切将不复存在，只能在记忆中闪回，在梦中重现，但是我们相信，只要友谊常青常在，作家有作家的牵手方式，作家有作家的圆梦平台，我们会从书店、期刊、报纸中与我们熟悉的名字对接，我们会继续阅读彼此，感应彼此，体味彼此，永不言弃，直至我们在岁月中慢慢变老。因为我们是鲁院人，我们是同学。

"鲁院的日子里，我们没有遗憾，没有徘徊，没有寂寞，因为我们这些在漫漫沙漠中爬涉的旅人找到了文学的甘泉和绿洲。我们将从这里出发，回到我们栖息的地方，但我们会常来，当我们困惑、迷茫的时候，我们会来这里寻找勇气，寻找鼓励，寻找自信。因为鲁院不仅是我们的母校，鲁院永远是我们作家的家园。

"作为班长，请允许我表达内心的歉意。由于自己能力和水平的局限，在这个优秀的团队里，没有较好地尽到责任，内心感到十分不安。请求谅解显然是句套话，我只希望大家方便的时候到我们天津来，我们继续把酒临风，共话文学的桑麻。

"我的发言完了，谢谢大家！"

2010年9月12日整理于天津

（载《我的鲁院》——鲁迅文学院60年校庆专辑，白描主编）

不能让"津味儿"成为林希的紧箍咒

——林希小说集《找饭辙》（序）

在我看来，文坛对林希小说的研究分明是走样儿了，至少在研究的理念和方法上死钻牛角，人云亦云，以至于造成林希在中国文坛的定位像是雾里看花，绰约不清。罪魁祸首之一就是"津味儿"这个标签在林希小说浩繁的审美元素中喧宾夺主，人为框定、绑缚了受众对林希的认知路径和考察视角。小说百味，却被其中一味乱了嗅觉。

文学创作的历史经验和教训表明，对一个在创作上有较大格局或者大格局的作家硬性套上某种标签，并不完全是好事情。林希的《找饭辙》《买办之家》《蛐蛐四爷》《天津闲人》《相士无非子》《小的儿》《高买》《婢女春红》等大量小说如重峦叠嶂，小桥流水，既能在体制和民间囊括高端奖项，又能在海外风靡于案头枕尾，此异数也！他的小说、话剧多以中国近代史的缩影——清末民初的天津为背景，精雕细琢地反映了中国一个时代的都市生活和风情。"津味儿"是其小说中一个鲜明的文学特征之一，恰是这个众口一词的"津味儿"，分明是对林希爱错了主向。这就像当年小聪明的评论家非得给天津作家蒋子龙的城市工业题材冠以所谓"改革文学"，粗暴干涉和误判了小说格局，影响了小说丰富的历史反思和批判精神的传播。要说感情是相恋的唯一条件，恐怕鬼也不信，否则纷攘红尘中不会有那么多的劳燕分飞，同床异梦。

有意思的是，作为一个对全国文坛谱系或多或少有所了解的写作者，我发现天津人对"味儿"尤为刻意。我并不是研究天津文学的专家，但就我对中国文学的考察经验判断，一位优秀作家的作品至少在审美理想、主旨抵达和精神提供层面是跨地域的，或者说与地域只是主食与调味品的关系。一方水土之味儿，与呈现一方水土之文学味儿固然骨头连着筋，但骨是骨，筋是筋，本质上不完全是一回事。地域是作者呈现内心的背景而不是文学本身，更不是文学的全部。比如"津味儿"，它不光是地理意义的"津味儿"，更大程度上是作者人文情怀和思想原则的"津味儿"。我在20世纪90年代在甘肃天水生活时就阅读过天津作家的一些作品，我看好林希作品中那种都市各色人等心灵博弈中弥足珍贵的道德考量，对世俗社会真诚与伪善的层层剥离与呈现，对特定历史时期众生相的精雕细刻，对文学传统的继承、注入和对文学精神的呵护、坚守，这是小说中最沁人心脾的、荡气回肠的"味儿"。这"味儿"是跨区域、跨肤色、跨人种的，它饱满、硬朗、厚重、通彻、诗性、精微、贴切、锋利、鲜活、柔中带刚、兼容并蓄、腾挪有致，完全穿越了读者的心灵。要说味儿，首先是文学味儿，其次是民族味儿，再次是中国味儿。有这种味儿的作家，放眼全国文坛，到底能拎出多少，我不好妄言，但不是心中没有底数。

当这一切审美之后的之后，我们得暇思考小说地域特征的时候，理所当然地会想到小说浓郁的另一种味儿——"津味儿"。林希的"津味儿"首先是林希的味道，然后才是天津的味道。这种味儿不是天津与生俱来的，而是林希个人对天津的赋予和呈现，此当一功，功莫大焉！可悲的是，学界对此味儿的研究偏偏掉了个儿，天津先之，林希后之，好比进得花园，你不是在赏花，而是在惊叹花下的泥土；好比夸一个女人，你不是咂品她骨子里的风情，却被双眼皮吸引；好比举杯邀月，你似乎忘了月在酒中，只顾把玩杯子……

这是众说纷纭的先天不足与短视，也是林希作为天津人的不幸。

时光荏苒，斗转星移。中国文坛早就清醒了，但许多专家对"津味儿"的研究反而闷混不明，有人甚至大包大揽地把作家在生活、题材、语言、叙事、叙述、表达方式以及掌握天津人生活常识的多寡作为是否具备"津味儿"的参照，这是一种怪诞的自找罪受。如果冯梦龙前辈循此法写《东周列国志》的"列国味儿"、罗贯中前辈循此法写《三国演义》的"魏蜀吴味儿"，那就很是搞笑了。老舍的《四世同堂》《茶馆》等部分作品有浓郁的"北京味儿"，但你如果用这顶绿帽子扣了他的全身，老人家会披头散发地从太平湖里爬出来找你算账的。即便当下文坛，随便拎出一大堆儿经典作家的作品，都是很好的证明。莫言笔下《红高粱家族》中的高密，并没有完全依靠齐鲁大地的文脉遗风，而是借助于马尔克斯文学精神的动力和现代主义技法，洋为中用，把一个真实、生动、丰富的高密乡和盘托出，没有人会清浅地冠以"高密味儿"；陈忠实受俄罗斯文学和欧洲文学现实主义手法的滋养，在《白鹿原》中把关中农民的人间烟火描绘得淋漓尽致，没有人会草率地强加"关中味儿"。要我说，林希用林希之法真实描绘了文学的天津，那种难以效仿的排他性和独立性，让弥散其中的所有味儿都汇成了一个标志性的味儿，那就是"林希味儿"。同样的道理，沈从文之所以成为沈从文，汪曾祺之所以成为汪曾祺，完全因为他们在众香国里异香扑鼻。大观园里，牡丹是牡丹，芍药是芍药，凌霄是凌霄，水仙是水仙，但大观园只是大观园。

　　史界考察中国近代史以天津近代史为样本，这是上帝赐予天津文学界丰厚的文学"乡土"，是天津作家之荣幸和庆幸。但是，当庞大的天津作家群都冲着地理概念的"津味儿"而去，必然阵脚大乱，迷失方寸。7年前，我在《上海文学》发表过一篇反映天津生活的小说《碰瓷儿》，有专家爱怜地劝导我："你把一帮依靠碰瓷儿坑蒙拐骗的天津混混儿们写活了，但不够'津味儿'。"这话自相矛盾到违背常识的地步。如果我用卡尔维诺、博尔赫斯之法描绘天津，是不是算张冠李戴呢？如果我用老家的秦腔演绎狗不理包子和天津大麻花，是不是偷梁换柱呢？旗袍穿在欧洲洋姐身上，你千万不要认为人家不够中国味儿，社火里掺和进芭蕾，你也不要嫌不够欧洲味儿。"味儿"是嘛？说了算的是舌头，不是眼睛。形式和内容永远是对立的统一，非得在形式和内容之间画等号，那不是小说家的做派，那是泰国的人妖表演，越是风骚得一塌糊涂，越是公母可辨。

　　天津有句话倍哏儿，曰："活鱼摔死卖。"意思是好东西人为折了价。林希自己在"林希味儿"和"津味儿"之间更倾向于哪种味儿，我管不着，但我相信，林希对孙悟空的第一印象，必然是七十二变，而不是紧箍咒。研究者摘掉林希头上的"紧箍咒"，必然会有新的还原和发现。

　　林希从20世纪30年代的民国一路走来，耄耋资厚，国内外研究者甚众,可他却乐呵呵嘱我这小晚辈作序,你说这算嘛味儿?

2017年3月3日再改于天津观海庐

(注:载《天津作家》2013年第3期,此为2013年1月在天津作协"林希作品研讨会"上的发言)

黑眼睛蓝眼睛放射一样的光

——与保加利亚作家代表团交流中的发言

在阳光充足的正午和保加利亚的作家同行见面，第一感受：不陌生。我去过欧洲阿尔卑斯山周边的一些国家，感受过波罗的海的风采和多瑙河的魅力。如今，各位又从多瑙河畔来到了我们的国家，来到了位于渤海之滨的天津，有点像我们中国民间的串亲戚。亲戚不分彼此，历史上，咱源远流长。

中国有句老话"物以类聚"，尽管我们语言、肤色有别，但是心灵已经靠近，因为大家在以文学、以艺术的名义跨越万水千山，靠近了共性。此刻，我的黑眼睛和你的蓝眼睛，放射着同样的光芒。据我之前了解，在座的尼科洛夫先生不仅写小说、散文，而且在诗歌方面也很有成就；斯拉沃夫先生不仅是小说家，而且在电影剧本和戏剧、舞台剧方面很有造诣；格奥尔基耶娃女士在大学时学的是绘画，而文学的成就让她梅开二度。各位的多才、丰富和对艺术涉猎的广泛，令我钦佩。我是写小说的，从小也喜欢绘画和音乐，这为我从不同的艺术视角感受各位的才华和魅力，提供了更多的可能。

作为一个为区域文学艺术团队提供服务的写作者，我更愿意介绍我所服务的团队。大家此刻所处的位置，是天津市的城中之城——和平行政区，这里拥有天津市历史最悠久、规模最大、门类最齐全的基层文学艺术联合组织，被誉为中国京剧的大码头、相声艺术家的摇篮、天津区县文学的窗口，许多活跃在全国一线的天津籍作家，也是从这里展翅高飞的。目前，我们团队下设作家、剧作家、戏剧家、戏剧家、舞蹈家、音乐家、曲艺家、书法家、摄影家、民间文艺家等10个专业协会，理事120人，会员1260多名。较早成立的"七月诗社"成为天津诗坛的常青树；与北京、天津等地高等院校以及影视公司合作的文学沙龙、影视基地、出版平台、期刊网络正在发挥积极作用。我们的主要职责是：通过发挥"联络、协调、服务"等职能作用，大力拓展文学艺术活动的空间和服务领域，保持与各团体会员和广大文艺工作者的紧密联系，依法维护他们的合法权益。顺便补充一点，这里是中国文联的调研点，也就是说，这个团队的经验，被其他地方嫁接后，会开成各具特色的花儿。专业术语叫推广，推一推，就广一广了。这是几代人集体的智慧，我们的团队因而有了不竭的动力，几十年来，尽管一路磕磕绊绊，但始终保持了行走的姿态。

蜜蜂跳舞的地方，往往有美丽的花儿。大家到这里来，是因为这里艺术的芬芳。我们的花儿红在哪里？欧洲人惯常打比方，中国人习惯了罗列，好啦！在文学领域，中国作协重点作品扶持项目在天津有9部，而我们团队的作家占了三分之一。作家们还在世界华文皇冠奖、中国小说排行榜、台湾《联合报》文学奖等著名奖项中屡屡折桂；在剧本创作领域，艺术家的《京华烟云》《红处方》《像雾像雨又像风》等多部电视剧，屡屡成为央视一套黄金时间的新宠，全国"十大编剧"之一的张永琛，他的眼镜片儿和他一样发光；在戏剧领域，艺术家们参与主创的京剧、黄梅戏、评剧、山东柳琴等多次在全国舞台叫板，全国戏剧展演特等奖、一等奖的奖杯，也曾温暖入怀；在舞蹈领域，我们的演员在加拿大、德国、日本等国家的剧场里，像天使一样，问鼎国际金奖2次；在摄影、书法、美术、音乐等领域，艺术家们先后6次在奥地利、日本、新加坡、中国香港等国家和地区精彩亮相。在各省市看来遥不可及的全国群星奖，我们的艺术家就拎回了9次，就像一个个仙女，从花丛中拎着一罐罐儿蜂蜜，微笑着朝我们款款走来。这些天，各位客人如果有机会感受天津传统文化的标志——古文化街的风采，你一定想不到，活跃在脸谱、雕刻、印纽、风筝、剪纸、动漫泥塑等民间艺术领域的许多高手，不少就是我们这个队伍里闪亮的星。星高在天，所以叫高手。高手，意味着更多的人不过是低手。

艺术因为创造而有力量。连日来，您如果设身处地感受到了我们这个城中之城的人文气息，那么我可以理直气壮地告诉您，您已经触摸到了中国社区文化的样板（国家命名）。在这里，数以千计的专业的、业余的艺术人才活跃在社区和老百姓当中，各种文学讲堂、京剧票友比赛、纳凉晚会、音乐沙龙、老中青少儿合唱团、相声茶馆、舞会、京韵大鼓组合……名目繁多，异彩纷呈。艺术家们在老百姓中汲取营养，使自己枝繁叶茂，而开出的花和结出的果，转而提升了老百姓的精神生活。今夜，建议您从津门的相声茶馆度过，为嘛？锛哏儿哎！像吃了15个褶子的狗不理包子。

好了，关于我个人的创作，主持人已经做了介绍，我不再啰唆。作为一名写作者，当然希望自己的作品能打动更多人的心，这其中，也包括保加利亚的读者。我的基本理念是至少写成一个自己。当有朝一日，保加利亚的读者在任何一个国家图书馆一眼认出秦岭的小说，我当然会偷着乐的。如果那是另一个秦岭，我也就白乐了。

我的发言完了，谢谢！

2010年4月15日于天津观海庐

文学自有故乡

不用遥指杏花村，回眸，文学自有故乡。

我知道我文学的庄稼依赖故乡的哪口水井、山泉或者屋檐水，真的知道，否则那些属于我的汉字、语言、描述、叙事就像坡上过了根虫子的蒿草，即便野火烧过了，春风再鼓劲，也不会"吹又生"。

我在另一篇创作谈中如此诠释过作家和庄稼人之间的某种类同：指头是犁铧，电脑是土地。只有人脑和电脑像人和驴子一样构成驱动的关系，我们就能闻到新翻的泥土的芬芳。所谓文学意义的力透纸背，其实就是对现实故乡和精神故乡默契的精度和深度。现实故乡和精神故乡的山、水、林、田、路、人，让文学的故乡冰肌玉骨，炊烟四起，山鸣谷应，这边唱来那边和。

认识抵达于此，同时也就扎到了我文学的软肋。如今要盘点在文学的故乡伸脚踢腿的样子，我反而无可适从，首当其冲的是考验自己的勇气。

西部是故乡。在一些报刊邀约的创作谈中，我无例外地要谈到我的老家甘肃天水，在羲皇故里开阔如天的精神背景下，记忆的屏幕上闪现最多的，是孩提时代母亲给我们讲读评书的情景，是可敬的外祖父煤油灯下抑扬顿挫的"古今"，是前辈压在箱子底下的线装版《三国演义》《水浒传》和首版《山乡巨变》等珠玑文字。1985年中学时期发表第一篇作文并在原天水地区征文比赛中获奖的时候，少年的我就在应邀撰写的获奖感言中，别无选择地把文学的启蒙和孩提生活联系起来。我在一本刊物上有这样的描述："20世纪七八十年代的西部乡村，日子像清淡的酸菜，连羊肠小道上的羊粪、牛粪都闻不到食物转化过的味道，而我居然守着酸菜的同时，有机缘守着阅读、回味和思考，据此我有理由认为，孩提背景，是我文学最早的启蒙。"经历无法颠覆，因为经历本身就是答案，纵万般诘问，答案一如既往。

是什么在引导并构筑一个人的艺术方位和准心？现实的答案很多，比如生活、历练、遭际、知识结构等等。而我唯时代是举，时代才是催生作家的润滑剂。在接受高等教育之前的20世纪80年代中期，我曾在故乡的一所师范学校读书，那个时代据说催生了数量可观的作家群，但在我看来，那只不过是特定历史时期必然出现的一个罕见的文学汛期，而不是什么所谓的黄金期，它更像一次排洪，因为泥沙俱下，就不可能诞生什么好作品，我只承认那个时代的文学激情。当时的我，未来生活的方向和形态如迷蒙烟雨难以确认，却可以把思想放逐到云端月宫。文学颠簸得我血脉贲张，不经意间，少年的我成为百舸争流中的一叶激进地有些偏执的小舟。那时的文字和审美没有心灵的归宿，只知道把青春的躁动和梦想在缪斯的眼皮下放飞，幻想着将来中国的作家、画家、音乐家里会有秦岭这个符号，于是不惜在早恋的芳草地里勒转马头。最终，文学迫使其他爱好统统下野，在音乐、绘画的废墟上，几十篇小说、散文在《少年文艺》《中学时代》《春笋报》等报刊的处女地上拔地而起。"资历"使我理所当然成为创建校园文学社、创办校报校刊的"先驱"之一。记得当时学校传达室的小杨每周都要拦我去他那里签稿费单子，每签一次，古城劳动路临街的木凳上，就会多一个对着肉夹馍狼吞虎咽的少年。

那个时代值得留恋、欣慰的事情很多，重要的是，在邓丽君、齐秦的歌声里，做了许多的梦，梦有棱有角，咋摸咋有。1988年夏天，故乡作协会员名册里增加了一个学生会员，那就是爱吃肉夹馍的我。记得那天学校在南山体育场举办运动会，我把作协会员证带到最要好的同学中间，在男女同学羡慕的眼神中，我看见了又一个自己。虚荣心像一个鼓囊囊的气球，直直地往云彩里飘。那天，我用漫画的技法在笔记本的扉页创作了一幅自画像：头顶天，脚立地，周身赤裸，形如石膏像大卫。

小少年，大野心。课堂上填词云："喝令地球立正，跃马宇宙稍息。"

乡村和校园晾晒了我的性格，打磨了我的理智，冷静开始像冰山一样横亘在青春的胸口。青春和校园文学因为年轻而青涩，外边的世界开始让我无奈。文学岂能当饭吃？这绝对不是我的农民意识，文学在生活的磅秤上，不如一粒尘埃。1989年，命运的铁蹄突破我对未来生活形态预想的最底线，把我顺手牵羊到一个叫西口的山区讲台教书，同时给生活嵌入了清贫，把心绪抖弄得鸡毛乱飞然后又夯进砖墙土垒。按理说，小哥哥要走西口了，村口，该有个情妹妹要招招手的，我却无法回头，我知道背后没有泪珠儿飞扬的毛眼眼儿。从十里铺到五十里铺，飞扬的，是尘土点儿，点点儿。不是不热爱乡村教育事业，更非数典忘祖，而是物欲社会和不规则的社会秩序把我逼上了随波逐流的孤帆远影。躯壳里日渐像丝一样被抽出的，是梦，如炊烟，静悄悄地消失在玉米地和山旮旯中。在与文学分崩离析的10年里，文学的汛期成为记忆，命运却没有让我的河床闲着，变本加厉地流淌着另一类文字，那就是在各级区、县主要领导身边以"大秘"的角色撰写公文材料并从事经济、管理、人才等社科类理论研究。这类写作使我的人生旅途九曲回肠，生活的图景变幻莫测，思想的交锋跌宕起伏。从

1991年开始，我的步履从乡村到小城，从教育系统到党政机关，从西部高原到渤海湾，从秘书到七品小吏，从赤条条无牵挂到成为天津女子的丈夫和娃他爸。1999年，我文学的触角再次支棱起来，以引爆器的姿态靠近了文学的丛林。我在试探，是爆炸？还是艺术的知觉早已老化？"轰隆隆……"这次撞响的，是连环雷。这绝不是我的文学汛期，是我不断增高的思想冰山和不断融化的艺术雪水。我笃信结束意味着开始，我不信所谓的弹指一挥间，我信岁月的黏稠和宽度。在天津生活的第三个秋天，去了一次故乡，感觉土地在开花，所有的石头都在唱歌，麦垛后的老黄狗一笑，宛如一个怀春的女子，酒窝窝里荡漾着相思的气息。

文学的回光返照，激活了我身上久未启动的调节系统，灵感在我思想和生活的沼泽里彩虹飞架，思维方式迅速一分为二，在官场的精神追寻暗自调整了指向。在后来短短的几年里，我用业余时间的绝大部分，以每年平均十几万字的速度在文学的峡谷里寻找尘封太久的自己。尘封久了那就有了文物的属性。《新华文摘》《小说选刊》《小说月报》《中篇小说选刊》《作品与争鸣》《中篇小说月报》等选刊、选本有很棒的考古嗅觉，我有20多篇小说通过他们，把生活的真相一次次大白于天下。那年，从维熙老先生在《中国文化报》撰文评价我的一部小说时说："从取材到人物情韵的描写，在当代描写农村生活的作品中，都称得上一声绝响。"

我的文字是绝响吗？我连怀疑自己的工夫都没有。艺术的路上，分明有个梦中的情人，远远的，站在我必经的路口，翘首，挥舞着粉色的丝帕，嘴角漾着盈盈的笑，像一朵雨后的玉兰花儿。啊啊！我还回头吗我！

渐次意识到，最和人不开玩笑的恰恰是命运，我必须相信，出走文学十年中太多的颠沛流离和风刀霜剑，恰是命运对我思维方式和行为方式的危改，对我灵魂和精神的重铸，是在帮我颠覆单纯、摈弃感性、埋葬不切实际的幻觉和浅陋。文学给不了我这些东西，而生活给我了。不但给我了，还给我安装了窥视生活真相和原色的触角，擦亮了窥视艺术生命之泉和灵魂之本的眼睛。命运其实总是以母性才有的眼神关注着我们每一个人，温暖而热切。

转而，我把命运给我的，给了文学的我，和我的文学。

于是，真切地感到时光的可贵了。生命的答案早已参透：人间已经够热闹，从来不稀罕谁谁谁曾经来过，今世，我们都没有第二次。每当感觉日子在指头缝儿里廉价地洒落，我就知道，只有抓紧文学的崖上草，精神就不至于沉入谷底。

文学使我挣脱了喧嚣，发现寂寞是另一种精彩。心灵归于自由和沉静，艺术的享受原来可以让生活没有边界，拥有的世界原来可以变得很大。

　　一些报刊在帮我梳理所谓成长的历程时，我告诉编辑，成长贵在"成"字儿，取决于标志性的创造，这点，我远未抵达。我只能说，我尚在路上。创作是行走的过程，我习惯了用自己的双脚走路。我宁可告诉他们我的一次次的路遇，因为路遇的温度，它煮沸了我创作的热情，揭开锅盖儿，"成"与不"成"且搁一边，至少能看到抵达的过程和递进的形态。1985年的路上，一位刚刚从兰州大学毕业的女子来到了乡村，成为我的初三班主任，她几乎把我的每篇作文给许多班级讲读。她现在已经是某大学的著名教授，她一定会记得当年那个穿着绿军衣蓝裤子戴着绿军帽的被一脸青春痘折磨得让英俊打了折扣的农村少年，因为作文而满面红光。2003年，《北京文学》杂志社社长章德宁女士曾力挺我的中篇小说《绣花鞋垫》在原创版、选刊版破例同时推出，首开《北京文学》先河，从而把我的"乡村"系列小说推到了文坛的前沿。2006年，被国内外华人读者誉为中国的"古拉格群岛"的小说家杨显惠先生不仅屈尊为我的长篇小说《断裂》作序，还就小说的"为什么写""写成什么"等本质性问题在《小说评论》《文艺报》等报刊为我的小说高标定位，认为"秦岭的小说打开了一扇崭新的视窗，呈现的是一条与众不同的艺术道路"。我的"皇粮"系列陆续发表后，恰逢中国首届农村题材小说研讨会召开，一些带着研究课题的专家诚邀我前往。2009年，中国作协、天津作协和百花文艺出版社联合在北京为我的长篇小说《皇粮钟》召开的研讨会……

一次次的路遇，如驿路梨花。花开如文学，感动如我。

无论是怎样的路遇，在我心目中，他们都来自我精神的故乡。而步履完全依靠脚印的方向和多少来证明：我是在怎样走着，走向哪里，如何走的。

重要的认识在于，我明白中国文学应该以什么样的面目，才会被认为是文学。明白，是的！明白不是个简单的词儿。我说过，作家首先应该是个明白人。今年8月，我随天津作家团去故乡甘肃采风，我尝试着在40多度高温下徒步、赤脚登上敦煌鸣沙山。我发现，越到山顶，脚印，原来可以踩得很大。

我始终把青睐我的读者当专家看的，我欣赏他们的悲悯情怀，更欣赏他们对社会的认知。我藐视对社会缺乏起码认知的所谓专家，某次交流中，一位如雷贯耳的现当代文学专业的博导老先生用他肥厚的手拍拍我的肩膀，说："秦岭啊！我知道你对社会有自己的见解，但我一直认为，城市的就业压力之所以那么大，根子在于农民工太多。"我怔了一瞬，只好笑了，就这连掖带藏的笑，也不愿奉陪他那颗缺斤少两的脑袋。在我眼里，他们是文学的温室大棚里虚张声势的冬瓜，品起来，却不如故乡山洼里的一颗野草莓。

我骨子里热爱来自大自然的色彩和声音，当然不仅仅因为我喜欢绘画和音乐，我始终为自己生在贫瘠但不乏苍美的西部农村而感到幸运和自豪。我相信，这是我义无反顾地投身农村题材小说创作的精神支点。长篇小说《断裂》和《皇粮钟》先后出版后，曾应《文艺报》《文学报》《中国文化报》等报刊之约做过一些访谈，记忆最深的却是三次对话，一次对话是与《文学报》记者金莹，题目叫《秦岭站在崖畔看村庄》，另一次是与中国小说网编辑达拉依迦，题目叫《来自大西北的血性文人》，还有一次是与故乡《天水日报》记者胡晓宜，题目叫《乡村是我永远的风景》。要说三次对话中使用频率最多的词是什么，那就是"故乡"。我的一些屡被转载、广播和改编的小说，如《坡上的莓子红了没》《烧水做饭的女人》《绣花鞋垫》《不娶你娶谁》《碎裂在2005年的瓦片》《乡村教师》《弃婴》《透明的废墟》《本色》《分娩》《硌牙的沙子》等，它们实际上是我用故乡的新麦做成的发面饼、锅盔馍、臊子面、疙瘩汤。我在对话中说过，天津作为我的第二故乡，周边也遍布着美丽的乡村，这里的乡村比天水的乡村要富饶得多，湖泊荡舟，沙鸥漫舞，但那只是我带着妻子和儿子度假的美妙去处，却很少走进我的乡村小说。崔道怡先生在一篇评论中说："我感受秦岭是'钻进心坎看农民'的。"很汗颜！我做的远远不如先生说的好，但有一点是肯定的，我艺术上的乡村生活始终黏糊在故乡的崖畔上，馓饭似的，兼有酸菜和玉米的醉人芬芳，一呼一吸间，肺腑里全是文学故乡的烟火和空气。

写作是寻找，心灵的那种，找到了，再拿出去做第二次寻找，找与自己心灵有感应的人。因为看重感应，所以寻觅。2005年第一次获全国梁斌文学奖时，我获奖感言的题目叫《在布谷鸟的歌唱中》。今年在领取《小说月报》"百花奖"时，满脑子仍然有布谷鸟在飞。为什么？大凡懂农事农时、乡土乡村的读者，心知肚明。因了这种难得的默契，创作中的许多发现和所得，第一时间，总会神经质地传导给故乡的朋友。

这使我有足够的自信和魄力一手捏紧犁把儿，一手轻舞鞭子，不管前面是驴，是牛，还是骡子，我们该咋走，就咋走。

当然不能一味地前行，犁铧需要随时清除缠绕在上面的杂草和黏土，否则人和牲口同样吃力。孟繁华先生在一篇评论中批评我说："秦岭在小说后记里批判的'待在象牙塔里从事所谓乡土叙事的人'的问题，在他自己身上可能也同样存在。"我懂先生的好意，这是在敲我的警钟。前不久，我刚刚从甘肃的乡村回来。为什么要去，为什么要来，心灵的答案一如小说，无须直白，只是为了文本所表述的炕土味儿，是不是那个味儿。在我看来，生活是用来感应的，而不是用来体验的。

我用鞭子赶完驴，就把鞭子搁在象牙塔上。塔下的田野，一望无际。

　　写下这段文字的时候，风乍起，是秋在文学的故乡蔓延。

2009年10月2日于津门

（载《文学界》2010年第2期）

小说不该成为地震题材的废墟

——在2009年"5·12"全国抗震救灾文学研讨会上的发言

刚才听了几位诗人、作家代表的发言，感慨良多。正在举行抗震救灾文学研讨会的这所宾馆，一如它的名字宁卧庄一样，气氛显得安宁、祥和、平静。但今天的主题让我无法不想到12个月前的2008年5月，地球一声叹息，大地随即发生了连锁反应，媒体和图片让我们看到，包括汶川在内的川、陕、甘一带，很多房屋，塌了；很多路，断了；很多人，死了。那么，很多灵魂呢？在还是不在，走还是没走，看不见的灵魂和死亡的肉体，还相干吗？

拙作《透明的废墟》再次被推到全国纪念汶川大地震一周年系列活动的前台，我内心复杂。作为小说界的唯一代表，面对众嘉宾对地震题材诗歌、报告文学的解读和诠释，内心仍然感到莫名的迷茫和孤独。我的感觉是，小说依然是灾难题材无人问津的废墟，这样的废墟，和"5·12"之后川北、陕南、陇南一带的废墟没什么两样。刚才，有专家说"《透明的废墟》是我们看到的第一部反映汶川地震的小说"，反而让我感到诚惶诚恐。此定论最早见于《中篇小说月报》2008年第7期"地震文学专号"上的编者按。《透明的废墟》原载《小说月报》2008年第4期（原创），后来被《作品与争鸣》《中篇小说月报》等许多报刊、电台转载或广播，获得全国征文一等奖。《中篇小说月报》转载时，把那个定论连同我的小说一起，与德国作家克莱斯特的《智利的地震》、日本作家村上春树的《青蛙君拯救东京》同时编排在"虚构文本"栏目之中，并成为最早送往灾区的艺术慰问品之一。其时强震刚过，余震尚存。不久，《文艺报》《探索与争鸣》等报刊也连续发表了一些专家、学者的评论文章。上午，中国作协副主席陈建功在讲话中特别提到了《透明的废墟》的意义，我宁可希望，在各种艺术形式的汪洋大海里，文学之于灾难，不再止于小说，同时，也不再止于呼唤。

在这里，我除了汇报以小说的形式介入地震题材的初衷和实践过程外，不方便摆出姿态地对自己的小说做出评价，我们的文坛还没有开明到认可作者自我评估的地步，但我有理由把文学批评家发表在《作品与争鸣》中的一段话嫁接到这里：

"中国文坛有个并非悖论的事实，面对地震、洪涝、恶性事件等引发的灾难，趋之若鹜的往往是铺天盖地的诗歌、报告文学和散文，小说家却往往束手无策，对此，挑剔的读者一度怀疑当代小说家表现灾难的可能性。秦岭的新作《透明的废墟》却直面汶川地震带来的毁灭性灾难，以小说的名义旁逸斜出，充分利用小说的虚构和想象要件，把探寻的笔触扎进汶川地震后居民楼的废墟中，揭示了濒临死亡的邻居们灵魂搏斗和人性复归的全过程，无疑具有可贵的探索、引领作用。"这般评说，我当然不会当利息来消费，我深知自己清浅的文字与灾难本相遥远而泥泞的距离。聊以自慰的是，我写了。灾难触发了我的灵感，引发了我虚构和想象的欲望，我没有理由轻视灵感的尊严。经验提醒我，灵感是不能够被慢待、被观望、被轻视的、被谢绝的，写作者与灵感擦肩而过，等同于一次失恋。也许有些人可以，我不可以。我服从内心的同时，也服从选择。

就这么一次正常而从容的创作，竟触及了文坛面对灾难是否可以通过小说形式表达灾难的死结。我听到了一些批评家关于《透明的废墟》的远离文本分析的种种异声别调，诸如"表现灾难是摄影家、记者的事情，人们需要的是现场感""小说应该让位于诗歌和报告文学，汶川不需要虚构和想象""灾难题材的小说，需要足够时间的沉淀"。我发现，在这个社会里，习惯了居高临下的人，也容易把为师布道当成一种习惯，由于不谙半斤和八两的关系，就误把自己当一斤了。

好像鲜有人指出这是荒诞的奇谈怪论。如果说小说非得要像图片那样表现灾难的现场感，非得像诗歌那样表达情感意志和个人心绪，非得像报告文学那样体现新闻性和导向性，恰恰说明尊贵的先生们忽略了小说的基本功能和其他艺术形式难以企及的探究灾难事件中人物心灵和精神世界的现实作用，轻视了生活空间和艺术空间、现实生活与艺术提升之间的基本联系，忘却了虚构与想象的强大穿透力。按照他们的逻辑，中国小说家之所以未能写出反映唐山大地震的小说，是否因为33年漫长的岁月还不够小说家们沉淀呢？德国作家克莱斯特、日本作家春上春树等诸多外国小说家关于地震题材的小说，岂不归于无病呻吟，逢场作戏，应景作秀？再按这个逻辑延伸下去，是不是只有祈请阴曹地府的阎王让废墟中的死难者起死回生，血流满面地坐在主席台上现身说法做报告，小说才能回光返照呢？

在我看来，小说如果屈从"现场感"的自然主义逻辑，那不叫小说，叫镜片，一照，只是一副按部就班的嘴脸而已。我至今没听说谁的镜子可以照到身体里面去，除非是B超，B超又当怎样？除了显示五脏六腑的现场，还能显示什么？

对此，我倒不感到奇怪。一个世纪以来，两次世界大战在第一时间乃至其后催发了数以万计的表现战争灾难的优秀小说，这些小说的诞生地大都集中在欧洲和美洲，我们通过那些小说感受到了异邦民族在灾难中灵魂和情感的质地、意志和精神的颜色、思想和心绪的走向、悲苦与亢奋的形态、奋争与沉沦的模样。某段时期，这些小说甚至成为我国读者的重要精神食粮。奇怪的是，中国作为第二次世界大战的主战场之一，我们除了在教科书和历史学家的著作中感受那场灾难，至今没有见到具有史诗意味的、全景式表现民族备受外倭蹂躏和国家饱尝灾难的小说。"我相信我们的小说家面对灾难的态度，但我怀疑当下小说家虚构和想象的能力。"文学批评家夏康达先生如是说。我懂此言，一如我懂得中国观众面对西方的大片为什么会一片惊呼。惊呼，源于国外艺术家虚构和想象的力量，源于国外艺术家还原生活的技巧、手法和能力。他们呈现给受众的"现场感"远比生活的"现场感"要丰富得多，因为这样的"现场感"不是直观的，而是多元的，概括的，纵深的，过滤过的，提炼过的，升华过的，足以引起受众来自心灵深处的激烈反应与强烈共鸣。

当然，今天的研讨会还是有价值的，有些声音并轨而来，有些声音相向而行，有了并轨和相向，就有了可贵的碰撞与火花。中国作协《作家通讯》主编高伟以电影《泰坦尼克号》（改编自小说）中船体沉没前乐队临危不惧的演奏为例，来说明虚构和想象在提升悲剧效果中的巨大力量。我赞同这个观点。经历过那次沉船的人早已葬身大洋，他们临死前一刹那的情感流向、人性本相、精神原则、道德形态，只能依靠小说家、剧作家、导演的虚构和想象来完成。沉船不可能在大洋表面留下废墟，现场永远滞留在海地的淤泥和积沙里。天才的摄影家、记者和报告文学作家何以去找所谓的"现场感"？如果不愿"望洋兴叹"，那就得首先让自己变成天才的潜水员。如果谁有此等上天入地的绝活儿，在下愿意作揖敬之，学之鉴之。

于是我在想，假如汶川的罹难一如"泰坦尼克号"，艺术家们还能在没有废墟的伤口上蜂拥而至吗？我们该以怎样的文学形式抵达灾难的彼岸？只有上帝相信，此话本无恶意，我只是在仰望文学的精神。

这就是小说面对灾难的可能性，除非小说自己变成废墟。

2009年5月23日陇南灾区归来匆匆整理于天津
（此文系2009年5月在"5·12"全国首届抗震救灾文学研讨会上的发言。同时，作为地震灾难题材小说集《透明的废墟》的序）

我的"青春阅读"时代

——为《天津文学》杂志60年华诞而作

像极了乘客和船:客满——走起。我指作家和期刊的关联。

在天津的文学港口,我搭乘的文学帆船既不是半个世纪前的《新港》,也不是如今的《天津文学》,而是当年的《青春阅读》。三者本是同一条船,只是,岁月进入新千年的那个春天,我成了她的乘客。

2001年,我是拎着乡村教师题材短篇小说《绣花鞋垫》这张船票登上《青春阅读》的,"码头"在和平区新华路237号。记得当时的"船长"是著名作家张少敏先生,执行主编是谭成健先生,副主编有张伟刚等,编辑有张映勤、康弘等。那是我从甘肃调入天津的第5个年头,刚刚又从一个区的人事部门调入另一个区从事党务文秘工作,而人生的路径开始以壮士断腕的方式暗自一分为二，试图利用业余时间与断裂长达10年之久的文学再度联手。明知这条路上重峦叠嶂、变数天大，但为了在纷杂、繁忙的官场拥有一片属于自己春种秋收的庄稼地，为了寻找少年时代在全国中学生期刊纵横驰骋的快乐和自由，我义无反顾开始了与机关公文截然不同的读与写，于是近水楼台地选择了家门口的《青春阅读》。《绣花鞋垫》发表后，我立即创作了同题材的中篇给了《北京文学》，尽管内容有别，我仍执拗地沿用了《绣花鞋垫》这个让我满怀柔肠的篇名，不到一周，就接到了被《北京文学》采用的通知。不久，小说被《北京文学》和《中篇小说月报》破例同期推出，并登上了当年全国最新小说排行榜，被纳入多种选本，至此，我的乡村教师系列开始在《小说选刊》《小说月报》《作品与争鸣》等期刊遍地开花。渐渐地，我和《青春阅读》的老师们熟悉起来。记得谭成健办公室门口有一个敞开式书架，上边摆满了全国各地的文学期刊，每次去那里，我都会抽时间翻一翻。对我而言，学习兄弟省市的期刊，既是看别人，也是看自己。张少敏老师告诉我："有好稿子，先给我们看看，你小说的味道，我喜欢。"张伟刚老师还给我介绍了多种期刊的特点，帮我分析各种期刊的"胃口"，并介绍了投稿经验："你的稿子，有些期刊会非常喜欢，会给期刊带来新的气息，但有些期刊未必认，这取决于期刊的风格，你要坚守自己的优势，不能因为期刊的风格而摇摆。"这一点拨非常重要,果然,我有一篇小说寄给某刊,如泥牛入海,转投另刊,被发了头条。

那时候,我正"潜伏"在某党政机关办公室负责一个与公文材料有关的科室,身兼多种党政期刊的特约撰稿人,工作量大、面宽、头绪多,几乎每周都有三四天时间加班加点赶写材料,赶上大型会议或重要活动,吃住均在机关。由于种种原因,我始终没有给同事们暴露我作为业余作家的身份,时刻保持低调,从天南海北寄来的稿费,大都委托机关院外的朋友代领。在那段不知今夕何夕的日子里,《青春阅读》如岁月里的一缕炊烟,从新华路那头弥漫到同样位于新华路中心公园附近的我这头。炊烟里的文学气息,让我着迷,沉醉。她纯粹是属于我的另一个世界。往往在某个凌晨写完上级安排的公文材料,我会马上重整旗鼓,迅速调整思维和语境,全身心进入小说创作。甚至作为工作人员参加常委会时,我也会准备两种笔记本,一种用来记录领导的讲话与发言,一种用来写小说。会议结束了,我的小说初稿也基本有了样貌。下一个环节,就是拎着小说去《青春阅读》了。

相对而言,当时联系最多的要数谭成健。他多次叮嘱我:"在天津的作家队伍里,你的创作和其他人不一样,很多人都和我聊起你的小说,可见大家都在关注你,你一定要把最好的小说给我,在出精品上不能马虎。"谭主编的青睐与慧眼,让我感受到了《青春阅读》的温情与温度，同时也感到自己阅读量不足、对生活的梳理毛躁、审美过于流俗的明显缺陷，于是时刻绷紧反思这根弦。在前后不到5年的时间里，《青春阅读》发表了我的《红蜻蜓》《不娶你娶谁》《英雄弹球子别传》《相思树》《村学》《哑巴核桃》《抚摸柏林墙》《非典：祸兮福兮》等近10个中短篇小说和散文，其中中篇小说每次都列入头题，有的被《中篇小说选刊》转载，有的被收入全国年度小说选本……当时的《青春阅读》，成为我发表作品频率最高、数量最为集中的重要期刊之一。

由于我是个甘肃来的"外来户"，与天津文坛相知甚微，很多本地作家和读者误以为我是工作、生活在外地的作者。面对来电来信的询问，谭成健先生都会不厌其烦地进行解释，期间还产生了许多有趣的花絮。大约是2002年初，《青春阅读》某期关于我的简介中有"小说入选全国选本、选刊"字样，谭成健很快收到某资深评论家的亲笔信，大意是自己"对2001年的全国选本选刊非常了解，对天津青年作家情况更加了解，这个叫秦岭的作者不可能有这样的成绩"。为了配合谭主编"平息"老前辈的质疑，我只好奉命找出登有我小说的《2001年全国短篇小说精选》（中国作协创研部编）、《小说选刊》（2001年第1期）以及20世纪80年代的部分选本为前辈"解惑"。谭成健乐呵呵地劝慰我："希望你不要到心里去，这不是坏事，是好事，大家反而更了解你了。"大约是2004年，谭成健考虑到我有一定的机关生活和经验，建议我写个中篇给他，我立即写了官场题材中篇《难言之隐》，却因视角迥异、题材敏感，在天津未能通过，我只好改投江苏的《钟山》杂志发表，并被长江文艺出版社编入"中国新写实系列"丛书。为此，谭成健既高兴又惋惜，并鼓励我："你有丰富的乡村、机关生活经验，一定要坚持走属于自己的路。"后来，当我的小说在《人民文学》《中国作家》《上海文学》等几十种期刊频频亮相并被各种权威选本、选刊转载时，当中国小说排行榜的花环一次次戴到我身上时，当《小说月报》百花奖等十数种奖项的喜讯传来时，当中国作协在北京、宁夏为我的长篇小说《皇粮钟》、长篇纪实文学《在水一方》召开研讨会时，当我的小说被翻译成英语、日语、韩语等外国文字时，我总会想到与《青春阅读》相依相伴的旧时光，如海面上看星星，温馨而苍茫。

有船，就必然有千帆竞发，风帆云集。在《青春阅读》的甲板上，我不仅渐渐感受到了天津文坛的整体模样，也眺望到了兄弟省市文学创作的壮观图景。2002年，《青春阅读》以"新星在线"的专栏形式对我做了全面介绍，其中有我的两个短篇小说、我个人的创作谈，也有谭成健亲自撰写的"秦岭印象"，当年，我被评为天津市"未来之约杯文学新人"，并

在受"星"大会上代表青年作家发言。后来，谭成健委托我在
《青春阅读》上点评其他青年作家的作品，一开始，我婉辞不
受。谭成健认为："青年作家更需要同龄人的激励、支持和帮
助，这种方法有利于青年作家的整体成长。"于是，我放胆尝
试了一把，这应该是我第一次在文学期刊公开发表评论性文
章。这种"被推"和"推别人"的滋味儿，不仅让我真切感受
到了《青春阅读》老师们的工作方法，也让我体会到了青年
作家互帮互学的良好氛围。从此，许多业余作家开始找我聊文
学、聊日子、聊生活中的酸甜苦辣咸。"纸包不住火"，我文
学的一面很快被机关的同事们察觉，我反而更加如履薄冰，创
作完全转入地下。有趣的是，当时我单位有位科长也姓秦，有
期刊的编辑每次打来约稿电话，搞得他一头雾水。我见势不
妙，只好给他做了解释。秦科长目瞪口呆："你写小说，可能
吗？"从此，他成为我忠实的读者，能大段大段背诵我的中篇
小说《烧水做饭的女人》中的"经典"叙事。

　　《青春阅读》不仅让我和一些作家成为好朋友，也成为我
感受天津的重要引擎之一。2002年，《青春阅读》组织部分
青年作家到津郊蓟县毛家峪举办笔会，那是我第一次去蓟县，
也是第一次和这么多天津作家面对面"亲密接触"。那天的我
满山疯跑，一会儿吼秦腔，一会儿唱甘肃花儿，像一位来自甘
肃的放羊哥。张伟刚说："今天的秦岭，完全变成了另一个样

子，估计是被机关憋坏了。"天津土著作家对蓟县的山山水水了如指掌，举办笔会好安排在蓟县的深山通幽之处，极少去著名的风景名胜地蓟县盘山。说来令人难以置信，我去过蓟县数十次，至今没机会探访大名鼎鼎的盘山。2003年前后，我参加了《青春阅读》在天津北郊举办的35岁以下青年作家座谈会，谭成健安排我在大会发言，我的发言题目是《视角决定作家的区别》，那次发言，或多或少引起了一些作家的共鸣，我们常常会利用某个温馨的午后或傍晚，聚餐、品茗，分享文学带给我们的快乐。后来，由全国一些专家、学者组织的"全国文学论坛"多次从北京移师到我工作的基层文联举办，我也会邀请一些文学观点上既有统一性、又有对立性的朋友一起参与探讨，共同分享全国最前沿的文学理论成果和人文精神补给。多年前，我在北京参加全国青年创作大会和全国第八次作代会时，有前来组稿的文学期刊编辑问我："对你有过帮助的期刊都有哪些？"我一口气说出了十几家，她们都是我乘过的船，其中就有《青春阅读》。

2004年，我被天津作协文学院聘为签约作家，当时的院长是著名作家肖克凡。那年秋天，时任《青春阅读》副主编的王爱英先生组织鲁院主编班部分同学前往蓟县黄崖关长城采风，全体签约作家随往。记得那次采风中，有《钟山》的傅晓红、《北京文学》的王童、《红岩》的刘阳、《长江文艺》的胡翔、《山东文学》的许晨、《福建文学》的施晓宇等10多位编辑名家，他们有的早先用过我的稿子，有的初交。两天的对话与交流，加深了彼此文学理念的了解。肖克凡、王爱英告诫青年作家："作家靠作品说话，作家与编辑的对话，就像市场上的买卖，关键看手头的货怎样。"那是我第一次和全国文学期刊的编辑们集中交流，不久，这些主编们几乎都编发过我的稿子，其中短篇小说《坡上的莓子红了没》《弃婴》《本色》《打字员盖春风的感情史》多被《新华文摘》《小说选刊》《小说月报》等转载或纳入全国年度选本。后来，我以鲁迅文学院优秀学员的身份参加鲁院组织的各种研讨会、座谈会时，也常常与这些前来组稿的主编们见面，每次在我下榻的宾馆房间座谈，我总会想到2004年的黄崖关，想到王爱英组织的那次采风，是那么遥远，又是那么近。

大约是2005年之后，由于我开始兼顾长篇小说创作，同时也开始了对自己中短篇小说创作存在问题的深刻反思，思想的浅薄、理念的固化以及挥之不去的惰性，让我对自己的创作充满质疑，中短篇创作如履薄冰，畏首畏尾，一年也就发表三四篇的样子，加之工作繁忙，与《青春阅读》的联系也慢慢少了，记得最后一次在《青春阅读》露脸，是应当时的编辑、著名诗人林雪之约，推出了我和文坛前辈从维熙老先生的对话录，曰《洞穿"大墙"的豪情人生——从维熙、秦岭对话录》，最后一次与《青春阅读》的编辑们联手举办的文学活动，是从自身工作角度，和编辑林雪、康弘、安徽《诗歌月刊》主编王明韵一起，在《诗歌月刊》推出了《天津天水青年诗人展》。时光荏苒，这一切美好记忆，至今犹在。在岁月里，我对《青春阅读》的眷恋与眺望始终没有变，逢着全国各地作家朋友的好稿子，我也会推荐给《青春阅读》发表，直到有一天，突然发现她已经恢复成了《天津文学》，不禁感慨万千，同一条船，风帆已变，好在拥有同一个彼岸。

十几年之后的这个晚春，突然接到编辑艾晓波先生的电话，方知当年的《青春阅读》如今的《天津文学》已经60岁了，这厢重逢，竟是为了深情的纪念。

2016年5月4日于天津城建大学煦园

（载《天津文学》杂志2016年"纪念创刊60周年"专刊）

有一种蒙昧我不愿相信

——第13届《小说月报》"百花文学奖"获奖感言

一种蒙昧，当成为国民性特征，不信，由不得你。

游走都市，不止一次地听大娘们念叨："过去一家五六口，工资不多，但有吃有喝的，如今小两口拉扯一个孩子，倒紧巴了……"俨然，洞明世事；俨然，在抒发人生经验和哲学意味的发现……似乎很明白，就是不明白什么叫可悲。

听多了，发现这竟然是天下母亲们面对过往集体无意识的趋同态度。我不再惊讶，我无法指责天下母亲们。她，她们，是育人的人，我也难以避免地被母亲所生。国民性特征的蒙昧如果盘结在被认为代表伟大、善良、神圣的母亲血脉里，你足可以想象人们认识这个世界的智慧、良心、公德、情怀、混沌、塌陷的模样。

　　世事变了几茬儿了，大多数母亲们居然愣是没搞懂，供给制时代两亿城里人不花钱或者少花钱就可凭"非农户"身份得到供应的粮、油、棉、布、肉、蛋、糖、茶等生活必需品中的绝大部分，是十亿面朝黄土背朝天的另一种共和国公民——农民辛勤劳动后的无偿提供。国家把这种提供叫"任务"，农民把这种提供叫皇粮。数据表明，解放后到20世纪90年代初，这种提供折合人民币超过两万亿元，这还不包括本应由产业工人来完成的交通、水利、城市基础建设等重体力产业中农民的义务投劳。这笔来自穷山恶水的血汗钱，保证了城市工业的钢花四溅，保证了城市母亲们和她的丈夫们、孩子们活着，不仅活得比农村人还要好，而且活出了一种城乡的层次与贵贱。但是，农民为之付出的惨重代价，早已掩埋在历史的尘埃，连同埋葬的，还有广阔天地里被累死、饿死的尸体。关于死亡的具体数据，我不忍触及，有兴趣的城里人，可以用优雅的姿态，上网，一查便知。

　　难以忘怀的，是我少年时代在中国西部耳闻目睹的上缴"皇粮国税"的"壮观"场景：几十里崎岖的山道上，丈夫们背着装满小麦的麻袋，妻子们臂挎装满鸡蛋的篮子，小娃娃们手里拎着装满菜籽油的瓶子，年迈的大爷大娘吆喝着一头头大肥猪……目的地：公社（乡）粮站和收购站。

　　这种亘古未有的乡村场景，在中国历史的共和国阶段，定格了半个多世纪。

地必须种，猪必须养，蛋必须下，但农民们却未必能吃到自己嘴里，因为这是光荣"任务"。少一粒粮、一两油、一个蛋，全家休想安生。有个小伙伴因为偷吃了一个自家母鸡产的生鸡蛋，当天就被学校开除，还挨了家长用来赶驴的鞭子。

这一切，都进入了我的《皇粮》以及"皇粮"系列，再重复就是废话。我不得不相信这个世界的荒诞和麻木，一如我相信根据我的"皇粮"系列改编的电影、电视剧、话剧、评剧、晋剧等所谓的艺术品，大概只有农民才会感兴趣一样。

不是我妄自菲薄。有位著名的女政协委员——孩子的母亲不是呼吁了吗？她说，当前的就业难，主要原因是农民工进城抢饭碗。

我还能说什么？《皇粮》获"百花奖"，我不意外。

（载《第13届〈小说月报〉"百花奖"获奖作品集》"作家感言"）

你的生命里还有水吗

——第16届《小说月报》"百花文学奖"获奖感言

你可以牛，比如否认所有，但你没有胆量质疑你分娩自一位女人吧！

当你意识到一只怀孕的狐狸和同样怀孕的女人一样，是母亲，是生命，是我们日子乃至生态共同体的一部分，当你意识到我们所处的物质社会多了残酷少了悲悯，多了速朽少了永恒，多了虚伪少了善良，那么我懂你喜欢《女人和狐狸的一个上午》的缘由了。"触动我的，是生命的悲悯、人性的追问和世情的反思。"读者的留言，水一样晶亮，我懂的。

一如文学与生活的关系，我再普及水与生活的常识，会是多么无趣。当女人和狐狸为了一口水与我们做绚烂的永诀，我再也无法想象，还有什么能比这样的悲壮更能诠释"民以食为天，食以水为先"的生活本相。农民说："水，也是日子。"
城里人打死也说不出这样的话，一口水，喝出的却是不一样的
日子。我没有指望让大千世界的芸芸众生都去干旱的乡村接受
命运的挑战，但我有理由相信，每个人的心跳和血色，都是一
样的，也包括狐狸。

大概年前年后吧，《女人和狐狸的一个上午》在社会上引
起了热议，并产生了不同的反映。一种情况，小说在频频转载
中被编入《中国当代文学经典必读》等权威选本，让我第三
次分享到中国小说排行榜的殊荣。一些教师还以"感受大爱、
普世、永恒"为据，把它搬上大学、中学讲台用来启蒙、教化
莘莘学子。另一种情况——比如那个正午，某学者轻轻放下碧
波荡漾的茶杯，口气里拥堵着对当下中国文学的阅读经验：
"是好小说，可是……写水，离我们远了些。"我故作谦卑地
笑了。当对话信息不对称，当对方习惯了用文学的而不是用历
史、社会、生命、宗教的视角审视文学，我真是无话可说。我
在《皇粮钟》《杀威棒》《借命时代的家乡》《弃婴》等小说
的创作谈、获奖感言中曾留下过这样的标题：《有一种蒙昧我
不愿相信》《我不信你的眼睛》，现在看来，信与不信，还真
由不得我。一例可证，善良女子柴静历尽艰辛摄制了有关雾霾
之害的视频，反而招致诅咒和唾沫，骂得最凶的当属一些社会
精英，你是不是其中一位呢？

那天，学者被"良知作家"杨显惠先生顶了回去："你的生命里，还有水吗？"

学者愕然。那时的杯中水，一如既往地碧波荡漾，像蓄满了没有危险的流体，透射着与死亡无关的气息。他一定是健忘了，或者根本就没想过，脚下看似风光无限的京津大地上，缺水状况比西部还要触目惊心。维系我们生命的，是来自几千里之外的长江和黄河，来自农民牺牲几百万亩良田换来的调水工程。两位身怀六甲的"母亲"不可能死在京津，不可能死在我们水汽氤氲的眼皮底下，的确死得老远，以至于人们容易把这种常态化的悲剧视为遥远的童话，把人狐之间的休戚与共、同病相怜、惺惺相惜视为天外的传奇。健忘与浮躁，追风与流俗，早已让观察文学的视角远离了日子的尘埃，我怎能指望把喝水当空气一样消费的人来感受女人和狐狸的故事呢？同样的共和国公民，同样的缺水地区，两位"母亲"用生命捍卫生命，用尊严呵护尊严，用大爱印证大爱，这样的心灵底色和精神世界，活该离我们远吗？穹顶之下，我们到底需要什么？

学者仿佛如梦初醒，握住了我的手："我懂女人和狐狸了，我，是喝过水的人。"喝过水的人，这话像火山一样冰释了我。那一刻，我仿佛感觉女人和狐狸正在死而复生，相约来我们这里。只是，城里人会开门迎客并递上一杯开水吗？我不敢打这个保票，看看满大街的农民工就知道了。当然，我并没有把二者比作女人和狐狸的故意。尽管习惯做梦，尚没有梦到一厢情愿。

一年一度的"读书节"翩然而至，一些大学请我讲女人和狐狸的故事。邀请方说："选择爱与永恒，需要唤醒。"

"上善若水"，老子早就放话了，我为多余的感言而抱愧万分。

（载《第16届〈小说月报〉"百花奖"获奖作品集》"作家感言"）

读书是作家的自省

在我看来，作家时刻面对两块镜子：一块是读者，另一块是别人的书。

在读者那里找不到自己的位置，那是自己不够作家；在别人的书里反照不到自己的影子，必然是不够自省。作家读书，归根到底就是寻找自己。

作家是搞文字的货，与普通读者的根本区别在于多了一个创作者的角色。忝列作家行当，我对案头所有的书都存疑：对方的呈现要抵达何处？我和它的直线距离如何？我和原作者思想、才情交锋的半径有多大？于是，我的阅读注定成为质疑、释疑的过程。所有的疑点，云遮雾罩在书的字里行间。读完了，拨云见日，从文字的真相中突围而出。这一进一出，了不得的。自己是半斤，还是八两，大致掂量得清。读的是书，明白的却是自己，方知灯下走笔，怎样翻山越岭。所谓"读书破万卷，下笔如有神"。神在哪儿？书脊之下即是神龛，从序处打开，跋处合拢，门里门外，所有的语言、叙事、指向、结构、意蕴即是神的尊容。老人家稳如泰山，目光如炬。神对读者是宽容的，对作家却毫不手软，谁让你是作家呢？谁晓得你的书是花园还是陷阱，是高塔还是废墟。常听一些作家声称："我的写作与阅读无关，自娱自乐而已。"既然是闭门手淫，何苦开门追问读者："爽不爽啊！"还不如皇帝的新装，甭提啦，你连太监都不是，你是写作者。

在一些讲座中，我多次谈到作家的社会观问题，我把作家面对的社会分为两类，一类是事实社会，另一类是书本社会。书本社会集中了先哲对事实社会充满智慧的总结和提炼。书与书的比拼，拼的是格局和向度，要命的是经验和方法。读者可以不关注这一点，作家没理由坐视不管。你到底是写作的行家里手，还是二把刀，经验和方法会让你在反光镜下原形毕露，连一粒儿饿虱都无处藏身。我读书一般不会拘泥于文学，我更偏重阅读中外历史、政治、经济和文化类的经典，它们远比文学书籍来得辽阔、广袤、博大，在这样的屋檐下，自己会变成中军帐前蓄势待发的先锋官，谛听、张望、反省之后，立即放马过去，对万千汉字调兵遣将。我近期的小说《杀威棒》之所以被专家屈尊热议，就是因为我身在社会，考察历史。这样的作战知己知彼，因为洞悉对方舞刀弄枪的架势，我一扣扳机，准不准，却是奔目标去的。同样，在《摸蛋的男孩》中，我摸的是历史的屁股，不光是母鸡产蛋的洞洞。当经验的红绿灯闪烁在创作的十字街头，下次摸哪里，自然会少一些违章记录。

"生活——读书——创作"构成作家与书特殊的锁链，锁住的，是作家照镜子的态度。"猪八戒照镜子，里外不是人"，恰就对了。猪有猪的自尊和审美，岂能以人样儿为荣？作家以书为鉴，折射的形象是否是作家的意思，就看自尊和审美了。当下的中国作家之所以比祖宗文人矮半头，多与不屑读书或读书的方法有关。当有那么一天，废品站里塞满锈迹斑斑的二把刀，失业的是作家，赚了的必是钢厂。钢厂不生产二把刀，刀就是刀。

坐拥书房，我像个警惕的哨兵。藏书四面埋伏，草木皆兵。

2014年4月6日于天津观海庐

（《中老年时报》2014年4月22日"作家谈读书"栏目，"世界读书日"稿约）

为 "80后" 平反非得依靠灾难吗

在某一时期的相当范围内，"80后"几乎是单纯、幼稚、自我的代名词。

有趣的是，这个代名词随着"5·12"汶川地区的地动山摇，也开始在人们心目中发生了剧烈的摇摆。"灾区怎么会有那么多的80后？"这一所谓重大"发现"的现实背景是：面对流血和死亡，成千上万的"80后"自发地奔赴那片尚在颤抖的土地，在废墟和瓦砾中用他们的手和死神较劲，用他们的心呼唤一个个无辜的灵魂……

"后"本来是个很滑稽的概念，如果以此划归年龄段，"发现"新大陆者当属"30后""40后""50后"了，在这些"非80后"们看来，"80后"现身灾区是一个不亚于地震本身的突兀事件。资料显示，10万救灾大军中，"80后"占了90%以上，除了士兵和医护人员，到处都是年轻的志愿者，他们当中有蓝领、白领、大学生、民工……

类似的"发现"也发生在我就读的鲁迅文学院高研班，其时正直汶川余震不断的6月天，京城文学理论和编辑界的数十位"非80后"和我们一起交流所谓的"文学如何关注现实"问题，有位资深理论家突然感慨："我刚刚发现我的孙子长大了，他去了汶川，这也是另一种被我们忽视了的现实。"话题由此展开，人人仿佛天眼洞开，很快蔓延成了七嘴八舌，基本的共识更像感慨和追问。啊哟！"80后"身上的热情和激情可以肯定，只是……只是他们难道真的在灾难面前懂得了担当、责任和道义？如果真如此，该给他们平反了。

在他们看来，"80后"没有经过"文革"风暴的洗礼、没有经过上山下乡的淬火、没有经过真理大讨论思想博弈，他们像笼中鸟，盆中草，掌中宝；他们是襁褓中的婴儿，是肯德基，是汉堡包，是叛逆，是永远也长不大……

在我看来，这纯粹是"发现"者们自打嘴巴。一个基本的情理逻辑是："80后"如果不懂得担当、责任和道义，还去灾区干什么。那里是跳蹦蹦床和街舞的地方吗？是玩"救灾秀"的地方吗？料想谁也不敢如此愚断。只不过，他们没有给自己的思想贴上崇高的标签，甚至无意以此做出什么无聊的证明，但是谁也没有理由、资格怀疑他们不在共赴国难、不在用青春之热血和汗水浇铸我们这个时代难得一见的最壮丽的风景；谁能否认，这样的风景不是在靠灵魂说话，靠精神表达，靠意志诠释，靠良心支撑呢？我不得不补充的是，忽略了"80后"

的思想境界和精神家园，其实等于忽略了自己，忽略了自身曾经的年轻和激情，曾经的青春和奉献，曾经的"恰同学少年，风华正茂，书生意气，挥斥方遒"，曾经对青年雷锋、黄继光的崇拜……一代人否定下一代人，一辈人蔑视下一辈人，否定的，蔑视的，不是自己是谁？

恰在那天，我鲁院的同学——作家玄武、春树、南飞雁、胡坚已经现身地震灾区，4位同学中，3位是"80后"。记得春树——这位曾经成为美国《时代周刊》封面人物的北京女娃娃出发前，半调侃半认真地对我说："班长，我去的是你们老家甘肃南部灾区，出发的时候，你得给我唱支民歌啊！"我说："等你回来时一定唱。"他们走得从容而镇定，也很悲壮，全体同学为他们送行，许多男女同学清亮的眸子里盛开着青春的泪花儿。应该说，作为当代青年作家中的翘楚，"发现"者们不难从他们的思想和行动中找到那种担当、责任和道义。问题是，"发现"者们似乎更多的在乎他们对现象的"发现"，却无暇或者无意去深挖细究他们精神的家园，这倒符合我们这个浮躁时代的某些特征，也符合人们普遍的思维定式和惯性；他们可以不动脑子地指手画脚喟然长叹，却不可以动脑子地进行深刻反思。由于不善于反思，就往往善于"发现"。

由此，我们可以窥视到整个社会普遍存在的种种困惑不解的根由，比如隔代鸿沟，何以会越来越根深蒂固，固如天堑。

大地的断裂可以形成强震，而发现和反思的断裂，谁也休想触摸到它的深不可测和边边沿沿。这有点像一个缥缈的故事，或者有头无尾，或者有尾无头。

2008年11月，我有部以汶川地震为题材的中篇小说《透明的废墟》获奖，领奖已毕，我把这个故事讲给"80后"读者们听，有位"80后"不屑地说："老夫子们的话，谁当真啊！"在他们眼里，那些"发现"者是老夫子。此老夫子非彼老夫子，话里话外渗漏着迂腐的意味儿。对方接着反问我："如今是竞争激烈的物质社会，老夫子们却拥有许多社会资源，包括话语权，但是他们经历过交费深造的艰难吗？经历过自主择业的大浪淘沙吗？经历过独生子女肩挑双方家庭的千钧负荷吗？经历过在不规则的市场机制下适者生存的颠沛流离和物竞天择吗？……""80后"没有据此炫耀什么，这只是他们反驳的依据。

我理解他们的话。"80后"们在展示他们在这个社会的特殊经历，这种经历与"非80后"们的经历截然不同，但有一点却是异曲同工，那就是经历。

一个人的成长需要经历，一份经历注定了一份成熟。当然，经历决非诠释一切的固定资本和万能理由。

值得回味的是，给"80后"平反如果非得依靠一场突如其来的灾难，可见"传帮带"这样高贵的字眼儿，显得是多么缥缈、昂贵和遥远。如果说"80后"身上还有这样那样的不足和缺陷，我看答案还得让老夫子们自己来解答。

这样的解答，最好站远点儿，至少在远离灾难和废墟的地方。

2009年1月（春节）

（中央电视台《对话》栏目"作家看2008"约稿）

"潜伏"在大理道57号

即便时光不能倒流，空间无法交错，这也注定是个洞穿历史与时代的、有眉有眼的惊天事件：2010年4月，中国民间潜伏谍报博物馆在天津大理道57号浮出水面。

其新闻效应，不亚于当年57号宅第的主人——国民党军统天津站首任站长王天木暗杀张敬尧事件。"卖报卖报，《大公报》今日头条，津门再曝惊天……"暗杀，因为谍报战争而具备普遍属性，你杀我，我杀你；你中有我，我中有你。咫尺间的情报传递和千万里的追杀辐射到了当年战争硝烟中的大江南北。但是，当历史的尘埃全部落定，最有可能让谍报博物馆浮出水面的地方，必然是天津，历史斑驳的印痕，是铁证，也是馈赠。

这里是天津地域文化的标志——"五大道"核心区，原属英国租界。

有趣的是，国内外游人把目光聚焦在天津、定格在大理道57号的相对理由，是因为电视剧《潜伏》对谍报战线栩栩如生、活灵活现的解构和诠释，至此，剧中闻名遐迩的国民党军统天津站成为国人津门探幽的目标之一。《潜伏》的力量是惊人的，它同样给了习惯吃狗不理包子、寄居惯了"万国建筑博览会"租界地洋房的天津卫一针强心剂，惊回首，猛回头，发现了自己脚下土地的神秘瑰丽，察觉了自己与这个城市之间的意义。百年来，天津卫在溥仪、婉容、梁启超、袁世凯、冯国璋、曹锟、段祺瑞、顾维钧、张学良、孙传芳、吉鸿昌等成百上千的总统、军阀、皇廷遗老、老革命党人、大买办的万千豪宅庭院前款款走过，在风格各具的英式、意式、日式、德式、奥式建筑群和街道上缓缓趟过，一切行走的方式和表情，是那么的习以为常，漫不经心，事不关己，毫不经意。乃至于，"中国近代史看天津"长期以来被认为是一种空洞、尴尬而苍白的说教。包容、涵盖并见证了中国整个近代史的大天津始终在涛声依旧中波澜不惊。时代发展到今天，横空出世的一出《潜伏》，竟让一座城市的陈年旧事由死水微澜变得波涛汹涌，影视艺术的浪花，激发了大众的审美和猎奇心理，重击了历史尘封的大门，让生锈的门环叮咚作响。

我寻着这奇异的叮咚之声而来，在人间四月天的傍晚。和许多民间的文化呈现和表现力量必须借助经济杠杆一样，如今57号的主人叫刘壮，津门鼎盛投资有限公司的董事长。机遇、命运和市场大潮使他的"57号花园酒楼"歪打正着地潜伏在了军统天津站站长的宅第。滑稽的是，我曾在"五大道"之一的成都道黄家花园小洋楼里工作两年，而今仍然与大理道毗邻，也曾在这里两次和朋友把酒临风，品尝这里以谭家官府菜为主的美味佳肴，竟全然不知这里和中国的谍报有什么关系。用时尚的话来说，当初当食客，正儿八经"被潜伏"了一番。

如今的 57 号，焕然一新的，是时尚饮食；焕然一旧的，是历史回声。

这是幢典型的英式洋楼，3 层，进入院落，由书画家李一峰题写的"潜伏谍报博物馆"牌匾赫然入目。入厅，正中影墙上是冯骥才题写的"京华名门菜，沽上贵人餐"。走廊的布置别具匠心，《潜伏》的特色剧照次第着墙，原小说作者——我的朋友龙一兄的"剧照"位列余则成、左蓝、翠平、晚秋、吴敬中、马奎之中央，成为绿叶中的红花。拾级探入各厅，关于谍报的历史、特点、重大事件、人物以不同的主题，通过发报机、微型照相机、手铐、手枪、自白书等实物以及复制品、影印件、照片等证物，分类、分级展示。设身处地，无异于打开了深藏在斑驳岁月纵深的历史和战争暗箱的密码，眼前是国、共、日、伪、外国势力、黑社会等各种隐蔽力量以天津为依托在全国范围进行的大智慧、大阴谋、大情报、大布局、大陷阱、大爆炸、大绑架、大追杀以及与之息息相关的大战役、大胜利、大失败。许多与潜伏和反潜伏有关的历史人物从时光隧道里走出来：共产党方面的周恩来、李克农、钱壮飞……国民党方面的戴笠、毛人凤……日本方面的土肥原、川岛芳子……历史的刀光剑影、明枪暗箭，在这里被演绎得淋漓尽致，如此刻——杯中的法国红葡萄酒一样有滋有味。

历史不光是留给过去的，它更大的魅力在于光照时代和未来。大理道57号的意义，是因为它太久的潜伏以及如今的不再潜伏。

在这样一个文化寻根的时代，同样的直辖市，历史上的经济、文化元素曾经逊于天津的上海，半个世纪后就迅速在文化形态上与历史一脉相承地对接。我宁愿乐观地相信，既然天津已不再潜伏，睡眼惺忪的天津必然会用时代的文化与20世纪30年代大天津洋房、洋车、回力球、赛马、溜冰场、教会学校、夜总会、圣诞夜、三明治、《大公报》、西洋歌剧、市井文学的时代衔接。57号庭院生动地实现了时代与历史的携手，时尚与传统的对话，崭新与陈迹的交融，"五大道"乃至整个津沽大地的文化复兴、文化反思、文化发展也将不再潜伏，眼看着，许多人举一反三，由此及彼，莫名的惊诧："锛哏儿哎——哇！原来曹禺笔下的《日出》《雷雨》反映的上层社会，不是上海，是在咱天津啊！"

曾经，仅仅作为王天木私人宅第的时候，这位曾经以暗杀民族败类而声名远播，同样又因为后来效忠日寇而臭名昭著的历史人物，一定不会想到，他留给大理道的这幢由著名建筑师阎子亨设计、建于20世纪20年代末的3层砖木结构洋楼，随着"潜伏谍报博物馆"的诞生，已经成为一段浇铸的历史标记，一个不断被演绎的传说的传说。

这正是历史回光返照的魅力，由此，文化的价值重估无可限量。

和朋友款款走出57号的丝光灯影，仍没走出风云诡异的谍报印记。渤海湾的风吹过来，法国葡萄酒乘机对我的神经产生了作用，使我对夜幕下神奇的"五大道"陡生幻觉：霓虹闪烁下的梧桐树背后、高档小汽车里面、叼着香烟的美女手袋里，是否……哈，真是犯神经了，我天生慈眉憨相，一看就不是大汉奸周佛海，我怕什么呀我？！

戴笠的时代已经远去，这是现代男人秦岭，走在2010年21日夜晚的五大道上。

2010年23日草就参观天津潜伏谍报博物馆之后

图书在版编目（CIP）数据

眼观六路 / 秦岭著 . —北京：民主与建设出版社，
2017.9

（名家散文自选集）

ISBN 978-7-5139-1445-1

Ⅰ.①眼… Ⅱ.①秦… Ⅲ.①散文集—中国—当代

Ⅳ.①I267

中国版本图书馆 CIP 数据核字（2017）第 201825 号

眼观六路

YANGUAN LIULU

出 版 人	许久文
总 策 划	李继勇
责任编辑	郭长岭
封面设计	宋双成
出版发行	民主与建设出版社有限责任公司
电 话	（010）59417747　59419778
社 址	北京市海淀区西三环中路 10 号望海楼 E 座 7 层
邮 编	100142
印 刷	三河市腾飞印务有限公司
版 次	2017 年 10 月第 1 版　2017 年 11 月第 2 次印刷
开 本	787mm×960mm　1/16
印 张	20 印张
字 数	181 千字
书 号	ISBN 978-7-5139-1445-1
定 价	39.80 元